참! 유별난 놈과 사람 살아가는 이야기

참! 유별난 놈과 사람 살아가는 이야기

초판 1쇄 인쇄 2011년 08월 23일
초판 1쇄 발행 2011년 08월 30일

지은이 | 이종수
펴낸이 | 손형국
펴낸곳 | (주)에세이퍼블리싱
출판등록 | 2004. 12. 1(제315-2008-022호)
주소 | 157-857 서울특별시 강서구 방화3동 316-3번지 한국계량계측협동조합 102호
홈페이지 | www.book.co.kr
전화번호 | (02)3159-9638~40
팩스 | (02)3159-9637

ISBN 978-89-6023-662-2 03810

참! 유별난 놈과 사람 살아가는 이야기

이종수 장편소설

ESSAY

세상 안에는 수많은 일들이 벌어지고 있다. 가난 속에서도 올바른 삶을 개척하는 사람이 있는가 하면, 부유하면서도 불행으로 몰락하는 사람이 있다.

세상은 마음먹기 나름대로 행복하고 즐겁게 살아갈 수 있다. 매사에 부정보다 긍정의 힘으로 본인에게 주어진 환경에 적응하며 만족을 느낄 수 있는 지혜야말로 주어진 그 삶이 가치를 발할 것임에 틀림이 없다. 필자는 인생 60을 살아오면서 잘못과 거짓, 정의와 참됨 사이에 양심을 두고서 남들이 겪지 못하는 수많은 경험을 했다.

부족한 글로 표현하기에는 어설픔이 많지만 누구나 살아오면서 힘든 고통이 수반되어질 때 이 책 한 권이 미약하나마 도움이 될 수 있으리라는 마음으로 기술했다. 필자가 많은 일을 직접 겪으면서 느낀 것들은 기득권이 아닌 서민이 겪고 당해야 하는 여러 가지 일들로 서민의 입장에서 구성하고자 노력하였다. 정치, 노동, 언론, 영업, 사업 등등 광범위한 경험이라고는 하지만 그렇게 말하기는 너무나 부족한 점이 많아 부끄러울 뿐이다.

사회를 살아가면서 너무나 지나친 욕심이나 과격한 행동은 절대적으로 본인이나 주위에게 이익이 되지 않으며 비록 혼자 옳다고 행하는 행동이라도 남들이 다 똑같이 받아들이지 않는다는 것이다. 세상을 살아가면서 많은 부를 가지는 행운을 얻은 사람이나, 많은 기득권을 가진 사람들은 이웃과 국민, 모든 이 앞에 자만과 오만, 과시가 아닌 감사한 마음과 성실함, 겸손의 아름다운 자세로 임할 때야말로 세상에 태어나 남기는 그 가치일 것이다. 그 누구도 알 수 없는 창조된 우주의 신비와 같이 꺼지지 않는 사후의 세상을 생각하며, 다 함께 살아가는 세상, 올바른 사회의 누구나가 '사람 살아가는 이야기' 참다운 그 주인공이 되어 주길 간절히 바라는 마음으로 이 글을 남긴다.

차례

참! 유별난 놈과
사람 살아가는 이야기

01

아름다운 세상에 태어나서

낙동강이 흐르는 철교를 끼고 삼랑진에서 마산으로 가는 철도길 둑과 낙동강 둑을 양쪽으로 삼각지 작은 마을에서 아주 먼 옛날, 3월의 봄날 새벽을 깨고 이씨 성으로 아버지의 씨를 받아 어머니로부터 세상에 한 아이가 태어났다.

그의 이름은 종수, 종의 이니셜을 따서 제이(J)라고 부른다.

어느 조용한 시골마을, 낙동강 물이 유유히 흐르는 맑은 하늘의 따뜻한 햇살 아래 갓난아이는 젊은 어머니가 콩밭을 매는 한쪽 구석 편안한 자리에 누워 잠을 잔다. 그놈은 반듯이 눕혀만 놓으면 쉽게 잠이 들어 개미 떼가 콧구멍에 달라붙어도 모르고 그저 순한 모습으로 잠을 잤다.

그놈의 아버지는 일류노름꾼에다 말술을 옆에 끼고 살 정도로 엄청난 술꾼으로 유명했다. 다 내 세상인 것처럼 노름과 술로 세상 곳곳을 누비다 보니 제이의 어린 시절은 아버지가 거의 집에 없었던 것으로 기억될 수밖에 없었다. 그럭저럭 자라 초등학교 입학 전에는 조그만 마을 도로 아랫길 세 번째 집에서 제이는 동생 국이, 화야, 그리고 외삼촌이 함께 살았다는 기억이 어렴풋이 난다. 그때 장가도 못간 큰

외삼촌이 한참 유행하던 폐결핵으로 죽어 가마니로 덮어 실어 나가는 모습을 보았다.

아버지가 오랜만에 올 때면 제이의 가족은 닭백숙으로 진수성찬을 먹게 되었다. 그렇게 모처럼 만에 돌아오신 아버지가 엄마는 고맙고 행복한 모양이었다. 술에 만취한 아버지의 모습을 볼 때면 제이는 아버지가 겁이 나서 바깥을 돌다 해가 떨어질 무렵에야 집에 들어가곤 했다.

초등학교 1학년, 똘똘한 눈동자에 오똑 솟은 콧날을 가진 사랑스런 어린아이 제이를 여자 담임선생님이 많이 귀여워해 주셨다. 그림 그리기에 다소 소질이 있는 그는 미술시간이면 미술 선생님 겸 담임선생님과 함께하는 것이 너무 좋았다. 순박한 어린아이의 동심을 열어 가는 데 힘이 되어준 친절한 선생님이셨다.

세상을 살아가는 방법에는 도박으로 인한 부를 축적할 기회는 거의 없는 것 같다. 제이의 가족은 노름빚으로 집을 팔고 이사를 했다. 아버지의 노름으로 인해 생활의 기복이 심했다. 아버지가 없을 때는 겨우 어머니의 품팔이로 생계를 꾸려나가야만 했다.

02
잘못 배운 교수보다 배우지 못한 큰아버지가 더 존경

송촌이라는 마을에서 아버지의 노름빚으로 집을 팔고 어쩔 수 없이 이사를 하였던 그때, 큰아버지는 머슴살이로 큰어머니와 딸만 넷을 키우고 있었다. 큰아버지는 말수가 적었으며 호인이셨다. 후일 딸 일곱에 아들 하나로 여덟 자식을 낳았다.

제이가 세상에 가장 존경하는 사람이 바로 큰아버지다. 항상 웃는 모습의 당신께서는 남에게 쓸데없는 말도 하지 않았고, 술 한잔하시면 그냥 웃으시며 집에 가서 조용히 주무시는 모습만 보았다. 배운 것이 없어 말 그대로 낫 놓고 ㄱ 자도 모르는 분이셨다. 하지만 언제나 웃음 띤 모습이었으며 그냥 평범한 농부로 이웃에서는 법 없이 살 분이라 들으시며 오직 일만 하셨다.

세월이 지나면서 딸을 많이 둔 덕택에 딸들이 공장에 다니거나 식모 생활을 하면서 가져다주는 돈으로 땅도 사 모았다. 성장한 자식들을 결혼시키고 하나같이 그들이 온화한 가정을 꾸리며 살아가도록 일깨워주신 진정한 어버이의 참 모습이셨다.

돈 많아 자식 키우고 좋은 대학 보내서 교수가 되니까 부모 재산이 탐나서 부모의 목숨도 앗아가는 세상. 무식하지만 세상 속에서 배려하며 열심히 살아가는 농부의 그 모습, 훨씬 더 존경해야 마땅한 바로 그러한 분이 큰아버지이시다. 그러기에 당신을 사랑하고 언제나 생각할 때면 포근한 마음이 와 닿는, 제이가 가장 존경하는 그분이시다.

세상 살아가는 모습 그대로를 보여주신 분, 평생을 두고 제이는 당신 이상의 존경할 만한 사람들을 만나 보지 못했다. "뿌린 대로 거두리라"는 말과 같이 당신의 자식들은 누구 한 사람 어긋나지도 불행해지지도 않았다. 바로 당신의 그 모습 그대로 보아왔기에…….

자식을 낳아 잘 기르려면 부모의 과격한 언행부터 바꾸어야 한다. 아이의 뇌세포는 난폭한 것에 예민하게 반응을 하게 된다. 순하게 태어난 제이는 그의 아버지의 난폭한 성격 탓에 급한 성격과 저돌적인 삶을 살아갈 수밖에 없었다. 항상 후회하면서. 다만, 급하고 저돌적인 성격은 그의 아버지와 같이 노름, 술로 야기되는 결과가 아니라 지나친 올바름과 불의에 맞서는 저항과 행동이었기에 그는 당당할 수 있었다.

초등학교는 꽤나 큰 규모의 학생 수가 있었고 약 15km 반경의 거리에서 등교하는 아이들이 많았다. 2학년 때 쯤 제이는 바로 옆 문방구 집으로 이사를 했다. 어머니는 학용품과 과자, 빵 종류를 팔았다. 한참 자랄 나이인지라 빵이 먹고 싶어 밤에 잠을 자다 살짝 나와서 엄마 몰래 빵 하나 훔쳐 들고 동생들과 함께 자는 방 안 이불 속으로 가지고 들어가 먹곤 했다. 빵 봉지의 비닐포장 소리가 날까 봐 빵의 포장지 비닐을 벗기는 시간이 꽤나 걸렸다. 빵 껍질이 바스락거릴 때면 가슴이 철렁거렸다.

돌도 삼킬 나이인지라 왜 그렇게 먹고 싶었던지……. 혹시나 문짝 하나를 사이에 둔 옆방에서 엄마와 아버지가 이 소리를 들으면 어떡하나, 하는 마음에 이불을 덮어 쓰고 빵을 먹다가 문소리가 나면 자는 척하다가 그 남은 빵을 기어이 다 먹고 잤다.

아침에 일어나면 누구라도 볼까 봐 포장지를 팬티 속에 넣고 버리는 센스도 발휘했다. 아마 어머니도 그러는 제이를 알고도 모른 척하였을 것이다. 오죽 먹고 싶었으면 저럴까? 자식 사랑하는 엄마의 마음을 지금 생각하면 모른 척하고도 남았을 것 같다.

가난의 연속, 아버지의 노름으로 인한 바깥 생활로 부자간의 관계는 너무도 멀어져 있었다. 아버지처럼 되지 않기 위해 제이는 어릴 때부터 술, 노름에 대한 거부감이 있었다. 그러기에 화투놀이나 술좌석은 피하려는 습관이 되었는지도 모른다.

새집을 지어 동네 안으로 이사를 한 후 3학년 때이었으리라.

새벽 6시, 그의 아버지는 제이를 깨워 밖으로 내보냈다. 한참 잠이 많을 나이 제이는 그러는 아버지가 야속하기도 하고 정말 싫었다. 하지만 아버지의 말을 거역하지 못하고 집 밖으로 나온 제이는 학교 운동장에 혼자 우두커니 서 있는 것보다는 운동장을 뛰어야 했고, 그러한 운동의 시작이 제이에게 평생 동안 남들이 부러워하는 멋진 몸매를 가질 수 있는 자신만의 운동법을 익힐 수 있었다.

아버지의 절대적 명령으로 시작된 새벽 운동은 세상을 살아가는 데 큰 역할이 되었다. 아버지에 대한 미움, 원망, 반항의 세월이 지난 후 그렇게 키워주신 아버지에게 늘 감사할 뿐이었다. 초·중·고 시절에는 육상, 배구, 축구, 태권도, 합기도, 기계체조 등으로 제이의 체력을 더욱 강하게 만들어 주었다.

제이는 동네에서도 이웃들로부터 착한 학생으로 인정받기 위해 노력했다. 아버지에 대한 이미지에서 벗어나려는 그만의 간절한 노력이었으리라. 그 노력은 이웃 어른들이나 주위 분들로부터 칭송을 받았다.

"자네는 참 착한 아들을 두었네."

제이는 나쁜 길로 빠져들 기회가 있을 때마다 그 칭찬의 소리를 생각하며 극복할 수 있었다. 제이는 그 아버지에 그 아들이라는 말을 듣지 않으려 무던히 노력했다. 나쁜 길을 가고 싶어도 갈 수가 없었다. 사춘기 저항의 시절도 그는 학급에서 공부 잘하는 모범생들과도 어울릴 수 있었던 것이다.

어린아이에게 던진 말 한마디, 그대로 되어버린 인생길

마을 사람들의 대소사나 각종 민원의 자문 역할을 하시던 할아버지께서 읍내를 나가기 위해 매표소에 기다리고 있었다. 제이를 멀리서 물끄러미 보시던 할아버지가 말씀하셨다.

"너 이놈, 손 이리 줘 봐라. 음, 너는 앞으로 크면 대장이 되겠다. 거지 생활을 하더라도 항상 두목이 되겠다. 두목 감이야. 어디보자, 이 녀석, 여자 복도 참 많구나. 허, 그놈 참 똑똑하겠다."

그 할아버지의 말씀은 제이의 머리에 박혀 그의 인생이 그 할아버지 말대로 평생을 그렇게 살아가게 했다.

제이는 성인이 되면서 어디를 가나 앞장을 서거나 직장을 가도 같은 동료들 중에서 인정을 받아 선도자 역할을 했다. 항상 그는 작은 규모라고 하여도 리더로 살아야 했다. 어디를 가나 앞에 서서 남을 이끌어가는 우두머리 역할이 주어졌다. 제이는 직장생활을 할 때나 노동운동, 정치활동, 사업 등에 임할 때 항상 어릴 때 그 할아버지의 말 한마디가 늘 마음속 깊이 들어와 있었다.

또 여성들에게도 인기가 많아 그에게는 남들이 부러워하는 세련되고 아름다운 여성들이 주위에 많았다. 그리고 그에게 주어진 일은 밤

낯을 가리지 않고 최선을 다하여 노력함으로써 남보다 뛰어난 능력을 인정받았다. 바로 그 할아버지의 말씀이 적중했다.

억수같이 퍼붓는 폭우 속의 동심, 수박 서리!

같은 마을 제이 또래들은 항상 저녁이면 우겸이라는 친구 집에 모였다. 밤이면 이 골방에서 어린 시절의 추억을 만들어가는 유일한 장소였다. 제이, 우겸, 정우, 태식, 수현, 용우는 만나서 이런 저런 이야기로 우정을 싹 틔웠다.

어린 시절, 무슨 할 이야기가 그렇게 많은지, 그것도 남자 아이들이 모여서 하는 말들이란 단순한 것인데도 그렇게 재미가 있고 웃을 일이 많았는지……. 그냥 친구들과 함께 있다는 것 자체가 마냥 좋았던 것이다.

어느 날, 비가 억수같이 내리고 있었다.

그들은 수박서리 계획을 세우고 한 마을 떨어진 곳 들판의 수박 밭으로 향했다. 번개가 치고 폭우와 비바람이 치는 야밤은 그 누구도 보지 않는 이들만의 동심의 세상이었다.

남루한 흰색 팬티와 구멍 난 러닝셔츠, 그 속내의만을 걸치고 다섯 명은 빗속을 뛰다 걷다 도로를 지나 들판 수박 밭으로 향했다. 웃다, 소리 지르다, 동심의 개구쟁이들의 더 없는 잔치마당이었다. 그땐 남의 밭에서 수박을 몰래 따간다는 것을 도둑질이라고 생각하지 않고 그냥 재미로 하는 어린 시절의 장난으로 여겼다. 밤늦게까지 놀다 보면 시장기를 딱히 채울 것이 없다보니 서리가 딱이었다.

억수같이 내리는 빗물에 수박 밭의 젖은 흙탕 위로 미끄럼 타듯 온몸을 날린다. 앞구르기, 뒤구르기, 뛰고, 뒹군다. 그리고 수박 하나 꼭지를 따내어 퍽 주먹으로 때려 손을 쑤욱 깨진 쪽으로 넣어 한 움큼 쥐어 입안에 삼킨다.

빗물, 콧물, 온몸이 흠뻑 젖은 채 키득키득 웃고 웃으며 "야~ 맛있다."

배를 채우고 난 후 수박 하나씩 챙겨 들고 개선장군같이 노래를 흥얼거리며 아지트인 골방으로 향한다. 그리고 가지고 간 수박을 우겸이 엄마도 모르는 비밀창고에 넣어두고서 낮에 단나 살짝 꺼내 와 지난 밤 이야기도 하면서 먹었다.

아마 지금 같으면 꿈도 꾸지 못할 광경이다. 밤에 모이게 부모들이 그냥 보고 있지도 않지만, 특히 남의 수박 밭에 들어가는 자체가 허용이 되지 않는 현실에 비하면 기억에 남는 그때 그 시절의 추억이다.

한번은 복숭아 서리를 했는데 제이의 친구 중에 복숭아 털이 온몸에 붙어 알레르기 현상이 나타나 온몸을 긁어 괴로움을 당한 때도 있었다.

그때는 서리를 하다가 들키면 그냥 야단 한건 듣고 나면 용서가 되었던 시절이었으니 얼마나 인심이 좋았는지 모른다. 모두가 가난하여도 이러한 시골 인심이 훈훈하기만 했다.

제이 아버지의 노름과 방탕한 생활은 계속도었다. 그의 아버지는 알려진 노름꾼으로서 술로 보낸 세월만큼 생활은 가난에 찌들었다.

그렇게 지낸 당신의 친구 분들은 거의 50서 이상을 넘기지 못하고 돌아가셨다. 그래도 제이의 아버지는 평소 만취가 되어 밤늦게 들어오셔도 꼬박 저녁을 먹고 주무셨다. 아침이면 왜 어제 저녁에 밥상을 차려주지 않았느냐며 어머니에게 투정을 하시곤 했다. 그리고 약국을 들러 숙취와 간장에 좋은 약을 복용하셨다. 그러한 덕택에 그나마 당신의 친구 분들에 비해 10년 이상을 더 오래 사신 60세에 간경화로 돌아가셨다.

05

가족이 함께 있다는 것만으로 행복했다

제이는 중학교에 가기를 원했고 엄마도 맏아들인 제이를 학교에 보내고 싶었다. 하지만 옆집 솔밭때기 아줌마는 그 형편에 무슨 중학교냐며 돈벌이를 종용하였던 것 같았다.

오후 5시경 부산에서 도착한 곳은 조방 앞 어느 그릇 도매 집이었다. 주인 부부에게 인사를 하고 해가 떨어져 가로등 불이 켜지기 시작하니까 갑자기 고향생각, 엄마생각, 친구들 생각이 났다. 서먹서먹한 이곳이 제이에겐 편안하지가 않았다.

저녁 10시가 지나서 가게 문을 닫아주며 주인은 집으로 가고, 제이만 혼자 덜렁 가게에 갇힌 듯 조그만 골방에서 잠을 청해야 했다. 어린 나이에 아무도 없는 낯선 곳에 뚝 떨어져 외톨이가 된 제이는 긴장과 피곤에 쌓여 늦잠을 잤다.

쾅! 쾅! 문을 두드리는 소리에 깜작 놀라 일어나 나갔더니 주인이 큰소리로 야단을 쳤다.

"아니 아직까지 일어나지 않고 자면 우짜노! 그래가지고 무신 일을 할라카노!"

제이는 아무 소리도 못하고 그냥 멍하니 서 있기만 했다.

주인은 제이를 점심을 먹인 후 오후에 집으로 가라며 여비를 챙겨 주었다.

"니는 아직 일할 나이가 아이니 집에 가서 공부나 해라, 이."

여름 밤, 열차를 타고 삼랑진역에 내렸다.

삼랑진읍의 영화관은 주위 읍, 면 단위에서는 유일한 곳이었다. 혹, 마을에서 영화를 보러 무리지어 관람 올 때가 있는지라 제이는 기대를 하고 극장 앞으로 갔지만 아무도 찾을 수가 없었다.

어린 나이에 밤길이 무서웠다. 어떻게 가야 하나.

낙동강 육교를 한참 지나고 포장되지 않은 산 끝자락 도로를 굽이굽이 돌아 걸었다. 산에서 흙이 흘러 떨어지는 소리는 어린아이의 등 뒤에 식은땀을 흘러내리게 했다. 무서움과 공포, 혼자서 20리 길 산모퉁이를 몇 구비 더 지나서 드디어 마을이 보이는 어귀에 들어섰다.

밤 11경, 집 앞 불빛이 눈앞에 들어왔다.

"아! 살았다."

온 가족과 함께할 수 있다는 것에 제이의 마음은 날아갈 것만 같았다. 생판 낯설었던 곳, 긴장된 하루, 밤길이 무서워 그 길을 쉬지 않고 달리듯, 뛰듯 총총걸음으로 걸어 드디어 무서움에 벗어나는 순간, 울먹이며 "엄마! 엄마! 엄마!" 부르짖었다. 엄마가 너무 그리웠다. 그리고 너무 보고 싶었다.

하지만 집에 가까이 오자 기쁨도 잠시 제이는 걱정이 되었다. 야단이나 맞지 않을까. 아님 다시 보내지나 않을까. 어린 마음이지만 미안하기도 했던 제이는 살며시 집안을 들여다보았다. 모기장이 쳐 있고 아버지와 엄마가 자는 모습이 보였다. 옆방에 가자니 동생들 자다 일어나 소리를 칠 것 같아 다시 집을 나왔다.

동네 입구 다리 위에서 노는 친구들을 찾아갔더니 친구들이 반겼다.

"야! 너 언제 왔노? 어제 부산 안 갔노?"

"으, 으응."

"야! 너 쫓겨 왔구나?"

"너거 엄마 어제 니 보내놓고 얼마나 울었는지 모른데이. 참 안되었더라."

제이는 순간 가슴이 뭉클해졌다. 괜히 돌아왔구나, 싶었다. 엄마에게 미안하고 죄송한 마음뿐이었다.

제이의 마을 안에는 초등학교가 있고, 바로 옆 마을에는 사립중학교가 있었다. 제이는 겨우 마련한 입학금으로 중학교를 다닐 수 있었다. 중학교 입학시험을 치르고 합격을 하였는데도 결국 입학금이 없어 포기하고 마는 친구들도 많았다. 거기에 비하면 제이는 문맹에서 벗어나는 행운을 얻은 것이다.

중학교를 못 가고 기술을 익히며 직장생활을 한 아이들은 어릴 때 번 돈으로 부모형제의 생계유지에 도움을 주었고, 후일 그 기술을 바탕으로 독립하여 안정적 생활과 가정을 꾸리며 살아가는 데도 손색이 없었다. 하지만 제이는 그들보다 많은 배움의 혜택을 받았으나 그들과는 달리 파란만장한 삶을 살아야 했다.

문방구도 그럭저럭하나 싶더니 동네에서 조금 떨어진 집을 다시 팔고 동네 안쪽으로 이사를 했다. 도로 옆 버스 정류장을 인수하여 구멍가게 겸 버스 정류장 매표소를 하게 되었다. 제이의 엄마는 옛날 사람치고는 글공부를 하여 버스표 관리와 암산과 계산이 빨랐다.

제이는 중학교도 겨우 마치지만 고등학교를 가고 싶은 열망이 대단했다. 그러나 학비 충당이 어려운 부모님을 생각하니 포기를 하여야 할 입장이었다.

평소 배구를 같이 한 친구의 제안으로 D 고교의 배구선수 특기생으로 가자는 말에 제이는 친구와 함께 면접을 보러 갔다. 코치의 테스트에 합격을 하고 방학기간 동안 신입생으로 선배 선수들과 연습을 하기로 하고 다시 시골로 올라와 부모님께 이야기를 했다.

그리고 부산으로 가기 위해서 버스를 탔다. 방학이라 부산에서 출퇴근을 하는 음악 선생님이 당직을 마치고 오후에 같은 버스를 탔다.

"선생님, 안녕하세요."

"제이야, 어디 가니?"

"네, 부산 갑니더."

"오, 그래. 그럼 같이 가자."

제이는 음악 선생님과 함께 버스를 타고 부산 서면 부근에 내렸다.

"제이야 시장할 텐데 이리 와라"

제이는 선생님을 따라 제과점에 들어갔다. 제이가 처음 보는 많은 빵들이 가게에 가득 진열되어 있었다.

선생님이 주문한 접시 위에 밤같이 생긴 빵, 둥글납작한 이름도 모르는 빵들 중에 은박지로 싼 빵이 눈에 들어왔다. 신기하게 보인 빵을 보면서 어떻게 먹는지 선생님의 눈치를 보았다. 두 개 중에 하나를 선생님이 먼저 먹어야 따라 먹을 텐데……. 제이는 체면을 차리는 듯 기다렸다.

"자! 먹자."

선생님이 그 빵을 포크로 집었다. 그런 후 은박지를 벗겨 내고 삼키셨다.

제이는 얼른 포크를 집어 들어 선생님과 똑같이 은박지로 싼 빵을 쿡 찍어 들었다.

그런데 아뿔싸! 그만 은박지를 잘못 찍어 스르르 빵을 밀어 놓쳤다. 의자 밑으로 데굴데굴 굴러가는 그 은박지의 빵은 제이를 당황하게 만들고 야속하게도 그에게 결코 돌아가지 못했다. 수줍음이 많았던 제이의 얼굴이 빨개지면서 어찌할 줄을 몰랐다.

선생님은 살며시 미소를 지으며 "자, 이것 많이 먹어라." 하셨다.

키만 컸지, 순진했던 촌놈의 추억에 남는 지과점 체험기는 역시 촌놈의 행세로 끝났다.

사촌 형이 운동선수로 발탁되어 왔다고 한턱 쏜다며 제이를 자장면집으로 데리고 갔다. 그날 난생처음 먹어 보는 자장면의 첫 맛은 제이의 입안을 황홀하게 만드는 데 부족함이 없었다. 주르륵 빨려 들어오는 쫄깃, 달콤, 새콤, 짭짤함, 입 안에서 처음 느껴보는 그 맛은 말로 표현할 수 없는 잊히지 않는 소중한 추억거리로 만들어 주었다.

부산에는 삼촌뻘 되는 나이의 사촌 형이 둘 있었지만 가난으로 인해 작은 셋방 생활을 하다 보니 마땅히 숙박할 곳이 없었다. 제이는 고등학교 기숙사에서 생활을 하게 되었다.

고 1이 되는 제이의 신장은 170cm. 배구선수 중에는 가장 적은 편이었다. 9인조 배구에 6인조 식으로 막 바뀌던 때라 배구 선수로서의 체형이 문제임을 스스로 느끼게 되었다.

합숙소는 여상의 학교 바로 뒤 건물이었는데 여학교를 거쳐 들어가야만 했다. 정들자 이별이라고 조금 익숙해질 즈음에 불행하게도 기숙사에서 불이 났다. 기거할 곳이 마땅치 않던 부산을 등 뒤로 하고 공기 빠진 배구공 몇 개를 거물보따리에 넣어 고향으로 다시 돌아와야만 했다. 부모님이 운영하는 버스정류소 매표 일을 도우며 1년간의 세월을 보내며 재수생활을 했다.

초등학교 시절, 누구도 대항하지 못하는 골목대장인 한 친구가 있었다. 그 친구의 이름은 청우. 여자 아이, 남자 아이, 동급생, 하급생, 상급생 누구든 그를 피해 다녀야만 했다. 그의 심술과 난폭함은 누구도 당할 수가 없었다.

제이는 늘 이 친구의 행동이 못마땅했다. 그러다 청우가 제이에게 시비를 걸어왔다. 둘은 학교 운동장에서 결투를 했다. 싸움을 많이 한 탓에 싸움꾼으로 불리던 청우와 태권도와 운동을 한 제이의 한판 대결은 제이의 승리로 끝났다.

패배를 인정하지 못한 청우는 새벽에 제이가 혼자 자는 버스정류소 골방의 문을 두드렸다.

"야! 제이야. 나와서 한판 붙자. 이리 나와 봐라."

그동안 누구에게도 져본 적이 없는 청우는 제이에게 굴욕을 당한 기분이었다.

자다 일어난 제이와 청우는 새벽 초등학교 운동장으로 나갔다.

둘은 싸움의 규칙을 정했다. 서로 붙잡지 않기, 서로 떨어져서 치고 때리기, 둘 중에 한 사람이 졌다고 항복할 때까지 계속 싸우기. 둘의 싸움은 해가 뜰 때까지 계속되었다. 학교 당번이 등교할 때 둘은 지쳤다. 마지막 제이의 주먹이 청우의 얼굴 한쪽 눈을 강타하는 순간 싸움은 끝이 났다. 그들의 싸움을 멀리 측백나무 담 사이로 보는 여학생이 있었는데 그 여학생은 제이의 첫사랑 여자가 되었다.

06
자식에게 함부로 말하지 마라! 말이 씨가 되는 무서운 경험

청우는 워낙 개구쟁이에다 아이들을 때려 부모들이 집을 찾아와 항의하는 데 그의 부모는 지칠 정도였다.

말은 씨가 된다는 옛말이 있다. 그런데 그것을 직접 경험하는 충격적인 결과가 나타났다. 청우의 말썽에 워낙 흔들었던 그의 엄마는 맞은 아이의 부모가 와서 항의를 하고 가면 청우에게 "에이, 죽을 놈. 와 안 디지노?" 하며 야단을 치고 빗자루로 두들겨 패기도 했다.

그런데 청우는 37살 젊은 나이로 죽었다. 청우는 직장생활을 하다 주식에 손을 대었고 여기저기 빚을 내어 투자했는데 주식 폭락으로 빚더미에 앉자 쇼크로 사망했다.

청우는 군에 가기 싫어 방아쇠를 당기는 들째손가락 마디를 잘라 군 면제를 받을 정도로 그렇게 말썽만 부리다가 겨우 마음잡은 지 몇 년 안 돼 결국은 부모의 말대로 주검으로 비운을 맞게 된 것이다.

자식의 말썽에 화가 난 부모의 말 한마디, "죽일 놈" "디질 놈" "와 안 디지노" 이런 부모의 말 한마디가 바로 당신의 자식을 저 세상으로 먼저 보내는 결과를 가져온 것이다.

제이와 청우의 한판 대결을 본 숙은 중학교에서 학생회 부회장으로서 인기가 많았다. 제이는 그녀의 언니와 4H 그룹 활동으로 군내 활동하며 의형제를 맺었다. 그러다 그녀의 동생을 만나게 되었고 둘은 서서히 가까워졌다. 그녀와 가까워지게 된 것은 그날 청우와의 결투를 보고서 끌림이 더 있었던 것 같았다.

　　제이는 버스 정류장 숙소(초가집 골방 한 칸)에서 혼자 잤다. 둘은 동네 주변 한적한 장소를 찾아다니며 데이트를 했다. 도로 길 옆 묘지에서도 둘만의 시간이 황홀했다. 조용한 시골마을은 어디를 가나 둘만이 즐길 수 있는 데이트 장소가 많았다. 연못가, 조그만 소나무 숲길, 정자나무, 보리 짚더미, 냇가 위에 자리 잡은 돌, 언덕길……

　　데이트를 하다가 밤 11시 가까이 되면 그녀를 집까지 바래다주었다. 그녀의 집은 큰 기와집 한옥 두 채에 흙돌담으로 둘러 싸여 있었다. 흙돌담 위에는 기와로 장식된 꽤나 높은 담이었다. 대문을 열고 들어가면 대문 여는 소리에 부모님이 깨면 혼이 나니까 제이는 그녀를 항상 어깨 위로 발을 딛게 하고 넘겨주었다.

　　어느 날 여느 때와 같이 그녀의 발이 제이의 어깨 위에 올려졌다. 담을 양손으로 짚은 그녀는 양발을 담 위에 올려놓고 내려가려는 찰나, 지나가는 사람의 인기척에 놀라 담 위에 손을 짚으려다 놓치고 거꾸로 곤두박질쳤다.

　　"어이구, 아파."

　　"괜찮아?"

　　다행히 다친 곳은 없었다. 그렇게 청춘남녀는 첫사랑의 아름다운 추억을 만들어갔다. 그냥 곁에 있어만 주어도 야릇한 그 느낌, 생각만 해도 짜릿한 감정, 그런 시절은 누구나 경험하였으리라.

　　그녀와의 사랑은 약 1년 동안 계속되다 헤어졌다. 제이에게 남긴 구애의 편지를 여섯 장이나 받았음에도 제이는 더 이상 그녀에게 다가 갈 인연을 만들지 못했다.

부산 D 여상과 P 대학을 졸업하여 현모양처가 되리라 믿었던 그녀 는 후일 어느 유부남의 연인으로 전락했다는 소식으로 제이를 안타 깝게 했다. 많이 배운다고, 많이 가졌다고 세상을 잘 살아가는 것만은 아닌 것 같았다.

어머니와 아버지는 큰아들만큼은 학교에 보내야겠다는 생각으로 제 이에게 학교 시험을 치르도록 해주었다. 제이의 간절함이 통했던 것이 다. 그 혜택에 제이는 항상 동생들에게 미안함을 가지고 있었다.

한 해 재수를 하고 학교 시험을 치르던 날, 둘째 시험 시간이 끝나고 쉬는 시간이었다. 제이에게 부산 H 고등학교 교복을 입은 학생이 시비 를 걸었다.

"야! 너 어데서 왔노?"

"생림에서 왔다. 와?"

"니 몇 살이고?"

"16살이다."

"니 무슨 띠고?"

"와 묻노?"

시시콜콜 시비에 화가 난 제이는 더 이상 대답을 하지 않고 맞받아 쳤다. 둘은 눈으로 째려보며 서로 주먹이 오가기 일보 직전이었다. 그 순간 시험 시작을 알리는 종이 울리고 둘은 기 싸움만으로 헤어져야 했다.

그 친구는 "너! 나중에 이 학교에 들어오면 보자." 하고 돌아섰다.

이듬해 같은 학교 배지를 달고 있었지만 서로 부딪치지는 않았다.

제이는 고등학교 때 남들보다 유별난 학창시절을 보냈다. 사춘기의 우쭐대는 건달 끼에 저돌적 언행의 소유자였으며, 한편으로는 모범생들과도 친하게 어울렸다. 학업 성적은 중간 정도였고 학교는 충실하게 다녔다. 비록 모범생은 아니었지만 그렇게 되려고 노력하는 의지는 있었다.

김해 읍내 모 양복점 사장을 알게 되어 형이라고 불렀다. 그 형이 운영하는 양복점은 학생복 맞춤도 병행했다. 나팔바지가 한참 유행이었던 때라 1학년 말이 되어 새로운 교복을 맞추어야 하는데 막상 집이 가난하여 교복을 맞추어 입기에는 부담이 되었다.

그때 마침 양복점 형이 제이에게 제안을 했다.

"니, 학교에 가서 이 볼펜을 학생들에게 돌려라. 그라면 멋진 학생복 한 벌 마차 주께! 알았제?"

1학년인 제이는 용기를 내어 옆 반 2학년 교실에 들어갔다. 학교 내에서 알려진 건달 조직들이 있었다. 이 중에는 다른 학교에서 사고를 치고 전학을 온 친구들도 있었다. 이들은 학내에서 1학년이면서도 2, 3학년 상급자에게도 두려운 존재였다. 제이가 입학시험 날 처음 마주쳐 시비를 걸던 그 친구도 같은 멤버였다. 그들과 제이는 서로 맞부딪치지는 않았지만 서로에게 경계심을 가지고 있었다.

"아, 잠깐! 선배님들, 앉아서 제 말 좀 들어 주십시오."

그중에는 중학교 동창도 있었다.

"우리 형이 형제삼양복점을 하는데 이 볼펜 하나씩 가지시고 와서 이용하여 주시면 감사하겠습니다."

그리고 볼펜을 한 자루씩 나누어 주고 유유히 나왔다. 이러한 볼펜은 전 학년에 전달되었다. 양복점 가게 주인은 제이에게 유행하던 나팔바지 교복 한 벌을 맞추어 주었다.

제이가 등교를 하려는 시간이었다. 아버지는 아침부터 술이 만취되어 엄마에게 고함을 치고 술주정을 하고 있었다. 제이는 너무나 화가 났고, 이웃에게 창피했다. 그렇다고 자기를 낳아주신 아버지를 어떻게 하겠는가. 싸울 수도, 나무랄 수도, 욕을 할 수도, 다툴 수도 없었다. 제이는 밖으로 나가 큰 몽둥이를 하나 가지고 왔다. 그리고 아버지 앞에 무릎을 꿇었다.

"아버지! 아버지의 아들로 태어난 이 자식은 아버지의 그런 모습을 보는 것이 너무나 이웃에게 부끄럽고 고통스럽습니다. 그러니 아버지가 낳은 자식이니까 그 모습을 보지 못하도록 이 몽둥이로 죽여주십시오."

순간, 제이의 아버지는 눈을 부릅뜨며 멈칫했다.

"이, 이, 이 자식이……."

자식의 강한 호소와 저항을 받으리라고는 상상도 못하였던 것이다. 그 옆에서 바라보는 제이 엄마도 역시 아들의 당돌한 행동에 아무 말을 할 수가 없었다. 그 이후로 제이는 아버지가 술주정으로 엄마를 괴롭히는 고함소리를 듣지 못했고 엄마와 싸우는 모습도 보지 못했다.

자식이 크면 클수록 부모의 행동은 자식으로부터 관심과 주시를 받게 된다. 그들은 성인이 되고 그 부모의 뒤를 잇는다. 피었다 시들어지는 한 송이 꽃과 같이. 그리고 다시 피어오르듯.

07

용우는 벌써 그 오줌 담은 드링크를 벌컥벌컥 마셨다

하루는 우겸이 형이 박카스를 나누어 주었다. 그 당시 박카스는 귀한 드링크 중 하나였다. 친구 셋이 박카스를 다 마시고 빈 병을 버리려는 순간 제이가 장난 끼가 발동 되었다.

"조금 후면 용우가 올 것이니까 잠깐만……."

제이는 빈 박카스 병에 따뜻한 즉석 오줌을 담았다. 그리고 박카스 마개를 꽉 닫고 대문에서 들어와 마루에 앉을 때 가장 잘 보이는 곳에 놓았다. 아나나 다를까, 용우가 들어와 앉으려다 박카스 병을 보며 말했다.

"어, 이게 뭐야?"

"야! 그거 묵지마라! 내꺼다!"

제이가 일어나는 순간 용우는 벌써 그 오줌 담은 드링크를 벌컥벌컥 마셨다.

"우욱!"

한 모금 넘기고 두 모금째 알아차린 그는 입 안의 오줌을 뱉어냈다.

"이거 뭐꼬?"

"키킥, 크크크큭!"

"우하하하."

같이 있던 친구들은 배꼽을 쥐고 웃었다.

그 이후로 용우는 박카스를 마실 때마다 소변의 짭짤한 맛을 느끼는 듯한 기억에 멈칫할 때가 많았다.

저녁을 먹고 역시 친구 집에 모여 앉았다.

"야! 우리 동네 가시나들이 영화 보러 갔단다."

"음, 그래? 오늘 그 가시나들 욕 좀 보이자."

동네 어귀 움푹 파인 산 능선, 동네 사람들이 가장 무서워하는 곳이 있었다. 밤늦게 영화 관람을 마치고 그곳을 통과할 때 여우가 나온다고 밤길을 무서워하던 바로 그곳, 붉은 황토 깎아 내린 산 끝자락에서 두 명은 흙을 던지기 시작했다.

수다를 떨며 길을 가던 처녀들은, "엄마야!" "어디 가노." "같이 가자." 하면서 후다닥 놀라 뛰었다.

그 순간 두 명은 다시 연탄재를 그녀들 앞에 던지며 공격했다.

"어마야!"

"언니! 같이 가!"

한참 정신없이 뛰던 여성들의 바로 앞에서 흰 치마저고리를 짚단으로 묶어 가마니에로 덮어 놓았던 귀신을 제이와 딸기코가 양쪽에서 잡고 있던 선을 끌어당기자 하늘로 치솟아 올랐다.

"오메, 사람 살려!"

"으악!"

"이게 뭐꼬?"

바로 뒤에 조용히 따라오던 네 명의 친구들은 그녀들에게 달려들었다.

"잡아라!"

"으악!"

"우악!"

"아악!"

"엄마야!"

그러다가 그녀들은 곧 그것이 장난이라는 것을 알았다.

"아이고, 이 머슴아들아, 와 그라노."

"너거들 죽고 싶나."

"저 머슴아들 땜에 못 산데이."

학교 급사(관리자)일을 맡고 있는 아버지를 둔 친구 성은이가 있었다. 아버지의 전근으로 가족이 다 이사를 왔는데 성은이는 얄밉도록 여자 아이들과 친밀감을 보였다. 친구들은 그를 아주 못마땅해 했다. 그러던 중에 제이의 여자 친구인 숙에게 접근하려는 것을 숙은 싫어서 제이에게 접근을 못하게 해달라고 부탁했다.

"성은아. 너, 숙을 괴롭히지 마라."

"내가 하는 일인데 니가 와? 너거 아버지는 노름꾼에다 남의 돈도 잘 따는데 나는 와 못 하노?"

"이 새끼가 죽을라꼬 환장했나?"

제이는 마침 옆에 있던 기왓장 하나를 집어 들어 주먹으로 그 기왓장을 내리쳤다. 제이의 손등에는 피가 낭자했다. 아버지에 대한 제이의 응어리가 폭발했다. 깨어진 기왓장을 들자 성은이는 겁을 먹고 자기 집으로 줄행랑을 쳤다. 그 이튿날 성은이의 아버지는 운동장에서 운동을 하고 있는 제이에게 다가와서는 다소곳이 제이의 어깨를 감싸 안으며 말했다.

"제이야, 앞으로 우리 성은이 잘 좀 부탁한데이."

제이는 고개 숙여 "죄송합니다." 했다.

제이를 타이르는 성은이 아버지는 슬기로운 분이셨다. 기왓장으로 자기 아들을 때리려 했던 아이에게 윽박지르고 나무라는 것이 아니라 타이르듯 부탁하듯 말씀하신 친구의 아버지 말에 제이는 순응할 수밖에 없었다.

08

이 차 안에는 많은 사람들이 타고 있는데
조용들 하셔야죠

제이는 불의를 보고는 참을 수 없는 성격 탓에 통학 길에 버스 안에서 어른들의 떠드는 소리에 한마디 했다.

"이 차 안에는 많은 사람들이 타고 있는데 조용들 하셔야죠. 그렇게 떠들면 다른 승객들에게 방해가 되잖아요. 조용해 주이소."

한참 박장대소하던 사람들은 제이의 당돌한 충고에 입을 다물었다.

제이의 가족 중에 바로 아래 남동생 국이는 내성적이고 차분한 성격이었다. 소아마비로 초등학교만 졸업하고 바로 기능직으로 직장생활을 해야만 했다. 가난에 찌든 모두가 힘든 시절이다 보니 형편상 중학교 가는 것은 생각할 수조차 없었기 때문이었다. 제이의 동생은 불편한 다리로 부산으로 내려가 자개장 기술을 배웠다. 동생은 손 기술이 좋고 그림 솜씨가 좋아 디자인을 잘하여 사장으로부터 인정을 받았으며 푼푼이 모은 돈으로 집 살림에 보탬을 주었다.

바로 아래 여동생도 버스 정류장 매표관리를 하면서 가사 일을 도왔다. 약 150세대를 대상으로 한 버스 정류장 매표소 운영으로 생계를 유지했던 시절이었다.

    제이는 동생들의 희생으로 그가 원하는 학창시절을 보냈으며 빈곤 속의 풍요라 어려움 속에서 그는 사춘기 시절을 남다른 경험들로 무사히 보낼 수 있었다.

    하루는 여자 친구 집에서 누나들이 고구마를 삶아 먹는다는 소식이 제이의 멤버들에게 전해졌다. 그 소리를 들은 그들은 눈을 마주치며 빙그레 웃음을 지었다.

    밤 10시, 배고픈 시간, 가위바위보로 선발된 제이, 용우, 정우는 높은 담을 뛰어 넘어 부엌으로 들어갔다. 부엌문을 열자 삐걱 소리가 나 놀라 잠시 문을 잡았다. 가마솥 뚜껑을 열고 뜸을 들이려고 놔둔 고구마를 죄다 바구니에 옮겨 담고 준비해간 쪽지를 매너 좋게 남겼다.

    "저희를 위하여 삶은 고구마, 감사히 잘 먹겠으므로 이 쪽지를 남깁니다. 일지매."

    며칠 후 또 소식이 들어왔다. 동기들이 고구마를 삶고 있다는 정보였다.

    역시 여자 동기생의 집 안에서 여자들끼리 모여 수다를 떨고 있었다. 여자 친구의 집은 세 방향이 사철나무로 우거진 담으로 되어 있었고, 한쪽은 돌담으로 손이 닿을 듯 말듯 한 높이였다. 들어갈 때는 대문으로 들어갈 수가 있었다. 부엌으로 들어가서 나올 때는 그녀들이 있는 방문 앞을 거쳐야만 대문을 나올 수 있다.

    제이의 친구들은 살며시 그녀들이 있는 방을 기웃거렸다. 그녀들의 방 안에는 지난번 고구마 서리를 당한 친구 중의 한 명이 끼어 있었다. 혹시나 들켰을 때 따라올 경우를 생각하여 화장실에 가서 분뇨를 담아와 그녀들의 신발에 채워두었다.

    만반의 준비를 하고 부엌문을 열고 들어간 청우와 용우는 서서히 가마솥 뚜껑을 열었다. 솥 안의 열기가 손과 손목에 뜨겁게 느껴져도 고구마를 담아야 하기에 참았다. 고구마를 잡으려는 순간 뭉클, 고구마가 아니라 보리쌀이었다.

"이크, 뜨거워라."

쨍그랑, 쿵쾅. 우다다다다.

"누고?"

여자 아이들이 문을 열고 나왔다.

"잡아라! 저기! 저기다!"

"어머나, 이게 뭐꼬?"

여자들은 분뇨가 담긴 신발을 신으려다 놀라며 손으로 신발을 집었다. 그러나 분뇨 냄새에 으악, 놀라며 신발을 던졌다.

"엄마야! X이다!"

솥뚜껑을 던지고 뛰쳐나온 청우와 용우는 방문을 열고 튀어나오는 그녀들로부터 가로막혀 대문을 나가지 못하고 반대편 돌담을 뛰어 올라 도망을 갔다. 평소에 넘을 수 없는 높은 곳이었는데 다급할 때는 자기도 모르는 힘이 나온다는 말을 실감할 수 있었다.

제이는 집에서 통학을 했다. 그러다 통학생 중에 제이보다 한 학년 높은 여고생과 사귀었다. 그녀는 모 초등학교 교감선생님의 둘째 딸이었다.

등교 시간대의 버스 운행은 단 한 번밖에 없는 터에 학생들은 거의 같은 버스로 통학을 했다. 제이와 그녀는 복잡한 버스 안에서 눈을 마주치며 서로의 감정을 주고받았다. 때로는 옆에서, 때로는 저쪽 멀리서 바라만 보면서 사랑을 확인했다. 토요일, 일요일이면 제이는 그녀를 만나러 약 10km 이상의 길을 달려갔다. 그녀를 만나러 갈 때면 마냥 좋았다. 생각만 하여도 좋기만 한 그녀와의 사랑을 꽃 피우며 고 3 한 해를 보냈다.

제이는 나이가 많은 관계로 고등학교 3학년 때 징병검사를 받아야만 했다. 그녀는 졸업과 동시에 전화교환원 시험에 응시하기 위해 부산 학원에 다니고 있었고 제이는 졸업을 하고 군 입대 소집 명령서를 받았다.

제이는 군 입대 전에 그녀를 데리고 사촌동생, 친동생 둘과 함께 원동 등산을 갔다. 등산을 하고 동생 둘은 부산으로 보내고 제이와 그녀는 여인숙으로 들어가 하룻밤을 보냈다. 둘만의 시간은 짜릿했다. 하지만 그녀의 곁으로 다가가지 않았다. 서로 눈을 마주치고 손을 잡는 것으로 만족했다. 긴긴밤을 뜬눈으로 보내다시피 서로 이야기를 하며 감미로움과 황홀함을 추억으로 남긴 채 헤어졌다.

그날 둘만이 가진 달콤한 밤의 대가는 그녀에게 고스란히 고통으로 돌아갔다. 그녀의 하룻밤 외박은 그녀의 아버지를 분노하게 해 집 밖으로 못나가게 감금시켰다.

그녀와 제이가 외박을 하는 동안 그녀의 아버지는 제이의 가족, 아버지에 대한 이야기를 수소문하여 들었다. 노름끈에다 술로 일삼는 제이 아버지를 조그만 면소재지에서 알아내기에는 어렵지 않았을 것이다.

제이가 군 입대하는 날, 그녀는 교묘히 빠져나와 제이를 군부대까지 환송해 주었다. 사랑 앞에는 그 어떠한 방해도 극복될 수 있었다. 군 생활 3년간 그녀와 편지를 주고받으며 사랑을 나누었지만 주고받는 편지 중에는 그의 아버지의 감시로 가로채어 전달되지 못했을 때도 있었다.

09
입대 이틀째, 마냥 맞기만 했다

첫날 입소식은 훈련장을 들어가는 순간 시작되었다. 가족, 친구들과 헤어지고 입영장 안으로 들어가는 입구, 삼삼오오 열을 맞추어 서게 한 후 갑자기 인솔자가 군기가 빠졌다고 오리걸음을 시키기 시작했다.

하나, 둘, 셋…….

"여기는 사회가 아닙니다. 정신 똑바로 차리고 군인의 의무를 다하여야 합니다. 정신 무장 구호를 외친다. 시작!"

"정신무장, 정신무장."

내무반을 배정받아 정신없이 하룻밤을 맞이했다. 제이와 동기가 되어 내무반 안 옆자리에 앉은 친구는 마음이 여려 군 생활에 부담이 많이 되는 듯했다.

"야! 제이, 우리 어떻게 이 생활을 하냐? 억수로 겁난다. 니는 괜찮나?"

속삭이듯 제이에게 말을 건넨다.

"그래도 해야지, 어쩌냐?"

다음 날 군복을 수령하는 날이었다. 제이는 군복으로 옷을 갈아입었다. 처음 입는 군복이라 신기하여 허리에 양손을 가져다 자기 모습을 위아래로 훑어보고 있는데 순간, 내무반장이 침상 위로 올라오면서 말했다.

"이 자식, 어디서 폼을 잡아. 여기가 사회인 줄 알아?"

순간 두 손으로 제이의 양 뺨을 때리기 시작했다. 따다다닥, 정신없이 맞았다.

"침상 끝으로 나와! 침상 끝에 뒤로 돌아 무릎 꿇어!"

양 발바닥을 몽둥이로 내리쳤다. 빡! 따악! 통증과 쓰라림이 가시기 전에 또다시 몽둥이가 가해졌다. 쉴 틈 없는 고통의 연속이었다. 몽둥이로 맞을 때마다 그 아픔은 더욱 자극되어 뼛속까지 온몸을 파고들었다.

퍼퍼픽! 아아! 영문도 없이 그냥 그렇게 맞기만 했다. 허리춤에 손을 가져다 본 죄로. 이것이 군 입대 하루 지난 날, 제이에게 돌아온 병영생활의 첫 고통의 경험이었다.

옆에 있던 동기생이 제이의 손을 꼭 잡아주었다.

제이는 배구를 잘한 덕택에 군 생활이 조금은 남달랐다. 중대장은 배구를 좋아하는 터였다. 중대장은 사회에서 배구를 한 훈련병을 찾았다. 중대장은 제이의 배구실력을 마음에 들어 했다. 휴일이 되면 제이를 불러내어 운동을 같이 했다. 훈련병들의 주말은 사역에다 청소 등등 쉴 틈이 없는데 제이는 열외병력이었다.

5주가 지나서 공수특전부대 차출이 왔다. 그중에 제이의 이름은 없었다. 공수특전부대 명단에 빠진 사람과 차출된 사람의 표정은 달랐다. 공수특전부대는 지옥 같은 훈련으로 고된 군대생활임이 잘 알려져 있기 때문이다. 그런데 제이와 표 모 친구는 생각이 달랐다.

"우리 이왕 군대생활 하는 것, 화끈하게 해 보는 것 어때?"

제이와 표는 중대장 실에 들어갔다.

"충성! 저희는 공수특전부대에 가고 싶습니다. 저희도 공수부대에

갈 수 있도록 해 주십시오."

의아한 눈으로 바라보는 중대장.

"지금은 안 돼! 이미 발표된 명단은 바꿀 수 없어! 다른 부대 가서 군 생활 잘해!"

"네, 알겠습니다."

드디어 배출이다. 새로운 군화, 더블 백, 관물을 수령하고 배출지 통보를 기다린다. 내무반 스피커로 배출자 명단을 발표하기 시작했다.

"공수특전단 전출자 명단입니다."

스피커로 이름이 불려진다.

"OOO, xxx, J……."

"어?"

제이가 공수특전부대로 발탁이 된 것이다. 표도 마찬가지였다. 같은 내무반 선임분대장 K도 추가로 차출되었다. 내무반의 분위기는 희비가 교차했다.

"휴, 이제 죽었구나."

낙심하는 친구들이 많았다.

10
사격장의 결투! 똥물에 처박힌 두 사람

보직이 좋은 곳에 전출명령을 받은 친구들은 표정이 밝았다.

"자, 자! 여러분! 오늘 배출을 하면 이제 언제 볼지 모릅니다. 그동안 우리를 위해 노력해 주신 내무반장님의 노고에 감사하는 마음으로 여러분이 받은 배출비 중에서 조금씩 거두어 내무반장님께 감사의 표시로 드리고자 하니 협조 부탁합니다."

선임분대장 K는 유도 3단에 덩치가 큰 녀석이었다.

"잠깐! 우리가 뺑이 치게 훈련 받고 배출되어서 나가는데 몇천 원 안 되는 비상금을 상납해야 하나? 줄 수 없어."

그러자 동기생들도 고개를 끄덕였다.

"맞다. 야, 야, 관둬라 관둬!"

분위기가 이상하게 돌아가자 선임분대장 K가 제이에게 말했다.

"야! 니가 뭔데 반대냐, 이 자석아!"

"야! 니는 뭔데 니 마음대로 개인의 돈을 거드냐?"

"야! 너 이 자석이…… 따라와!"

처음 군복을 갈아입던 그 순간, 번개치기 뺨따귀에 발바닥 몽둥이세례는 끔찍했다. 그런데 그놈에게 피 같은 돈을 준다고? 내무반장이란 놈은 매일 기합이나 주며 우리를 괴롭힌 놈인데 무슨 상납? 어이 씨펄 놈, 배알도 없지. 따라가면서 7주 전의 그날을 생각한다.

둘은 사격연습장의 분뇨처리장 옆 공터에 마주 섰다.

두 사람은 치고받기 시작했다. 떨어져 치고받는 순발력은 제이를 이겨낼 수 없었다. K는 제이의 양 어깨를 잡았다. 서로 양 어깨를 잡고 밀기를 몇 초. 덩치 큰 유도 3단의 힘에 밀려 제이의 한쪽 군화가 바로 옆 분뇨처리장(똥물)에 밀려 빠져버렸다.

"에라이, 씨."

제이는 K를 끌어안고서 분뇨처리장으로 곤두박질쳤다. 먼저 빠진 한쪽 발을 버팀목으로 이용하여 제이는 K를 당기며 몸을 수그렸다. K의 온몸은 똥물 깊은 곳으로 빠져 들었다.

"어푸! 아, 씨! 우와! 이 냄새, 으, 으, 으!"

깊숙이 머리가 처박힌 K의 온몸은 볼 수가 없었다. 머리에서부터 발끝까지 분뇨 찌꺼기로 온몸을 덮고 있었다. 온몸이 똥물로 젖은 K의 모습은 차마 눈 뜨고 볼 수가 없었다. 지독한 똥냄새가 둘의 몸에서 풍기기 시작했다.

분뇨처리물 속에서 나온 K는 손목을 쥐고 있었다. 똥물 속으로 들어가는 순간 놀라 발버둥 치다가 돌과 부딪친 손목에 이상이 있었던 모양이다.

세면장의 두 사람은 옷을 벗어던지고 온몸을 다 씻었지만 분뇨 냄새만큼은 쉬 사라지지 않았다.

그 결투로 선임분대장은 손목에 부상을 입어 공수특전단에서 훈련을 할 수가 없어 일반병으로 전출 갔으며, 그 후 전역하는 날 다시 모인 훈련소에서 K는 제이를 부르며 찾았다.

"야! 제이 어디 있나? 야! 제이야, 반갑다."

K는 제이의 손을 잡으며 반갑게 고마움을 표시했다. 그날 싸움 덕택에 다친 손목 부상으로 고된 훈련인 공수특전단 훈련을 면하게 되어 3년 동안 편안한 군 생활을 하게 된 감사의 표시였다.

분뇨 사건을 뒤로 하고 창원에서 열차에 올라타 삼랑진역에 도착했다. 상행선(용산역)으로 환승하려 할 때 아버지, 큰아버지, 동생이 소식을 듣고 환송하러 왔다.

약 20여 년간 아버지 그늘 아래서 자란 제이의 늠름한 모습에 그의 아버지 그리고 가까이에서 존경했던 큰아버지, 동생 모두가 반가워했다.

제이의 집안에서 6·25전쟁 후 자손 중에 처음 군대에 가는 아들이라 가족들의 환송은 꽤나 의미가 있는 듯했다.

아버지: 잘 하거라. 너를 믿는다.

백부님: 잘 마치고 오너라.

동생: 형, 잘 다녀와.

"충성! 잘 다녀오겠습니다."

짧막한 말씀 한마디들, 더 말할 시간의 여유도 없었다. 묵묵히 손을 흔들며 차창 밖으로 가족들이 멀어져 갔다.

야간열차가 달리기 시작했다. 이제 제이는 사나이로서 아무도 모르는, 그 누구의 도움도 없이 오직 자신만 지켜야 하는 국방의 의무를 위하여 옆 좌석 전우와 똑같이 군복을 입은 모습으로 함께 호흡하고 있을 뿐이었다.

난생처음 도착한 서울 용산역에서 경직된 마음으로 열차에 내려 군용 트럭에 올랐다. 베레모를 쓴 안내 상사의 호령은 신병들에게 긴장감을 더해 주었다. 군기가 바짝 든 신병들의 눈동자는 긴장과 고된 훈련과 맞서 새로운 환경에 적응해야 하는 두려움이 역력했다.

군용차 화물칸에 탄 약 20명의 신병들을 좌우로 하고 베레모를 쓴 하사관이 트럭 중앙에 서서 구령했다.

"너희들은 대한민국 최고의 특전부대 용사들이다. 이동 중에 노래가 끊기거나 소리가 작으면 너희들은 각오해라! 알았나?"

"넵!"

"노래 일발 장진!"

"얍!"

"군가는 멋진 사나이! 노래는 우렁차게! 반동은 위에서 아래로. 군가 시작! 하나, 둘, 셋!"

동트는 새벽, 걸어가는 사람과 자동차들, 처음 내딛은 서울, 사람들의 자유로운 모습들이 스쳐 지나갔다. 한참을 달렸다. 서울의 중심거리를 벗어나 어디로 가는지 알 수 없는 이름 모를 산 입구로 진입하기 시작했다. 깨끗하게 단장된 아스팔트 그리고 보초병이 눈에 들어왔다.

"단결!"

새로운 곳에 대한 호기심과 긴장으로 신병들은 두리번두리번 곁눈질로 상황을 판단했다.

햇살이 온 세상을 밝히고 베레모를 쓴 여군이 보였다. 나팔바지의 얼룩무늬 옷이 신기했다. 식기를 들고 나오는 여군의 모습, 그 위에 베레모까지……. 저런 여자들도 낙하산을 탄단 말인가? 긴장한 병사들의 눈이 번쩍인다. 오! 멋있다.

얼마 후 "하차!" 구령이다.

신병들은 일사불란하게 차량에서 내려와 일렬로 정렬했다.

"지금부터 구보로 이동한다. 출발! 하나, 둘, 하나, 둘."

이동식 쇠 받침대 활주로가 깔려 있고 그 위에 천막이 줄이어 쳐져 있었다. 여기가 공수특전단 훈련의 막사인 것이다. 사람 사는 곳이라기보다는 마치 별다른 세상에 와 있는 듯한 느낌이었다. 베레모를 쓴 장교와 조교들이 목에 힘을 주고 앞을 응시하며 근엄하게 서 있었다. 훈련병들에게는 지옥의 사자들이었다.

함께 훈련을 7주간 받아온 동기생과 각 지방에서 차출된 신병들뿐, 아무도 보는 이 없는 한적한 훈련장에선 기합소리만 우렁차게 퍼져나갔다. 정열하다 마음에 들지 않자, 선착순 뺑뺑이 돌리기가 시작되었다. 쉬는 시간에도 그냥 놀리지 않았다. 꼬투리를 잡아 기합과 벌칙으로 시간을 때웠다.

지옥 같은 훈련의 연속이었다. 정말 지옥 같은. 눈코 뜰 사이 없이 가해지는 맹훈련의 고통. 달리고, 기고, 뛰고, 구른다. 쉬지 않는다. 구보와 팔자돌기 훈련은 모든 신병들을 절름발이로 만들었다. 지치고, 쓰러지고, 넘어지고, 나가 뒹굴어진다. 하루 종일 쉴 틈을 주지 않는다. 한 사람 한 사람 절뚝거리지 않는 사람이 없다.

계속되는 고된 훈련 속에서 정신이 혼미한 상태에서도 낙법을 하여야만 한다. 낙하산으로 뛰어내려 땅에 닿는 순간 접지(낙법)를 해야 하는 훈련, 막-타워 점프하기, 트럭에 매달려 끌려가기, 하수구, 자갈밭, 어떤 상황이 될지 모르는 곳곳마다 질질 끌려 다닌다. 그러다 조교의 호각 소리에 순식간에 일어나야 한다. 몸을 굴리면서 일어서고, 질질 끌려가다 일어서기를 수십 번 반복한다. 옷이 찢기고 흙탕물에 범벅이 되어도 훈련은 계속된다. 무려 4주간의 지옥훈련은 공수특전단의 필수 종목이다.

함께 입대한 친구 중 한 사람이 성은이었다. 그와 함께 훈련을 받았다. 예비낙하산을 메고 모형 비행기에서 뛰어내려 바로 낙법으로 구르는 것이다. 바로 앞에 성은이가 뛰어 낙법을 하려는 순간 교관의 구령에 따라 제이가 뛰었다.

퍼벅. 낙법을 하고 미처 빠져나가지 못한 성은이 등 뒤에 제이의 철모가 부딪치며 화이바가 제이의 코를 찍었다.

"괜찮아?"

"으응."

제이의 콧등이 찍혀 피가 나온다.

한순간의 방심으로 그 흉터는 영원히 남게 되었다.

오늘은 점프하는 날.

교관의 주의 내용과 정신 교육은 단호했다.

"낙하산을 타고 내려오다 펴지지 않아 한강 백사장에 떨어지면 내장이 파열되는 소리가 마치 수류탄 터지는 소리와도 같다. 죽지 않으려면 생명 고리를 잘 점검하라."

"카나피 분리(낙하산과 어깨연결고리) 뭉치를 점검하라."

"기내에서 교관의 수기를 잘 보고 신속히 뛰어내려라."

"낙하산이 펴지지 않으면 예비 낙하산을 펴라."

"주 낙하산과 예비 낙하산이 두 개 다 펴져 있으면 하나를 빠르게 회수하라."

처음 낙하산을 타는 훈련병들은 교관의 말에 바짝 긴장하여 두려움으로 가득 차 있었다.

교관의 정신 교육이 끝나고 낙하산을 등에 착용한 훈련병들은 긴장한 탓에 무거운 낙하산을 멘 채 어기적어기적 화장실을 들락거린다.

잠시 후 거대한 수송기가 활주로로 들어온다. 약 30명이 탑승한 비행기 안, 비행기 엔진 소리만 들릴 뿐 모두가 긴장되어 말이 없다. 생명 위협의 공포감, 두려움이 엄습해 온다. 비행기가 이륙하는 소리의 굉음으로 초긴장 상태로 몰아간다.

제이는 바로 옆 전우에게 손을 올리며 "야! 괜찮냐?" 하고 물었다. 그러나 아무리 고함을 쳐도 입만 벙긋 보일 뿐, 그 소리는 말하는 사람도, 옆에 있는 사람도 들리지 않는다.

두려움, 공포는 계속된다. 제이는 공포감을 떨치기 위하여 옆 동료를 쳐다본다. 누렇게 뜬 얼굴들, 모두의 긴장된 모습을 보고 있노라니 혼자가 아니라는 것에 다소 위안이 되었다. 초긴장의 연속 불안과 공포의 두려움에 제이는 옆 전우를 다시 한 번 보았다.

"그래! 너도 하는데 내가 못하겠냐!" 씨익 웃는다.

목적지가 다가오고 교관의 수신호에 따라 제이는 제일 앞줄 선두자로 문에 섰다. 아래를 보니 비행기 날개 프로펠러에서 뿜어 나오는 뿌연 아지랑이 같은 열기, 그 사이로 땅이 아련히 내려다보였다.

그림을 그린 듯 마치 냇가처럼 보이는 한강의 물줄기, 성냥갑 같은 지붕들, 줄을 그어 둔 것 같은 도로망, 내리깔린 산과 들, 저 위를 뛰어 날아야 한다. 공포와 무서움에 바짝 긴장되는 순간이었다. 그러나 뛰지 않으면 안 되는 운명, 죽어도 뛰어내리자 다짐속으로 다짐을 하지만 그리 쉽지가 않았다.

휴우, 잠깐의 정적이 흐른 듯하더니 갑자기 툭 치는 소리가 들린다. 이제는 뛰라는 신호인가 보다. 제이는 비행기 밖으로 박차고 뛰어 나갔다. 비행기에서 튀어나오자마자 떨어지면서 제이는 자기도 모르게 눈을 감았다. 아아, 몽롱한 꿈속에서 나는 느낌인가? 허공에 몸을 날려 눈을 감은 제이, 하늘을 날아 뒹군다. 엄마 뱃속에서 다소곳이 감싸인 듯 하늘 품속에서 끝없이 날아든다. 일간, 이만, 삼만, 사만, 오만……(1초, 2초, 3초……).

11
죽음의 공포, 긴장, 두려움의 기나긴 터널을 벗어나

꿈인 듯, 생시인 듯 그렇게 한참이 지난 것 같았다. 그 길고 긴 것 같았던 순간이 지나고 뭔가 양 어깨를 툭 친다. 정신을 차리고 하늘을 보니 낙하산이 펴져 있었다. 낙하산 중앙은 원통형 구멍이 나 있고 집채만 한 낙하산은 풍선같이 제이를 감싸 들어 올린 채 둥둥 떠 바람에 흘러 날아가기 시작했다.

"아, 이제 살았구나."

"야! 이제 살았다."

"야호!"

여기 저기 낙하산이 꽃이 피듯 하나둘 펴지기 시작했다.

곳곳에서 함성과 탄성이 터져 나온다.

"야, 제이야! 살았다. 야호!"

아, 이 기분! 누가 느낄 수 있으랴! 죽음의 공포, 긴장, 두려움의 기나긴 터널 속에서 벗어나 날아오르는 듯, 끝없이 펼쳐진 하늘 그 위에서 살아 숨 쉬고 있음을 느끼는 순간은 너무나 짜릿했다. 높은 하늘 서울의 도시를 눈 아래 둔 그 높은 곳에서 둥둥 떠가는 느낌은 너무나 황홀했다. 그동안 혹독한 훈련이 한 순간에 다 씻어져 버린 것 같았다.

그런 기분도 잠시, 낙하산을 타고 땅에 떨어지는 속도는 마치 땅이 치솟아 오르는 듯 위험의 공포를 더해 준다. 그 순간 놀라서 모은 두 발을 굽히면 끝장이다. 다리가 부러지거나 허리가 박살난다.

그것을 방지하기 위한 공수훈련은 가혹할 수밖에 없었다. 자신의 생명을 지키기 위한 너무도 가혹한 훈련, 정신이 혼미한 상태에서도 낙법을 하게 길들여진 그 고된 훈련, 그 가치는 어김없이 발휘되고 접지를 위하여 육체와 낙하산은 땅으로 뛰어 들었다.

꽈당!

낙법을 하는 구부린 몸, 철모가 땅에 부딪하는 소리와 충격으로 잠시 멍해온다. 일어서면서 낙하산 줄을 잡아 멈추고 낙하산 줄을 끌어 당기면 집채만 한 거대 낙하산은 서서히 가라앉는다.

제이는 사방을 바라보며 동료들과 함께 신속하게 낙하산을 접어 어깨에 멘다.

모두 교관의 호각소리 신호를 향해 달려간다. 후다닥! 하나, 둘, 셋······.

내가 어디를 다쳤는지, 상처를 입었는지도 모른다. 오직 살았다는 마음에 아픈 곳도, 상처가 난 곳도 아랑곳하지 않는다. 하물며 다리가 부러진 것도 긴장한 탓에 느끼지 못한다.

요원들이 집결된 장소.

"너희들은 죽은 목숨이다. 적지의 하늘에서 여러분의 소리를 적군에게 알렸다. 너희들이 소리를 치는 바람에 너희들은 사살된 것이다. 그러니 지금부터 죽은 자는 말이 없듯이 너희들을 죽은 목숨 취급하겠다. 저기 보이는 돌무덤까지 선착순 1명. 뛰어, 갓!"

우르르, 다다다!

"헉, 헉, 헉."

선착순 1명을 선두로 하나, 둘, 셋. 1명을 제외한 나머지는 또 다시 뛴다. 처져 뛰지 못하고 절름거리는 사병이 교관의 눈에 들어온다.

"너! 너!"

그중 한두 명이 불려 나온다. 절룩거리며 나오는 신병은 자기 뼈가 골절됨을 아는지 모르는지. 그들은 대기하고 있던 응급차에 실려 병원으로 간다.

기합으로 정상임이 확인된 나머지 병사들은 수송차에 오른다. 그리고 함께 부르는 군가 소리는 더욱 크게 힘차게 나온다. 공포, 두려움을 벗어나 오직 살아났음에, 그리고 해냈다는 자신감에 사기충천해진다.

저녁 취침 시간 후, 다들 잠 잘 줄 모른다. 피곤함도 없이······.

낙하산 메고, 비행기에 오르고, 낙하산으로 뛰어내리는 느낌들, 뛰어내리지 못하고 버티다가 교관이 발로 뻥 차서 내린 이야기들이 끝없이 이어진다. 비행기 안에서 먼저 예비 낙하산 손잡이를 당겨 펴지는 바람에 점프도 하지 못하고 활주로에 다시 내려와 2중 공포를 느껴야만 했던 이야기, 하늘에 펼쳐진 낙하산 봉우리에 구멍 난 것을 보고 찢겨진 줄 알고 예비 낙하산을 폈다가 다시 접은 이야기. 점호사관이 순찰 오면 조용했다가 또다시 그 순간의 이야기들을 늘어놓으며 시간 가는 줄 모른다.

공수교육을 마치고 자대에 배치되기 위해 00공수특전여단으로 이동되었다. 도착하자마자 특수 전 훈련이 시작되었다. 중대장이 누군지, 팀장이 누군지 알 수 없었다.

모두가 창설요원이기에 팀원이 구성되어 일주일간 산속에 침투하여 실전과 같은 모의 훈련을 받는다. 산속에 투입된 후에는 일반 민가에는 내려오지 못하고 게릴라식 작전을 전개하는 훈련이다.

약 천리 길을 걸어 적지인 훈련 장소에 도착하여 산속에 굴을 파 들어갔다. 마지막 마무리는 텐트로 산 곡선을 따라 천막을 치듯 가린다. 그 위에 다시 흙으로 덮어 나무를 심어 자연 그대로 보이도록 위장을 했다. 땅굴 속에 함께 잘 수 있는 인원은 약 5명 정도. 군데군데 땅굴을 파고 위장된 초소가 만들어졌다. 각 막사마다 한 사람씩 교대할 병사를 선정해 놓고 1명의 보초만 남고 나머지 병사들은 바로 취침에 들어갔다.

"기상! 기상!"

팀장인 고 중위의 호령이다.

우르르 일어나 산속 숲 사이에 집합했다.

"어제 보초 선 놈들 다 나와!"

약 8명의 불침번 대상자들이 나왔다.

"엎드려뻗쳐! 너희들은 경계의 실패자들이다."

훈련에 지쳐 보초를 서다가 초병근무자가 다음 근무자를 깨우지 못하고 그냥 자버린 것이다.

몽둥이세례가 시작되었다.

하나, 따악! 둘, 퍼벅, 셋……

다음은 제이의 차례였다.

하나, 퍽! 둘, 으윽! 셋, 뜨악! 아아……

캄캄한 하늘에 별이 보인다는 느낌은 처음이다. 제이는 그 자리에서 바로 쓰러졌다.

"왜 그래?"

"팔에 맞은 모양입니다."

"막사에 데리고 들어가 약 발라주고 쉬게 해!"

제이는 천막 안에 들어와 맞은 팔목에 소염제를 바르고 안정을 취했다. 신병이라 군기가 들어 아무 소리도 못하고 훈련에 임했다. 간간이

오는 통증은 가중되는 훈련으로 더 고통스러웠다.

훈련의 메시지가 왔다.

"적지의 교각을 밤 00시 00분에 즉각 폭파하라."

제이는 폭파하사관으로서 다리를 폭파하는 임무를 맡았다. 보릿짚 모자를 쓰고 농부 차림으로 변장한 후 지정된 교량으로 침투했다. 다리 양쪽 입구에는 벌써 대항군들이 보초를 서고 있었다. 평상시 같으면 자연스러운 행동도 왠지 긴장이 되었다.

제이는 교량 바로 앞 가게에 들어갔다. 거기에는 3명의 농부들이 막걸리를 마시고 있었다. 제이는 30cm 자를 구입하여 화장실에 가는 척하면서 다리 밑으로 내려갔다. 신속하게 교각의 폭과 높이를 확인했다. 그리고 유유히 빠져나왔다. 그날 밤 0시를 기하여 폭파 딱지가 붙고 다리는 폭파된 것으로 훈련은 끝이 났다.

일주일의 훈련이 끝나고 다시 행군이다. 12월 중순 아픈 손목을 쥐어 잡고 배낭을 메고 걸어야만 했다.

눈, 비, 바람이 섞인 폭풍우의 눈보라 행군을 하면서 점심시간이 되었다. 비, 눈보라 휘몰아치는 개울가에서 식사당번은 동료들이 휴대하고 있는 군용식기를 거두어 쌀을 씻어 담았다.

나머지 병사들은 냇가에 흩어져 있는 나무를 모았다. 눈비로 젖은 나무더미 속의 마른 나무를 불쏘시개로 하여 불을 지피고 그 위에 군용식기 6개를 막대기로 걸어 양쪽을 한 사람 씩 잡고 타오르는 불에 얹어 둔다.

불이 활활 타올랐다. 하늘에서는 눈비가 섞여 내렸다. 비에 꺼지듯 타오르는 불꽃 위에 불은 훨훨 타지만 위는 비바람으로 불은 꺼져 가고 아래는 또다시 타오른다.

불의 온도와 화력이 일정하지 않으니 밥 타는 냄새가 나는데 열어보면 아래쪽은 타고 위는 생쌀이다.

제이의 팔은 움직이면 통증이 왔다. 발바닥은 부르트고 물집이 생겨 따가운 듯 아픈 그 쓰라림에 어기적어기적 절뚝절뚝 걸었다.

괜찮을 거야. 넌 할 수 있어. 지금까지 잘하 왔지 않느냐. 누구 못지 않게. 아니 더 뛰어나게 해왔어. 흐흐흐.

제이가 웃는 이 웃음은 웃음이 아니라 바로 고통스런 쓰라림을 견뎌내려는 동물적 신음, 그 자체였다.

그 혹독한 날씨에도 불구하고 설익은 밥과 검게 탄 누룽지를 먹으며 눈비 속에서 허기진 배를 채웠다. 그리고 어둠이 내렸지만 낮은 밝고 밤은 어두움뿐이지, 앞만 보고 걸어가는 행군에는 밤과 낮의 의미는 없었다. 행진하는 병사들의 모습은 그대도 씩씩하게 보인다.

아! 드디어 부대. 제이가 앞으로 3년을 버티며 나라에 충성할 그곳인 것이다. 행군 병력이 부대 입구를 들어섰다.

"단결!"

위병 1개조의 경례 목소리다. 군악대의 악기소리가 울려 퍼진다.

12
부러진 팔!
그 아픔의 고통보다 더 가혹한 설움의 눈물

병력이 대대에 집결되어 지역대장이 호령한다.

"에, 여러분 중에 몸에 상처를 입거나 상태가 좋지 않은 사람 나오기 바란다."

제이는 의무대에 갔다. 팔의 통증은 골절이 원인이었다. 즉석에서 깁스를 해주었다. 입실해야 하니 모든 관물을 가지고 입원하라는 명령이었다.

깁스를 하고 중대에 내려갔다. 처음 보는 중대장 앞에서 보고를 했다.

"단결! 의무대에서 깁스를 하고 입원하라는 명령을 받았습니다."

"이 새끼 봐라! 입원은 누구 마음대로 해? 엎드려뻗쳐!"

제이는 한쪽은 깁스를 하고 한손으로 배낭을 멘 채 침상 모서리에 팔을 뻗쳤다.

퍽! 퍽! 몽둥이 몇 대를 맞고 일어서는데 배낭 위에 얹어 놓은 베개가 떨어졌다. 옆에 동기가 주워 주려고 하지만 "그만둬!" 중대장의 호령이다. 제이의 손으로 겨우 베개를 얹어 막사를 나왔다.

"여기가 군대여!"

(이겨내자. 모진 고통도 세월이 약이야. 너무 상심하지 말자. 여기는 인간이 사는 곳이 아닌 군인이 사는 곳이란 말이야.)

의무실로 가는 제이의 힘들고 외로운 마음을 알고 있는지 비가 쓸쓸히 내린다. 막사를 나와 연병장을 걸어가는 황톳길 도로는 비에 촉촉이 젖어 있었다. 제이의 걸음걸음에 외로움과 슬픔의 고통이 몰아쳐 짓누른다. 고향의 부모님 얼굴이 떠오른다.

"어머니! 보고 싶습니다."

군화에 달라붙는 진흙더미를 발을 뻗어 떨쳐낸다. 갑자기 베개가 황토색 도로 위에 떨어졌다. 등에 배낭을 메었고 한쪽 팔이 깁스되어 남은 한쪽 손으로 베개를 집어 올리니 또다시 떨어진다. 흰 천으로 만들어진 베개가 빗물에 젖어 누런 황토 색깔로 번져 나간다.

제이의 한 달간의 의무대 신세는 그동안 받은 힘든 훈련에 비하면 호텔에서의 생활만큼 편했다.

부러진 팔목을 잘 붙게 하거나 염증이 생기지 말라고 주는 빨간 알약이 있었는데 그것을 먹고 나서 설사를 하기 시작했다. 그리고 위에 부담이 되었다. 이 또한 평생을 살아가는 데 부담을 주었다.

한 달이 지나고 중대에 들어가려니 두려웠다. 소름 끼치도록 그 악랄한 중대장을 생각만 해도 끔찍했다. 어떻게 해야 할지 앞만 캄캄할 뿐 별다른 방법이 없었다. 주어진 운명이라면 어쩔 수 없이 가야 하지만…… 군의관에게 소화기관과 위 부담에 대한 이야기를 하고 일주일 더 연장했다.

약 37일간의 의무대 생활을 끝내고 다시 중대로 내려가 그 냉혹한 중대장 앞에 복귀 신고를 하고 내무반 동료들과 합류를 했다.

아침에 일어나 기상점호, 관사 주위 청소, 식사 후 태권도, 수류탄 투척, 활쏘기, 단검 던지기 등등 오전 훈련이 끝나고 점심시간 후 휴식

을 취한 뒤 약 30kg 무게의 배낭을 메고 뛰는 무장구보가 기다리고
있었다.

한여름, 각 지대별 그룹별로 전 지역대 병력이 출발했다. 장교, 하사
관, 병, 이때는 체력이 강한 사람만이 살아남을 수 있다.

팀별 구보는 뙤약볕 무더위에도 쉼 없이 뛰어 달린다. 하나, 둘, 하나,
둘……. 선임 장교가 처음 출발할 때는 힘차게 구령을 외친다. 그리고
한참을 지나면서 온몸의 구슬땀은 군복을 적셔 들어간다.

구호는 다시 선임 하사관의 차례로 이어진다. 하나, 둘, 셋…….

반환점을 넘어서면서 지치기 시작하고 체력이 약한 사병은 뒤처지
기 시작한다. 이때 체력이 강한 사람이 체력이 고갈되어가는 동료의
총을 받아 대신 들고 뛰어 준다.

뛰다 지쳐 견디다 못해 철퍼덕하니 주저앉아 버리는가 하면, 갓 모내
기한 논두렁에 머리를 박고 지쳐 쓰러져 버리는 동료 병사, 인내와 마
지막 남은 깡다구, 그 체력으로 그 혹독한 고통을 감당하여야만 한다.

호흡곤란과 양 어깨에 매달린 배낭의 무게와 지쳐 있는 동료를 검
은 띠로 매달아 끌 때 인간의 한계라는 고통에 몸부림친다. 끌어당기
는 자. 끌려가는 자, 그 모두는 사선을 넘나드는 죽음보다 더 고통스
러웠다.

눈에 독기가 맺힌다는 것, 바로 이 극한 상태에서 나오는 처절한 고
통의 표현이리라.

제이는 아버지로부터 새벽이면 깨워 밖으로 나가라는 그 말씀에 하
는 수 없이 학교 운동장에서 뛸 수밖에 없었던 학창시절의 단련된 체
력이 지친 동료를 검은 띠로 묶어 끌어 달릴 수 있었다. 걷고, 뛰고, 달
리고, 쉼 없는 고통의 연속은 계속이다.

여기에는 장교와 하사관이라는 특권은 없다. 모두가 지쳐 쓰러지기

일보 직전의 고된 훈련과 고통은 강한 자만이 살아남는 것이다. 체력의 한계는 누구나 있다. 하지만 그 체력의 한계는 강인한 정신력으로 버텨낼 수 있어야만 한다.

13
자식 낳기만 하면 뭐 하노? 자살로 끝난 젊음

너무나 힘든 고통의 압박을 이겨내기에는 쉽지가 않았다.

비상! 비상! 일어나, 기상! 새벽에 비상이 발생되었다. 놀라서 일어나보니 2지대 갓 들어온 초병 하사관이 초소에서 군화 줄로 목을 매 죽어 있었다. 약 6개월간의 하사관 학교를 마치고 배치된 공수특전단 계속되는 훈련은 두려움과 공포감이 더하였으리라.

부모의 이혼으로 인한 스트레스, 자신의 허약한 체력의 한계, 쉽게 포기하고 마는 나약한 정신력에 의한 신병하사관의 자살은 제이의 또 다른 경험이었다.

제이의 팀원들은 시체가 있는 텐트막사 밖에서 보초를 서야만 했다. 죽은 병사의 부모가 와서 시신을 확인하고 시체해부로 사인도 규명되어야 했다.

제이가 보초를 설 때 팬티만 입은 채로 사진을 찍는 모습을 보았다. 목에는 군화 줄로 매인 곳이 새카맣게 멍이 들어 있고 흰 사각 팬티에는 노란 분비물이 묻어있는 것을 볼 수 있었다.

깊은 밤 시체에서는 뻥, 소리가 났다. 몸 안의 가스가 차서 나오는 소리인데 이는 각종 구멍(입, 귀, 항문 등)을 제대로 막지 않아 나는 소리였다.

그 후 해부를 하여 자살로 판명되어 군인으로서의 불명예 속에 젊은 한 병사의 삶은 마무리 되었다. 체력이 약하고 인내심이 부족한 나약한 자의 운명은 자살이라는 가치 없는 주검으로 결국 부모의 한이 되어 사라졌다.

어릴 때부터 살아있는 교육, 체력단련이 얼마나 중요한 것인가를 확인시켜 주었으며 부모의 불화로 자식을 죽이는 무서운 결과를 볼 수 있었다.

공수특전단의 낙하산 훈련은 하늘에서 내려오다 땅에 닿을 때 접지를 하거나 충격 없이 내려야 하는데 이에 도움이 되는 운동이 공중회전법과 낙법이었다. 이를 착안한 여단장은 기계체조 선수를 양성시키기로 했다.

"전달! 각 내무반은 병사들 중 입대 전에 기계체조를 한 경험이 있거나 소질이 있는 중대원은 즉시 대대본부 앞으로 나올 것. 이상 전달 끝!"

제이는 전달을 받고 몇몇 병사들과 함께 대대연병장으로 나갔다. 대대 병력 중에 약 10여 명이 모였다. 한 사람이 인솔하여 여단 실내 체육관으로 갔다. 4개 대대에서 차출된 50여 명이 모였다.

능력 테스트를 하는 것은 앞구르기, 뒤구르기 등 유연성이었다. 50여 명 중 5~6명이 탈락되고 나머지는 모두 기계체조 전체 훈련에 들어갔다. 운동에 취미가 있는 병사들은 훈련을 받는 것보다는 운동을 하고 휴식 시간이 자유로워 좋았다.

1개월이 지나서 탈락자들이 빠져 나갔다.

시범 행사를 위하여 남은 30여 명은 합숙훈련에 들어갔다.

실내 체육관 안 여단장과 각 대대장을 비롯한 관람객 앞에서 그동안 갈고 닦은 기계체조 시범에 들어갔다. 시범행사의 꽃인 하늘을 뛰어 올라 몸을 앞으로 감아 공중회전을 두 번하고 사뿐히 내려앉는 착지, 점프 틀을 뛰어 올라 허리 양팔, 양다리를 나르듯 쫙 펴는 자세를 잡은 후 순간 매트에 닿으며 앞구르기를 하는 고난도의 착지를 제이는 최고의 실력자로서 맨 마지막 선수로 시범을 보였다.

6개월이 되도록 외출도 없이 훈련에만 매진해야만 했다. 너무나 바깥세상이 그리웠다. 그러던 중 특박의 기회를 얻었다. 1박 2일의 특박은 사실상 군부대 인근지역에서만 외출이 가능했다.

14
악으로 버린 군대생활 6개월, 세상 밖의 두려움은 없었다

제이와 함께 나간 동기생들은 고향에 갔다 오기로 하고 버스를 타고 대전에 도착했다. 처음의 외출이라 들뜬 기분과 고향을 향한 마음은 설렘으로 가득 차 있었다.

6개월간의 혹독한 훈련 속에서 자유로운 몸이 되었다. 마치 갇혀 있던 새장 속에서 세상을 날아오르는 기분 같았다.

다려 입은 개구리 얼룩무늬의 군복과 베레모에 새까맣게 탄 구리빛 얼굴.

제이와 동기생인 이 일병, 김 일병 셋이서 대전역을 출발했다.

열차 안에서 만난 같은 부대 소속의 동기생들이 모인 새마을 열차 안은 모처럼 만의 그들의 세상이었다.

제이와 김 일병은 열차에서 편히 앉아 가던 대위에게 다가갔다.

"수고하십니다. 우리가 훈련을 받고 처음 바깥세상을 나와 용돈이 없습니다. 이 볼펜 한 자루를 사 주시죠."

육군 장교는 약간은 자존심이 상한 듯했으나 천 원짜리 1장을 주며 말했다.

"아, 그러세요? 수고들 많이 하셨군요. 볼펜은 사양하겠습니다."

아마 제이의 행동이 무모하기도 하고 불쾌하지만 특수부대원과 맞부 딪혀 봤자, 이익 볼 것이 없다는 판단에 그는 슬기로운 양보를 선택한 것이었다.

술이 한잔 되자 열차 칸을 지나가던 00요원들과 시비가 붙었다. 한 쪽은 베레모를 쓴 특수부대 공수 요원들, 다른 한 쪽은 00부대원이었 다. 서로의 자존심과 영웅심의 대결이었다.

치고 박고 열차 한 칸이 아수라장이 되었다. 승객들은 자리에서 다 른 열차 칸으로 이동하기 시작했다. 그 누구도 싸움을 말릴 수가 없 었다.

그러던 중에 술병이 날아들어 한 병사의 귀 뒤쪽에 꽂히며 튕겨 나 갔다. 순간 터져 나오는 피가 분수같이 뿜어 올랐다. 옆에 있던 제이와 김 일병은 뿜어져 나오는 핏줄기를 피할 수가 없었다.

새마을 열차의 하얀 시트커버는 붉게 피로 물들어졌고, 텅 빈 열차 안은 피투성이가 된 군인들의 싸움터로 변한 채 열차는 달리고 있었 다. 다급한 승무원은 무전 연락으로 도움을 요청하였으나 열차는 멈 추지 않았다.

대구를 지나고 청도, 삼랑진을 통과할 때쯤 싸움은 베레모 공수특 전요원들의 제압으로 끝나는 상황이었다.

제이는 고향인 읍내로 가려면 구포에서 내려야 하는데 지나치고 말 았다. 내릴 곳은 사상역이었다. 새마을 열차는 서지 않았다. 그는 베레 모를 손에 쥐고 달리는 열차에서 뛰었다. 쏜살같이 달려가는 열차에 서 뛰어 내리자마자 열차가 달리는 속력에 중심을 못 잡고 뒤로 넘어 졌다.

꽈당!

잠시간의 시간이 흐르고 제이가 넘어져 눈을 뜨는 순간 귀청을 때리는 요란한 소리와 함께 열차바퀴가 눈앞을 달리고 있었다.

웨에엑! 칙칙폭폭 칙칙폭폭.

쉼 없이 퍼지는 굉음소리에 그는 순간적으로 몸을 일으켰다. 그리고 지나가는 열차를 쳐다보았다. 함께 있던 김 일병이 열차 출입문 손잡이를 잡고 그를 보고 있었다.

제이는 아무 일 없다는 듯이 손을 흔들어 보이고 역을 빠져 나왔다. 그리고 버스를 탔다.

그런데 승객들이 겁에 질린 듯한 모습으로 그를 바라보았다. 그는 베레모를 쓴 군인이니 신기해서 보는 것이라고 생각했다.

읍내에 내려 학창 시절 양복점 형 가게를 찾은 그가 거울을 보는 순간 그 자신의 모습에 깜짝 놀랐다. 핏방울이 튕겨 얼굴 여기 저기 피자욱이 묻어 있었다. 승객들의 놀라움의 시선을 그때서야 알았다.

그는 6개월 만에 고향 집에서 하룻밤을 자고 다시 부산역으로 향했다. 문제는 어제 사건으로 동료들이 어떻게 되었는지 궁금했다. 그들은 술에 만취한 채 부산역 개찰구로 나가다가 헌병막사에 연행되었다.

"야! 물가지고 와라."

김 하사의 고함소리에 헌병이 뛰어나왔다.

"왜 그러세요?"

"물 가지고 오란 말 안 들려? 이 x새끼야."

헌병대 내무반 안은 술에 취한 일행들의 난동으로 밤을 지새워 이튿날 아침 상부의 지시로 훈방되어 집에도 가지 못하고 겨우 복귀할 수 있었다.

병영생활의 첫 외출은 그들은 그렇게 마무리하고 또다시 혹독한 훈련에 임해야 했다.

B 해수욕장 수중 침투 훈련(스쿠버다이빙)을 위하여 아침에 출발했다. 무더운 여름 뙤약볕 아래에서 행군으로 땀과 군복은 범벅이 되어 쉰 냄새를 풍긴다.

점심시간 차량으로 이동된 짬밥을 식기에 담아 먹는다. 식사가 끝나면 휴식이다. 가장 무더운 낮 시간대 약1~3시간을 피하려 취침을 하지만 그러한 잠과 휴식도 더위로 싸워야만 했다.

그들은 오후 늦게 출발을 했다. 50분 걷고 10분간 휴식으로 행군은 계속되었다. 낮의 충분한 휴식은 야간 행군을 위한 것이었다.

지방도로 갓길을 따라 강행되는 행군은 배낭의 무거운 무게와 온종일 걸어가는 육체적 피로감으로 걸으면서 졸다 발을 헛디뎌 사고를 내기도 한다.

앞에 가던 덩치 큰 선임하사가 "휴식"이라는 전달이 오자마자 피곤한 탓인지 흙더미 위에 그냥 주저앉았다. 순간 흙더미 위에 앉은 선임하사가 갑자기 사라졌다. 풀이 자란 흙더미가 아니라 물속에서 올라온 풀숲에 선임하사는 흙더미로 착각한 나머지 지친 몸을 빨리 앉으려다 거꾸로 무거운 배낭과 함께 진흙탕 속에 박혀 버린 것이었다.

철퍼덕, 첨벙! 후다다닥!

"어푸, 으이크."

덩치가 크고 배가 나온 터라 물에 빠지는 소리 또한 요란했다. 병사들은 선임하사의 곤두박질치는 모습을 보고 소리 내어 웃지도 못하고 키득거리기만 했다.

그 옆에 있던 중대장이 "시원하시겠습니다."고 한다.

다리는 풀리고 발바닥은 부르터서 생긴 물집 사이로 바늘을 찔러 물을 빼낸다. 물이 빠져 나온 피부는 짓눌려 붙는다. 그 쓰라림으로 절뚝거리는 일은 다반사다. 이것이 독자생존이다. 스스로 이겨내며 가야만 한다. 아픔도, 쓰라림도, 다리의 저림도, 그 어떠한 고통도 결코 열외는 용납되지 않는다.

목적지에 도착하자마자 텐트와 간이 막사를 만들어 낸다. 인원 점검, 점호, 취침, 훈련은 계속된다. 한순간의 여유도 없다.

스쿠버 훈련인 수중침투훈련이 시작되었다. 바다 한복판 양쪽 보트에는 교관과 조교가 버티고 있고 모래가마니를 잡고 물속에서 2인 1조가 되어 약 50m를 헤엄쳐 건너 보트에 올려놓아야 한다. 그것을 빠트리면 죽음이다.

양손을 하늘 높이 쳐들고 오직 양 다리로만 버텨야 한다. 한번 바다 속에 들어가면 오전 내내 나오지 못한다. 힘이 들어 손을 내리기라도 하면 보트 위에 있던 조교가 뛰어내려 물을 먹인다. 힘이 빠진 터라 조교는 쉽게 물속으로 밀어 넣어버린다.

15

요령 피우다 수십 배로 되돌아온 지독한 대가

일주일 훈련이 끝나고 토요일 오후 회식이 있었다.

제이는 근본적으로 술을 못하는 체질이다. 소주 한 잔만 하면 얼굴이 빨개지고 힘이 빠지며 나른해지는 그런 체질이었다. 그런데 이날 그 독한 소주보다 더 높은 독주와 샴페인을 짬뽕하여 먹었으니 몸에 힘이 풀려 취침 점호까지 겨우 견뎌냈다.

불침번은 제이가 2번째였다. 잠을 자고 있는데 초병이 깨운다. 여름이라 모기장을 치고 팬티 바람으로 자고 있는 제이에게 초병이 다가와서 귓가에 소곤거리듯 잠을 깨운다.

"어이, 이 일병!"

"으응."

"어이! 이 일병 보초 설 시간이다. 일어나."

"으응."

제이는 일어나려고 했으나 몸이 쉽게 말을 듣지 않았다.

5분 후,

"야! 이 일병 일어나!"

세 번째 그가 깨웠지만 그는 그냥 일어나기가 부담스러웠다. 그런데

다 약간은 앞 친구가 만만한 탓에 안일한 생각도 있었다. 일어나야 하는데, 일어나야 하는데……

이때 잠결에 들던 2지대장 이 중위가 소리쳤다.

"야! 모두 기상!"

아차! 큰일 났구나, 싶었지만 일은 벌어지고 말았다.

잠결에 비상소리로 전 중대원이 일어나 바닷가 백사장으로 뛰어 나가 열을 맞추어 기합을 받기 시작했다.

아, 이를 어떻게 하나. 순간 제이는 당황과 초긴장 상태였다.

"어쩌지?"

이왕 이렇게 된 마당에 술로 떨어져 있는 듯 버티자. 죽어도 버티자. 제이에게는 더 이상 별다른 방법이 없었다. 제이는 마음의 각오를 단단히 했다. 술로 녹초가 된 그 상태로 끝까지 가야할 것임을 다짐했다.

다 나간 막사 안에 제이 혼자 술에 정신 잃은 만취자가 되어 그대로 누워 있었다.

아니나 다를까.

"제이! 끌고 나와."

네 명이 들어와서 양팔, 양다리 하나씩 잡아 끌어나간다.

"깨워! 물을 담아와! 물을 끼얹어 정신 들게 해!"

차디찬 물이 제이의 몸에 뿌려진다.

"푸!"

일어나면 안 된다. 여기서 일어나면 더 큰 벌을 줄 거야. 여기서 정신 차려 일어난다고 그에게 돌아가는 처벌은 배낭을 메고 밤새 뛰는 구보, 몽둥이찜질, 기합, 그것만 기다릴 뿐인 것이다. 생각만 해도 아찔했다. 그렇게 할 바에는 차라리 여기서 끝까지 버텨 다시 끌려 들어가야 한다는 생각밖에 방법이 없었다. 이제 넘지 못할 선을 넘었고, 그는 버티어 내야만 했다.

팀장인 이 중위는 제이를 끝까지 깨워 정신 차리게 할 각오이다.

물을 몇 번 끼얹어도 꿈쩍하지 않자.

"야! 일으켜 세워!"

두 명이 양쪽 겨드랑이 양팔을 부축하여 세운다.

지대장은 키가 큰 탓에 다리가 길었다. 그는 다리를 들어 발뒤꿈치(일명 곡괭이)로 제이의 가슴을 내리쳤다.

차고 때리고 맞는 그 아픔의 고통도 제이를 깨우지 못했다. 온몸이 부스러져 오는 아픔이 아무리 강하여도 제이의 인내를 굴복시키지 못했다. 제이는 이를 악물고서라도 참을 수밖에 없었다.

이제는 너와 나의 승부다 끝까지 버텨보자, 누가 이기나.

말단 졸병 한 사람 때문에 전 중대원이 1시간 이상을 벌을 받아야 하고 장교는 술에 취한 듯 연극을 하고 있는 그 한 명을 일으켜 깨우기 위하여 안간힘을 다했다.

이래도 저래도 정신 차릴 기미가 보이지 않자 다음은 양쪽팔과 양다리를 큰 大 자로 눕혀 놓고 네 사람이 붙잡았다. 강력한 바다 모기의 맛을 보게 할 작정이었다.

여름 바닷가의 모기는 강력했다. 꼼짝 못하고 있는 그에게 독한 모기떼들은 엄청난 공격을 가했다. 제이 몸 안의 젊은 피를 마음대로 시식할 수 있는 절호의 찬스를 모기란 놈들이 놓치지 않았다.

그러나 일어날 수 없는 제이. 달려드는 모기, 여기저기 온몸에 쏘여오는 모기의 공격에 따가워도 막을 길이 없었다. 그래, 실컷 뜯어 먹어라.

"독종!"

같이 팔을 잡고 있던 동료들이 팔이 움직이지 못하도록 잡고 있는 틈을 타서 수많은 모기들은 그들을 공격했다.

"으, 따그."

"에이, 씨."

타닥. 한쪽 손은 제이의 다리를 잡고 한쪽 손은 그들에게 달려드는 모기를 쫓느라 야단이었다.

오히려 모든 것을 포기하고 있는 제이보다 그들이 더 모기떼에 시달려야 했다.

(그래, 모기야, 마음껏 처먹어라. 이판사판이다. 끝까지 간다.)

모기는 그의 피 끓는 육체에 붙어 피를 삼킨다. 너무도 맛있게. 따갑고, 가렵고, 통증과 한기를 느낀다.

1시간 정도 흘렀나 보다. 제이는 당하는 고통의 시간이라 그렇게도 길게 느껴졌다.

"야, 데리고 가서 재워."

양팔, 양발을 잡고 네 사람은 제이를 들고 막사로 들어갔다.

휴, 게임은 끝났다. 제이는 10분간의 편안함을 위하여 수십 배의 혹독한 고통의 시간을 보내야만 했다. 못난 놈.

아침 기상나팔과 동시에 일어나 점호 시간 김 일병이 다가와 말했다.

"너 어제 어떻게 했는지 알아?"

"뭘?"

"야! 웃기지 말거라. 니 억수로 맞았는데 모른다꼬? 니 땜에 우리도 작살났다 아이가? 지독한 넘."

16
다리 부상, 그 후유증은 평생 부담이었다

연병장 태권도 연습이 한창이다.

제이는 연습 중에 이단 옆차기로 상대방을 향해 뛰어 올랐다. 높이 뻗어나간 발에 너무 힘을 준 나머지 착지하는데 발목의 근육이 마비가 되어 펴지 못하고 내려앉아 버렸다. 발목에 부상을 입었다. 인대가 늘어나고 퉁퉁 부어오르기 시작했다.

곧 다가올 1년만의 기다리고 기다리던 첫 휴가를 가야하는데 걱정이었다. 빨리 붓기라도 빠지도록 하여 군화를 제대로 신고, 휴가신고식을 해야 한다. 그렇지 않으면 휴가를 갈 수가 없었다.

선임하사께 의뢰하여 영외에서 가져온 계란, 밀가루를 섞어 반죽으로 부상당한 다리에 바르고 높은 관물대 위로 올려 붓기를 빼는 데 안간힘을 다 썼다. 그렇게 노력한 끝에 겨우 신발을 신기까지 가능했다.

고향이 그리워서, 집에 가고 싶어서, 겨우 들어가는 군화를 신고서 대대장 신고식을 끝냈다.

제이의 휴가는 부모형제, 친구들이 반겼고 1년이라는 세월 동안 고향은 변함이 없었다. 하지만 그동안 제이는 너무나 힘든 혹독한 훈련과 참기 어려웠던 경험으로 성숙되어 있었다.

그렇게도 가고 싶었던 휴가로 치료시기를 놓쳐 버린 제이의 발목부상 후유증은 평생을 통증과 고통 부담을 안고 살아가야만 했다.

전라도에서 강원도까지 천리 길을 걸어가는 행군. 도로, 강, 산, 좁은 길, 계곡, 흙탕물, 자갈 길, 바위틈, 아무리 험난한 곳이라도 그들은 두려워하지 않는다. 무조건 가야할 곳이라면 어디든지 걷고, 뛰고 달려간다. 잠이 부족하면 걸어가면서도 졸아가며 쉼 없이 걷고 달려야 했다. 가다가 부딪쳐 상처가 나든 말든 목적지까지 가야만 한다. 양식이 떨어지고 가다가 배가 고프면 무엇이든 구해 먹어야 한다.

충청도 ○○시 어느 시장 안을 거쳐 지나가고 있었다. 전기 불빛만 밝혀져 있었고 배낭을 메고 걸어가는 제이 팀들은 시장 안에 천막으로 반 덮힌 듯 보이는 두부상자를 보았다. 누가 시키지도 않았는데 두부, 생선, 채소, 반찬거리들을 하나씩 손으로 덥석 잡아 앞 병사의 배낭 뒷주머니에 담았다.

그들은 모처럼만에 아침식사를 맛있게 먹을 수 있었다.

제이는 전역을 약 2개월 앞두고 천리행군을 마치자 발바닥에 이상 현상이 나타났다. 제이는 1박2일 외출을 의뢰하여 전주시 모 피부과 병원으로 전문의의 진찰을 받으러 갔다.

"일종의 피부병이긴 한데 깨끗이 자주 씻어주면 별일 아닐 것 같은데요? 하지만 군대에서 할 수 있으면 제거 수술을 깨끗하게 하는 것도 좋겠습니다."

제이는 중대장에게 수술을 하지 않으면 안 된다는 의사소견을 보고하고 통합병원으로 호송되어 생겨난 자국에 발바닥 제거 수술을 받았다. 발바닥에 마취를 하고 전기로 태워버리는 수술을 마치고 목발을 짚고 남은 약 2개월간의 군대생활을 마감해야 했다.

사회의 첫발을 내딛는 제이의 마음은 자신감에 차 있었다. 그동안 혹독한 훈련과 수많은 쓰라린 경험들, 3년이라는 세월은 원대한 꿈과 희망으로 꽉 찬 건장한 청년으로 변하여 있었다.

제대 후 그는 군대 생활 내내 편지를 주고받았던 여자 친구를 만났다. 입대 전 그녀와의 하룻밤 짜릿함을 여인숙에서 손을 잡고 지켜만 보며 보냈던 밤. 3년 동안 서로 사랑을 주고받았던 그녀와의 만남은 기대로 꽉 차 있었다.

하지만 그녀는 많이 변해 있었다. 가냘프고 날씬한 몸매는 어디로 사라지고 망가진 그녀의 스타일에 실망을 하고 돌아섰다. 그것으로 두 사람의 순수한 사춘기의 사랑은 막을 내렸다.

제이의 사촌누나 남편의 동생 되는 친구가 있었는데 제이보다 한두 살 위였다. 그는 제이가 입사한 회사 생산부에서 일을 하고 있었다. 해병대 출신으로 생산 부서에서 주먹으로 영향력을 행사하고 있었다.

그는 제이가 생산부 연구실에 입사를 했다는 소식을 누나로부터 전해 듣고 처음 보지만, 연구실로 찾아와서 인사를 청했다.

그는 사형인 셈이다. 그는 제이의 누나를 통하여 그에 대한 이야기를 듣고 있었던 터라 제이를 반겨주었다.

제이가 근무하는 회사는 부산에서 최고로 손꼽히는 피혁회사였다. 그의 부서는 생산부 연구실, 3명 중 연장자로 실장이 되었다. 연구실은 색상의 강력한 접착과 칼라매칭, 약재의 혼합 비율 등을 관리 연구했다. 가죽에 색깔을 입히는 색소, 코팅제는 그 당시 일본에서 전량 수입했다.

당시 초봉 급여가 약 3만5천 원이었다.

약재 10kg 한 드럼이 15만 원 이상 호가하는 고가의 재료이었다.

소가죽, 양가죽, 돈피 등 각 피혁은 생산업체(의류, 신발, 가공품등)

주문에 따라 색을 맞추어 염색을 해주어야 한다.

가죽의 색상, 접착 기술이 크게 발달되지 않았던 시절이라 피혁회사의 기술력은 대단히 중요했다.

겨울이 왔다.

약제실에 재료가 얼지 않게 하기 위하여 스팀을 장착해야 했다. 담당과장은 원가 절약을 위하여 약제실어 스팀들 한곳에만 설치하여 주겠다는 견적서를 가지고 담당자인 제이에게 왔다.

제이는 단호히 중요한 약재임을 강조하며 2곳을 설치하자고 요구했다. 담당 과장은 상사로서 제이의 의견을 무시하는 듯했다.

"만약 약제실이 낮은 기온으로 수십만 원씩 하는 재료가 변질된다면 그땐 과장님이 책임이 질 수 있나요?"

"이 정도로는 괜찮아요."

"좋아요. 그럼 책임진다는 약속을 해주세요."

"그것은 내가 책임을 못 지제."

제이는 화가 단단히 났다.

"그럼 뭘 어쩌란 말이오. 그런 우유부단한 달이 어디 있소. 당신 이 회사 과장 맞소?"

"그래, 맞다, 왜. 이 자석아."

둘은 밀고 당기며 몸싸움이 일어났다.

그날 다툼으로 담당과장의 팔이 골절되었다.

행정 사무실까지 보고가 되었고, 회사에서는 회사 내에서 일어난 사건이라 무마를 하려고 했다.

과장들 중 제이에게 평소 호의적으로 대하는 과장 한 사람이 제이를 불렀다.

"뒷일은 내가 책임을 질 터이니 너무 걱정하지 말고 열심히 일을 해

주시게."

회사에서는 제이가 생산부서와 연구실 등을 관리할 수 있는 적임자임을 그의 행동과 관리 능력을 인정하고 있었다.

제이는 이대로 있을 것인지 아님 사표를 내야 할지 고민했다.

그러던 중 그 내용을 안 동생은 제이에게 제안했다.

"형! 그러지 말고 나와 일 같이 해요."

말수가 적은 동생은(특히 형에게 더 말이 없었다.)

"내가 기술자들과 일을 맡아 물건을 만들어 줄 터이니 형은 거래처에 다니며 납품만 하면 되니까. 바깥일은 형이 알아서 맡아서 하세요."

"그럼 기술도 없는 나보고 사장이 되란 말이가?"

"응. 기존의 거래처도 있고 하니 주문만 받아 와요."

안정된 직업 평생을 편안히 살아갈 그 직장을 포기하고 사직서를 제출했다. 그 후 계속 피혁회사 과장으로부터 함께 일하자고 제안이 왔지만 그는 거절했다. 가장 평탄한 안정된 직장을 포기한 것이다.

동생의 권유에 따라 자개장 디자인 가내공업의 시작은 일도 많았고 수금도 잘 되었다.

제이의 공장의 인원은 점점 늘어났으며 주위의 영세 가내공업업자들은 부러워할 정도로 기술자들은 제이와 함께 일을 하고 싶어 했다. 사장이 화끈하고 월급을 많이 준다고 소문이 났던 것이다.

그는 오직 동생과 기술자들이 만들어준 것을 납품만 하면 되었고 그로 인한 수입이 되니 항상 그들이 고마웠다. 그 보답으로 이익을 그들에게 돌려주는 것이 당연한 것으로 생각하고 월급날이면 별도의 봉투에 돈을 넣어 보너스로 보답했다.

그는 거래처 사장과 젊은 나이에 룸살롱, 술 접대를 다니며 거래를 유지해 나갔다. 40대의 주 거래처 사장은 술을 좋아하고 호색가였다. 제이는 술을 못 하지만 원만한 거래를 위하여 충분히 소화해 냈다.

40대~50대의 거래처 사장과의 관계는 나이에 비해 더욱 성숙된 모습으로 경험하여 나갔고 같은 또래의 친구들조차도 부러움의 대상이 되었다.

하지만 제이가 사장이 된 것은 동생의 덕이었고, 제이는 밤늦게까지 잔업을 하면서 일 해주는 직원들이 너무나 고마웠다. 그러나 기술자들의 관리에도 신경이 쓰일 때도 있었다.

17

독한 놈 위에 더 모진 놈!

탕! 탕! 탕!

"오빠, 큰일 났어요."

잠을 자려고 하는데 여동생이 방으로 들어와서 옆방의 기술자가 면도칼로 자신의 배에 자해를 하고 있다는 것이었다.

시간은 밤 12시경, 잠을 자다 벌떡 일어나 방으로 달려갔다.

술에 취한 그는 면도칼로 자기 배를 긁어 상처를 내고 있었다. 그의 배에서는 피가 맺혀 흘러내리고 있었다.

자신의 배를 쭈욱 그어가는 그 모습을 본 제이는 흥분했다. 칼을 든 상대방의 팔을 빠르게 제압하고 빼앗았다. 그리고 그에게 일격을 가했다. 술에 취한 기술자 김 군은 제이를 당할 수 없었다.

버릇을 고쳐야 한다는 일념에 제이는 그를 때리기 시작했다. 제이의 손놀림은 독특했다. 절대 상처를 남기지 않으면서 고통과 아픔을 주었다. 손바닥과 주먹, 손날로 사정없이 때려 상대방에게 고통을 주었다. 그리고 쉬었다가 다시 일어나서 김에게 정신을 못 차리도록 강타했다. 그에게는 너무도 가혹한 고문이었다.

"아, 형님! 잘못했습니다."

처음에는 그렇게 고통스러움이 장시간이 될 줄은 몰랐을 것이다. 한 시간이 지나고 두 시간이 넘어갈 때까지 그 아픔을 고통은 계속되었다. 김은 무릎을 꿇고 제발 살려달라고 애원했다.

그러나 두 번 다시 그러한 행위를 하지 못하게 하기 위하여서는, 용서하기에 짧은 시간이었다. 쉼 없이 두들겨 팼다. 칼로 자해를 한다고 겁을 먹을 줄 알았던 김은 제이로부터 맞고 또 맞으며 밤을 보내야만 했다. 실신할 정도의 매서운 제이의 주먹은 그에게 가혹한 형벌이었다.

잘못된 술주정, 자해로 인한 자기 과시, 남에게 주는 추태 공포, 그러한 취중의 행동은 도저히 용서할 수 없었다. 때리고 쉬고, 졸다 때리고 수 시간이 흘렀다.

"형님! 사장님! 죽을죄를 지었습니다. 제발 용서를…… 잘못했습니다."

냉혹할 만큼 사정없이 때리는 제이의 체력도 바닥이 났다. 하지만 그는 포기하지 않았다. 끝까지 버릇을 고쳐야만 하기에 이를 악물고 그에게 고통을 주었다.

맞고 또 맞고 기진맥진한 그는 처절하게 애원했다.

"형님. 잘, 못, 으으윽."

가느다란 목소리로 살려달라며 애원했다.

"다, 시, 는 안 하겠습니다. 으흐흐흑"

마지막 제이는 그를 안고서 어깨를 트닥거려 주었다.

그 후로는 그는 아예 술을 먹지도 않았다.

술주정과 자해를 하면 남들은 겁을 내고 피하기만 하였지, 그를 나무라지는 않았기에 22살의 젊디젊은 나이에 술만 먹으면 흉기로 주위 사람들에게 위압감을 주는 잘못된 습관을 가지그 있었다.

그는 제이에게 당한 지독한 고통의 대가로 바뀌게 되었다.

제이는 새로운 인생의 시작을 알리는 한 여성을 만나게 되었다. 초량 부산 앞바다 훤히 보이는 산꼭대기 허름한 판자촌에서 가내공업을 시작할 때였다. 이때 나타난 신부는 인천에서 직장 찾아 부산에 머물 때 알게 된 여성이었다.

그녀는 너무도 아름다운 제이의 이상형이었다. 세련되고 훤칠한 키에 서울 말씨, 어느 나이트클럽 번쩍이는 조명 불빛 아래의 그녀는 마치 꿈속에서 나타난 천사와도 같았다.

학창시절, 군대시절을 지나오면서 자그만 면 소재지 내에서 촌놈이 사랑을 나눈 여성들에 비할 때 그녀의 세련된 모습은 제이의 마음을 사로잡는 데에는 전혀 부족함이 없었다.

공중전화 박스 안에서 전화를 통한 그녀와의 데이트는 달콤했다. 밤에 본 그녀의 하얗고 고른 이빨의 웃는 모습을 연상하면서 전화로 서로의 목소리를 느끼면서 사랑은 무르익어 갔다. 하루라도 통화를 하지 않으면 허전하기만 했던 둘만의 사랑은 급진전되었고, 서로의 사랑을 확인한 두 사람은 밀애로 사랑의 결실을 맺는 하나가 되는 데 거부하지 않았다.

그들에게 주어진 사랑의 열매, 그녀의 뱃속에서는 고귀한 한 생명이 세상에 태어날 준비를 하고 있었다.

단칸방에서 제이는 입덧에 괴로워하는 그녀를 위해 같이 앉아 고통의 밤을 보내기도 하고 함께 그녀가 이겨내도록 도왔다.

그 당시 1등 100만 원의 주택복권이 시행되던 시절이었다. 제이는 그녀와 동거를 하면서 주택복권 1장을 구입했다.

단칸방에서 TV로 주택복권 추첨현황을 보고 있었다. 처음부터 조가 틀렸다. 제이는 아예 포기하고 복권을 던지며 눈을 감았다.

이를 주워보던 그녀의 입에서 탄성이 터져 나왔다.

"어, 맞다. 어, 다 맞아지네?"

마지막 한자리 수만 맞으면 아차상이었다.

"와, 맞았다!"

아차상! 약 20만 원 상당의 당첨금이었다.

서면 로터리 옆 은행에서 20만 원 중 불로소득으로 인한 세금을 공제를 하고 나니 약 18만여 원을 찾을 수 있었다.

그러나 역시 불로소득은 오래가지 않는가 보다. 그 이후로 1등을 향한 복권의 구입은 조금씩 당첨된 금액만큼 소진되고 나서는 더 이상의 복권은 구입하지 않았다.

18
결혼식장에서 아버지, 당신의 초라한 모습에 눈시울

사업은 성장하고 확장 이사를 했다. 옥상이 있는 가내공업을 하기에는 상당히 여건이 좋은 곳이었다.

결혼식을 올린 곳은 금탑예식장, 주례사는 제이의 중학교 시절 교장 선생님께서 해주셨다.

주례 선생님은 주례사가 끝나고 함께 사진 촬영을 하면서 신부의 키가 신랑보다 크다며 신부를 추켜 세워주기도 하셨다. 높은 하이힐, 올림머리가 신부의 키가 커 보였던 모양이었다.

혼주인 아버지의 모습은 너무도 초라했다. 장남의 결혼식에 아무런 도움을 주지 못한 당신의 아픔은 살아오신 삶에 대한 후회인 듯 당신의 모습에서 읽을 수 있었다.

도박, 술로 찌들었던 세월, 당신께서는 삶의 맛을 느끼고 보낸 세월이었는지 모르지만 지금 자식의 결혼식을 축복해야 할 이 시간은 후회와 가난, 초라한 모습, 얼마 남지 않은 죽음의 길을 재촉하고 있을 뿐이었다.

제이는 아버지인 당신의 그 모습에 아무도 보이지 않는 마음속의 아픈 눈시울을 적시며 신혼여행을 떠나야만 했다.

신혼여행은 사업 때문에 짧은 일정으로 다녀와야만 했다. 뱃속에서 자라고 있는 소중한 생명과 함께한 그녀와의 신혼여행은 경주불국사였다. 동거생활로 함께 산 덕택에 1박2일간의 짧은 신혼 여행길도 그냥 그렇게 넘어 갈 수 있었다.

경주불국사 입구를 들어가면서 친구들이 건네준 카메라로 세상에서 가장 아름다운 추억을 남기기 위하여 멋진 포즈를 취하며, 영원히 간직할 두 사람의 모습을 담았다.

이곳저곳 많은 곳의 추억을 담은 카메라는 찰칵 찰칵 계속 작동되었다. 행복한 순간들을 담아 불국사를 한 바퀴 다 돌아 본 후 그들은 나와서 카메라를 확인한 순간 필름이 들어있지 않았다. 아름다운 추억은 아쉬운 기억으로만 남기고 갈아 끼운 필튼으로 절반의 추억만 담아두어야 했다.

만삭이 된 아내는 산기가 있어 백병원으로 가서 입원을 했다. 그날 밤 자정이 넘어서야 출산을 하게 되었다.

연락을 받고 병원에 도착한 제이는 그의 아내가 산실에서 고통스러워하는 소리를 들었다.

여성이 가장 소중한 순간의 산통은 소중한 만큼 고통도 따라야 했다. 제이는 그것을 대신해 주지 못함을 안타까워하며 세상에 태어날 아기와 산모의 건강을 간절히 기원했다.

"으아앙! 으앙! 으앙!"

조금 후 간호사는 핏덩이 같은 작은 남자아이를 안고 와 보여주었다.

"고추예요. 자, 보세요. 축하합니다."

갓난아이를 옆에 두고 한참을 자고 있는데 "도둑이야" 하는 소리에 눈을 뜨고 일어나서 방문 쪽으로 가지 못하고 엉겁결에 막대기라도 찾아야겠다는 마음에 벽 쪽을 향해 머뭇거렸다.

이를 지켜보던 아내가 물었다.

"거기서 뭐하세요?"

"어, 어, 어디야, 어디?"

도둑이 도망치기를 바랐던 제이는 그때서야 방문 쪽으로 달려 나갔다. 도둑이 멀리 도망을 가고 난 뒤에.

불경기의 연속으로 거래처는 하나둘 떨어지기 시작했다. 도산되는 가구공장이 늘어남으로써 거래처의 결재도 늦어지기 시작했다. 제품을 만들어 쌓아두더라도 언제인가는 공급할 수 있기에 그리고 직원들을 그만 두게 할 수는 없었다.

재료비를 충당하기 위해서는 사채도 끌어들여야만 했다. 그러나 그러한 그의 생각은 물거품이 되었다. 연쇄적인 부도와 불경기로 도저히 헤어날 길이 없었다.

사채를 준 쪽에서는 독촉을 하고 어음을 받은 것은 부도가 났다. 자금부족으로 이종사촌 형수를 통해 다소 차용을 했지만, 그것도 헤어나기에는 역 부족이었다. 기술자를 줄였다.

19

우리 월급 받지 않을 테니 같이 일하게 해주이소

그때 같이 일했던 직원들이 제이보다 몇 살 아래였으니 형과 동생 사이로 지내왔던 터라 이렇게 헤어지기에는 너무나 아쉬웠다.

"형! 우리 월급 받지 않을 테니 같이 일하게 해주이소. 그동안 우리에게 잘해 주었으니 나중에 월급 많이 주면 안됩니꺼?"

제이는 가족같이 형, 아우로 지나온 그들과의 인연에 눈물이 나도록 감사했다. 너무나 소중한 그들과의 추억은 후일 노동운동에 뛰어드는 상당한 계기가 되었다.

대구에서 한진 가구공장 사장이 찾아왔다.

제품이 달리고 없을 당시 대구에서 내려온 한 사장은 제이를 찾아와 한 사장이 원하는 제품을 요구하였지만 재고가 없었다. 제이는 다른 업체로 데려가서 그 제품을 구입하여 가도록 도와주었다. 아마 그때 상당한 감명을 받고 신뢰를 하였던 모양이다. 보통 업체들은 자체에서 제품이 없으면 주문을 하도록 유도를 하지, 다른 업체에 소개하는 예는 없었다.

제이는 그러지 않고 안내까지 해주는 것이 고마웠던 것이다. 그러한 제이의 마음이 통했다. 한 사장은 대구로 올라오면 적극적으로 도울 터이니 함께 고정거래로 하자는 것이었다. 함께하자던 다른 기술자들을 두고 동생과 함께 3명의 기술자만 데리고 대구로 떠나기로 했다.

갓 돌이 지난 아들을 데리고 아내와 함께 용달차에 몸을 실었다. 이것이 제이의 시련 제 2의 인생길 시작이었다.

대구에서 월세방 2칸을 얻어서 그곳에 일자리를 마련했다.

대구 영대 사거리 주변 자그만 월세 방 2칸과 그 옆방은 모 중학교 윤리 선생님이 주인이었다. 가관인 것은 그 윤리 선생의 부부싸움은 대단했다.

"씨팔X, 개같은 X,"

옆방에 있던 제이의 가족들은 입에 담지도 못할 윤리 선생님의 욕설로 부부싸움을 하는 광경에 놀라웠다.

"윤리 선생님이 저렇게 심한 말을……."

제이는 아내에게 말했다.

"와! 윤리 선생님도 저렇게 욕설을 다 하는구나! 학생들이 저 모습을 본다면 어떻게 생각할까?"

제이 부부는 쓴 웃음을 지었다.

물론 그 윤리 선생은 극히 드문 선생님이었으리라.

제품 대금 결제를 못 받아 기술자들의 간식거리가 없었다. 제이의 아내는 모아둔 음료수 병과 돼지 저금통을 깬 돈으로 라면을 사 며칠을 견딜 수 있는 간식을 준비했다.

이번 지나면 되겠지. 겨우겨우 연명해 나가는 것은 정말 힘든 일이었다. 세상 살아가는 것이 쉽지 않음을 새삼 느끼게 되었다. 빠듯한 생활로 그 고비 고비의 넘김은 한계가 있었다.

가난으로 인한 부부싸움은 자주 일어났다.

제이가 아내를 폭행을 했다. 폭행을 당한 아내는 아이를 업고 집을 나갔다. 그녀는 대전 친구 집에 갔다가 하루 만에 돌아왔다.

아내를 폭행한 자신을 후회하고 마음 졸이며 기다리던 제이는 그녀가 너무나 고마웠다. 그렇지 않으면 제이의 성격으로서는 찾아갈 면목과 용기가 없었다.

더 이상 가내공업의 한계를 벗어나지 못하고 불경기의 연속은 결국 그를 실업자로 만들었다.

기술도 없는 제이는 운전면허증을 획득했다.

그의 동생은 기술이 있어 혼자서는 독립하게 할 수 있었다. 동생은 독립되어 제이가 인수인계하여준 납품업체와 거래를 계속하면서 불경기 속에서도 자기 인건비를 가질 수 있는 정도는 충분했다.

반면, 그는 동생보다 많은 배움을 가졌지만, 그에게 필요한 직업을 찾는 데에는 못 배운 그의 동생보다 부족함이 많았다. 특정한 자격증도, 기술도 없었다. 생존 경쟁, 먹고 사는 것이 그렇게도 냉정한 것인지를 몰랐다.

사촌과 동생 둘은 각자의 사업을 진행했다. 사촌은 동생의 거래처에 동생 몰래 제품을 덤핑으로 아주 싼값에 넘기는 바람에 똑 같은 제품에 대한 거래에 상당한 피해를 입게 되었다.

그의 동생은 제 사촌형이 한 것이라 말도 못하였지만 결국은 제이의 귀에 들어갔다.

"야, 이 자석아! 아무리 그래도 그렇지, 너 동생거래처에 덤핑으로 물건을 팔아 동생의 거래를 막아? 너는 인간도 아니야! 앞으로 나와의 인연 여기서 끝이다. 두 번 다시 날 볼 생각하지 마라."

그런 후로 제이는 평생을 두고 그 사촌과 인연을 끊고 살았다.

사촌 동생은 36살 나이에 교통사고로 영원히 세상을 떠나갔다. 사람이 살아가는 기본의 양심과 도리를 포기한다는 것은 너무나 부끄러운 일이다. 세상사는 것이 자기 입맛대로 살아갈 수 없는 것이었다.

제이가 실업자가 되자 제이 아내는 화장품 코너를 운영했다.

그러던 중 이웃 택시기사의 주선으로 모 택시회사에 일일 기사로 아르바이트를 했다. 그에게는 또 다른 삶이 시작된 것이었다. 처음부터 그는 잠시 쉬어가는 직장이라 생각하였지만 책임감은 강했다. 하루도 쉬지 않고 열심히 일했다.

택시회사 상무라는 사람은 기사들에 대한 무시와 인격을 모독하는 말을 밥 먹듯 했다. 군사정권과 재벌들의 독점과 기득권에 대한 정경유착이 많았던 그 시절은 직장인에 대한 근로개선, 인격적 예우는 중요하게 여기지 않았다. 특히 3D 직종의 사람들은 마치 노예와도 같은 인격적 무시를 당하면서 생활고를 해결하기 위하여 힘든 일을 마다하지 않았다.

택시 운전 직종도 예외는 아니었다. 그중에서도 제이가 다니는 택시회사의 대표이사와 간부는 더 가혹하게 종업원을 대했다. 이 회사는 어마어마한 돈을 벌고도 종업원에 대한 예우, 혜택은 오히려 적은규모의 회사 보다 더욱 열악한 조건이었다.

전임 택시사업조합 이사장과 택시업계를 대표하는 최고의 경영자 CEO는 타 회사에 비해 종업원에 대한 노동착취와 열악한 근로조건의 악덕업주로 널리 알려져 있었다.

형식적인 노동조합은 어용화되어 그의 앞에 꼼짝을 하지 못했다. 노동조합은 말 그대로 있으나 마나였으며 정상적인 노동조합의 기능을 전혀 회복할 수 없었다.

한번은 제이와 맞교대하는 K씨가 작은 사고를 냈다. 그런데 그 친구에게 회사를 그만두라며 배차를 중단했다.

20
도무지 이해할 수 없는 가진 자의 과욕

기사가 부족할 때는 조금 잘못해도 그냥 넘어가기 일쑤이지만 기사가 많으면 예비 운전자들은 배차를 받기가 어려웠다. 배차는 회사에서 주어진 기득권이며 규율을 잡는 데 상당한 영향력으로 발휘되었다.

K는 한 해만 지나면 개인택시 1순위로 개인면허를 취득할 수 있었다. 사고가 나면 8년간의 무사고 경력은 물거품이 되고 만다. 그러니 어떻게 하든지 자신이 무마를 하여야만 했다. 부당해도 억울해도 어쩔 수 없었다. 개인면허 취득을 위해서라면 시키는 대로, 하라면 할 수밖에 없는 상황이 된 것이었다.

노동조합의 와해, 어용화의 유일한 무기는 개인면허 대상자였으며, 택시운전 기사들의 노예화에 도구로 쓰이고 있었다. 조그만 접촉사고, 사건화되지 않는 대인사고의 기록은 회사의 꼭두각시를 만들 수 있는 유일한 근거 자료로 남아 있었다.

제이는 가내공업 사장으로 있을 때 종업원들에 대한 고마움이 앞서던 그 생각을 떠올렸다. 그리고 지금 이 회사와 비교를 했다. 종업원에 대한 고마움을 고사하고 온갖 욕설과 오직 돈벌이에만 급급한 도구로 삼고 있는 이러한 회사를 도무지 이해할 수가 없었다.

조금만 베풀어주고 인격적인 대우와 가족 같은 마음으로 대한다면, 오히려 능률이 더 오른다는 것을 깨우치지 못한다는 것이 의아했다. 종업원들의 능률은 안정된 마음과 직업의식 작업현장의 분위기이며 회사에 대한 애사심에서 좌우되는 것이다.

그냥 호되게 질책하고 약점을 잡아 한 푼이라도 더 빼앗으려는 얄팍한 계산으로 종업원들을 다룬다는 것이 정말 한심하기 짝이 없었다. 사납금(일일수입금)이 적으면 돈을 적게 벌어온다고 그만두라는 말을 하루라도 듣지 않으면 안 되었다.

몇 푼을 더 벌려다, 과속, 난폭운전으로 승객의 위험을 자초하게 된다는 것을 알고도 그들은 눈앞의 벌이에만 급급했다. 승객에게 해야 하는 올바른 서비스는 생각지도 못하며 천한 직종 택시운전사로 그들 자신이 만들어가고 있었다. 왜 그래야만 할까?

오직 기득권자들을 위한 정경유착 그 실체라 할 수 있는 부의 축적은 바로 택시회사별 증차 대수를 보면 알 수 있었다. 10대에서 20대, 30대, 50대 100대로 늘어나는 택시차량 증차로 인한 혜택과 부의 축적은 그들을 위하여 노동일선에서 실제로 피와 땀을 흘리며 일하는 택시운전자들의 생활고와는 너무나 엄청난 차이가 있었다.

그러고도 양이 차지 않아 온갖 노동력 착취와 저임금 정책으로 일관하며 점점 더욱 천박하고 소외된 직종으로 전락시키고 있음에 제이는 개탄하지 않을 수 없었다.

추후에 일어날 교통대란과 차량 증대로 인한 정체현상을 막을 대안조차 생각지도 않고 막무가내로 증차하여 사업주의 배를 불리는 데 일조할 뿐, 그 누구의 책임도 없었다.

차량의 증대로 인해 남아도는 차량들은 울며 겨자 먹기 식의 5,6,10 부제 등등의 운행으로 오히려 저임금의 수입 구조를 더 떨어뜨리게 하는 행정당국 또한 점입가경이었다. 이러다 보니 먹고 살기 위해서 차를 배정받는 것이 최우선이었으며, 그 수입으로 가정을 꾸려나가야 하는 택시노동자들은 욕설과 부당한 대우를 기꺼이 감수하여야만 했다. 돈, 권력, 회사의 규모, 영향력 등을 따를 회사는 거의 없었다.

같은 형제라도 복이 있는 것인지는 모르지만 사람의 선택이 얼마나 중요하며 기본이 얼마나 소중한 것인지를 깨달았다.

첫째 남동생은 소아마비로 약간 다리를 절었다. 그런데 인연이 되어 준 제수씨는 착실하게 그리고 알뜰히 행복한 가정을 꾸려 주었다. 결혼식 또한 남동생의 벌이로 간략하게 올렸다.

제이의 아버지는 술로 인한 간경화로 돌아가셨다. 큰아버지와는 대조적인 삶을 사신 아버지의 시신에 수의를 갈아입히면서 인생의 허무함을 느꼈다. 오래 살지도 못한 생명, 수많은 사람들의 가슴에 아픔을 남기고 앙상한 뼈만 드러낸 채 누운 당신의 모습이 너무도 가슴 아팠다.

세상에 태어나서 너무나 많은 일들, 후회 없이 그리고 이 세상을 살아가는 만큼 더 좋은 세상을 위하여 후세에게 물려주는 것이 당연한 것이리라.

동생을 먼저 보내며 제이와 함께 시신을 만지는 큰아버지. 소박하지만 농사를 짓고 자식들을 키우며 성실히 사신 당신께서는 고생 끝에 낙이 오듯 자식들의 올바른 세상을 여는 본을 손수 열어주신 존경스런 분이었다. 큰아버지의 눈에서도 아무 말 없이 눈물이 흘러내리고 있었다.

아버지를 그렇게 세상을 떠나보낸 제이는 첫째 여동생의 시집을 보내는 혼주 역할을 해야만 했다. 첫째 여동생에게는 여러 곳에서 맞선이 들어왔다. 먼저 맞선을 본 여동생은 오빠가 한 번 보고 좋다면 결혼하겠다면서 제이에게 미루었다. 이때만 하여도 제이를 집의 가장으로서 온가족이 신뢰하고 의지하였으며 오빠에 대한 믿음이 컸다.

사람의 보는 눈은 비슷하리라. 예비 매제를 보는 순간 키는 작지만 눈매와 행동에 믿음이 갔다. 제이는 둘의 결혼을 승낙했다.

아버지를 대신해야 할 결혼식의 혼주, 오빠로서 너무도 미안함만 앞설 뿐 그가 한 것은 아무것도 없었다. 단지 그들이 행복하고 부유하게 열심히 잘 살고 있음에 감사했다.

제이의 여동생은 그녀의 남편과 같이 친정집 형제들에게 많은 도움을 줘 가면서 큰 오빠를 대신하듯 동생들을 잘 돌보아 주었다. 제이는 그 고마움에 늘 미안함으로 세월을 보내야만 했다.

21
임신 중 관리 소홀로 기형아 자식, 평생의 고통

하지만, 둘째 여동생은 상황이 달랐다. 미용기술을 가진 여동생은 연애를 하여 동거에 들어갔다. 오빠에게 알리기가 부담이 되어 아이를 둘 낳고서야 제이가 알게 되었다. 제이는 다구, 동생들은 부산에 서로 먹고살기가 바빴든 탓에 그들과 자주 만날 수 있는 여건이 되지 않았다.

둘째 여동생은 동거생활 중 갈등으로 빚어진 스트레스와 미용실 중노동으로 인한 체력저하, 임신 중 감기약 복용 등의 부작용으로 얼굴의 전체에 반쪽 점을 가진 기형아를 낳았다.

도저히 용서할 수 없는 죄를 지은 것이다. 둘만의 사랑이라는 인연으로 가지게 된 아이, 무책임과 안일한 그들의 임신 중 관리 소홀로 평생을 두고 씻지 못할 엄청난 일을 저지른 것이다. 아이는 아이대로 부모는 부모대로 하루하루를 쓰라린 고통 속에 살아가야 하는 운명을 자초한 것이었다.

평생 주위 사람들로부터 받아야 하는 아이의 눈총과 동정, 거부감, 혐오스러움으로 살아가야하는 아이를 볼 때면 너무나 안타까웠다. 그러한 자식을 바라보는 부모의 죄스러움, 한 순간의 관리 소홀로 인한 저주스런 시련의 아픔은 얼마나 돌이킬 수 없는 죄악인가를 여실히 보여주었다.

두 번째 여자 아이는 철저한 관리로 정상인으로 태어났다.

그러나 처음부터 잘못 꼬인 그들의 결혼 생활은 결국 10년을 넘기지 못한 채 이혼을 하는 결과를 만들었다.

배차시간에 교대를 하기 위하여 많은 사람들이 대기하고 있었다. 그런데 상무는 배차를 하는 과정에서 입금이 적은 사람들에게 고함을 친다.

"일하기 싫어요? 이렇게 입금이 적어가지고 먹고 살겠어요? 일하기 싫으면 그만 둬요."

"아, 죄송합니다. 차가 밀려서 사납금을 못 벌었습니다."

"무슨 핑계야! 다른 사람들은 왜 많아?"

이때 제이가 나섰다.

"아니, 누가 돈을 벌기 싫어서 안 버나요? 너무 지나치군요."

"제이 당신이 뭔데 나서나?"

"돈을 벌고 싶지 않는 사람이 어디 있나요? 다 가족 먹여 살리려고 하는데……. 열심히 하는데도 손님이 없을 수도 있잖아요. 그리고 말 좀 좋게 하세요. 여기 있는 사람들 다 인격이 있는 사람들이오."

주위 동료들이 화색이 만연했다.

이렇게 자기 일이 아닌 상황에서 따지는 사람은 제이가 처음이었다.

"그만 두라는 말은 함부로 하는 것이 아니오."

많은 동료들이 보는 앞에서 들어 온지 얼마 되지 않는 초보자가 항변을 하니 눈이 휘둥그레지는 것은 당연했다.

많은 동료들은 제이의 말에 공감했다. 같은 동료들은 자기들이 못하는 말을 대신해주는 제이에게 성원을 보냈지만 회사에서는 제이를 경계하기 시작했다. 위험인물로 낙인찍힌 것이다. 회사를 상대로 반발하고 강력히 항의하는 사람은 지금까지 별로 없었던 것이다.

불만이거나 못마땅하면 떠나면 되는 것이었다. 택시회사가 한 곳만 있는 것이 아니기에 마음에 들지 않으면 그냥 다른 직장을 찾아가면 된다는 안일한 생각들이었다. 그리고 택시 운전 직종이라는 것 자체가 평생을 두고 할 직업으로 원하는 사람이 거의 없었다.

그 후 일부 노동조합의 중요성을 알고 활동하려던 몇몇 동료들이 제이에게 접근했다. 그리고 회사의 부당성, 노동조합운영의 문제점들을 알려주었다.

회사의 경계와 어용노동조합의 어용화는 제이를 가만 내버려 두지 않았다. 그는 노동조합에 눈을 돌리기 시작했다. 불이익을 당하지 않기 위하여 노동법을 익혔다. 서점에 가서 노동법, 근로 기준법에 대한 책을 구입하여 공부를 했다.

제이는 회사와 노동조합이 그동안 잘못해 온 것들을 하나둘 외치기 시작하였으며 노동법을 토대로 회사와 노동조합 결탁, 부당노동행위, 불법정비 등등 많은 것을 알게 되었다.

처음에는 자기 보호를 위한 노동법을 읽기 시작하였지만 주위에서 그를 가만 놔두지 않았다. 억울한 일, 그리고 회사의 부당행위에 대한 반감과 불이익처분을 받은 사례들이 그에게 전달되기 시작했다. 제이의 노동법 공부는 앞으로 일어날 노동운동과 노동조합운영에 크나큰 영향을 미쳤다.

그는 노동조합장을 상대로 항의와 시정을 요구했다. 부당노동행위를 노동법에 준하여 따지기 시작했다. 회사에 대한 부당함을 지적하는 것에 그는 마다하지 않았다. 어용노동조합과 회사를 상대로 때로는 논리적으로 때로는 고함으로 외치며 항변했다. 모든 종업원들이 보는 앞에서 그는 공개적인 항변의 목소리로 대응했다.

조합원들은 그를 다시 보기 시작하였으며 그들에게는 제이가 고마웠다. 그동안 하지 못하던 말들, 부당한 조치에 말조차 꺼내지 못하던 시절, 그것을 과감하게 대신하여 주는 제이가 고마웠던 것이다. 그리고 회사간부와 맞부딪치며 항변하고 싸워나가는 그의 모습에 대리 만족도 있었던 것이다.

어용노동조합장과 회사에서는 간부를 시켜 가능하면 제이의 입을 막으려 노력하였지만 그의 정당성에 막을 명분이 없었다. 그리고 그를 회유하기에는 역부족이었다.

근로자들이 피땀 흘리며 벌어준 돈은 회사가 챙기기 바쁘고 복지시설 하나 없는 회사의 부당함을 외쳤으며, 그를 방관하고 어용화되어 있는 노동조합장에게 항변했다.

회사로서는 제이가 가장 큰 경계 대상이었고, 그동안 잠자던 노동활동에 불을 붙였다.

노동조합장은 제이를 설득할 능력이 없다 보니 함께 노동조합 운영위원으로 일을 하자고 제안했다. 노동조합 활동 안에서 그를 설득하겠다는 계산이었다.

운영위원으로 들어간 그는 노동조합법에 따른 활동 지침 내용을 발췌하여 운영위원, 각부서장 등의 간부들에게 공개했다. 사실 중노동을 하는 운전직종은 책을 읽을 시간도 없거니와 그렇게 사명감으로 노동조합 활동을 전면에 나서야 할 여유가 없었다.

제이의 공개로 부당성의 내용이 알려지자 노조 간부들은 그의 의견에 따라주었다.

그러다 보니 회사에 요구하는 조건들이 많아지고 제이를 끌어안고 대충 넘어가려 했던 계획이 오히려 그에게 날개를 달아준 격이 되었다.

결국은 회사에서도 제대로 무마하지 못하는 노동조합장에게 불만을 품게 되었다. 어용으로서의 역할을 제대로 못해내기 때문이었다. 이러한 내용들이 전 조합원들에게 전파되어 나가자 결국은 노동조합위원장의 불신임으로 진행되기 시작했다.

회사는 어용노동조합장의 불신임을 막으려 안간힘을 썼다.

회사에 반기를 드는 사람에게는 불이익을 주고 압력을 가하기 시작하였고, 회사 편에 있는 사람들은 혜택을 주며 그들을 앞장세워 제이가 극단적인 강성의 위험인물임을 강조하며 비토하기 시작했다. 갖은 회유와 협박, 조직와해를 위한 회사와 어용노조의 노골적인 비열한 술책은 계속되었다.

하지만 노동법과 노동조합법에 의한 자기 권리 주장의 정당성을 앞세운 제이의 행동은 과감했다. 누구도 그를 꺾을 수는 없었다. 몇몇 노동조합 간부와 조합원은 제이와 함께 불신임 투표를 위한 서명운동에 돌입했다. 업무 시간을 마치면 회사의 경계망을 벗어나 핵심 멤버들은 비밀리에 모임을 가졌다.

회사에서는 불신임 명단에 참여하지 말라고 노골적으로 경고를 했으며 노동조합 활동을 하는 자는 불이익이 주어진다며 서명 자체를 가로 막았다.

하지만 택시업계의 H 노동조합, B 노동조합, D 노동조합 등의 노동 활동 활성화로 노동조합의 단결권, 노등권에 대한 인식이 바뀌고 있었고, 권리 찾기에 대한 공감대가 형성되며 그동안 억눌렸던 조합원들 감정이 제이로 하여금 기대에 차 있었다. 암암리에 개인별 만남과 주선으로 서명하는 참여 인원수는 점점 늘어나기 시작했다.

회사 대표이사를 비롯한 임직원들은 비상이었다. 100여 개 택시회사

중의 악덕업주로서 어용노동조합을 마음대로 조종하는 대표적 회사로 주역을 맡아 왔던 바로 그 회사에서 그동안 눌렸던 감정이 살아나기 시작한 것이다.

조합원들의 연대 서명으로 인한 불신임 투표는 시작되었다. 모든 상황이 급진전되었고 그동안 억눌렸던 조합원들의 감정이 일어나기 시작했다. 드디어 그 결과는 비밀무기명 투표인수의 2/3 절대적인 찬성으로 불신임이 가결되었다. 그동안 기득권을 누리며 노동자를 억압하여 왔던 어용노조가 조합원에 의해서 퇴출되는 순간이었다.

회사는 초상집이었다. 회사 사장과 임직원들은 겉으론 태연한 척했지만, 그들의 마음은 낙담과 실망 그 자체였다.

22

여중·고생들과 30대 초반에 배운
타자실력이 인생 길잡이

그러면서 제이는 처제의 권유에 따라 한참 중동바람이 불 때 타자를 배웠다. 처제는 타자 자격을 취득하면 사우디아라비아 공사현장 사무직으로 추천할 수 있다는 것이었다.

여중 3학년, 여고생들이 타자 자격증 취득을 위하여 YMCA 학원에 나갔다. 그는 30대 초반에 그들과 함께 타자연습을 했다. 덕택에 상공회의소 주최 영타2급자격증을 취득했다. 이 타자 자격증 취득은 제이의 인생 항로에 최고의 무기로서 가치를 주었다. 시대의 빠른 변화에 적응하는 것은 새로운 기술습득과 자격증 취득임을 그는 평생을 살아가면서 느끼고 체험하게 되었다.

타이핑은 컴퓨터를 다루는 데 남보다 빠른 실력을 쌓을 수 있었으며, 서류정리, 프로그램 활용, 원고 정리, 편집. 기획, 사업계획서 등등 워드, 엑셀, 파워포인트 등 이 모든 것을 혼자의 힘으로 1인 3, 4역의 일거리를 충분히 해낼 수 있었다. 그것을 다루는 데 워드 실력은 유감없이 발휘되었다. 컴퓨터는 모든 세상을 바꾸어 놓았다.

어린 여중·고생들이 배우는 타자를 30대 초반의 나이에 획득한 이 타자 자격증이야말로 인생의 길잡이가 되어준 가장 큰 원동력이었다.

제이의 글씨체는 상당한 악필이었다. 컴퓨터에서 찍혀져 나오는 글자체와 속도는 너무나 정교하고 빠르게 제이의 생각을 작성하여 주었다. 한 달 동안 해야 할 일을 불과 며칠이면 가능하게 하였고 각종 원고지와 용지에 일일이 기재하며 남겨야 하는 번거로움도 없어졌다.

제이의 타이핑 실력은 노동조합 활동을 하는 소식지를 발간하는 데 첫 계기가 되었다. 회사의 부당노동행위, 노동조합원들의 권리 주장과 단결권과 단체교섭권 등을 게재했다. 모든 노동조합활동을 소식지를 통하여 공개되었다.

사업주는 죽을 맛이었다. 불법, 부당노동행위, 비합리적인 모든 것들이 글로 만들어져서 공개가 되니 이러지도 저러지도 못했다. 그동안 어용노동조합에서는 도저히 상상할 수 없는 상황이 벌어진 것이다. 합법적인 노동활동에 사업주측은 걷잡을 수 없는 혼란에 빠지고 경계하지만, 그동안 취해온 수법으로는 막을 길이 없었다.

어용노조의 퇴출은 마감되었지만 새로운 집행부를 구성하는 데 또 하나의 벽이 있었다. 누가 노동조합을 이끌어 나갈 것인가.

자칭 노동조합을 대변하겠다는 사람이 나타났다. 그는 회사의 부추김으로 노조위원장 출마를 선언했다. 대학을 졸업하고 사업에 실패한 후 취직한 아주 우유부단한 자였으며 과격하지 않고 합리적인 노조운영이란 명분을 내세웠다. 그러나 그동안 노동조합 활동에 비협조적이었던 그가 노조위원장에 출마한다는 것에 노동조합 열성파들은 반발했다.

열성활동조직들은 제이를 노조위원장으로 추대했다. 입사한 지 1년도 되지 않은 그를 노조위원장으로 추대한다는 것은 상당히 드문 일이었다. 부당함에 싸워왔던 제이는 노조위원장에 대한 욕심을 내지 않았다. 왜냐하면 그는 택시운전직업으로 안주할 생각이 없었던 것이었다.

조합원들은 제이를 선택하는 것이 당연하다고 생각하고 있었다. 그 동안 그의 일거수일투족을 보아왔으며, 자기들을 대변할 적임자로 믿어주었다. 결국은 제이를 노동조합위원장 후보로 추대했다. 1만 2천여 명의 택시운전노동자들 속에서 단위 노동조합 어용화의 오명을 그를 통하여 씻고 싶었을 것이다.

선거가 시작되었다. 아니나 다를까, 회사 측에서 내세운 G 후보의 선거활동에 회사의 지원은 노골적이었다. 제이는 그러한 회사에 속으로 웃음을 지었다. 아직도 조합원들의 마음을 읽지 못하고 또 다시 전과 같은 행동을 하고 있는 그들이 가소로운 생각이 들었다.

그들은 다급해진 나머지 제이가 당선이 되면 회사를 운영하지 못한다며, 그것을 우회로 조합원들에게 제이가 당선이 되면 회사를 팔거나 분해시키겠다면서 협박을 하기 시작했다.

이 회사는 2개의 택시업체를 보유하고 있었으며, 자체 정비공장을 보유한 택시업계의 대부역할을 해왔다. 그러니 정경유착의 고리는 당연한 것이었다. 시외버스회사, 관광버스, 운수업계의 살아있는 전설로 대부 격인 C 회장은 엄청난 자산을 가지고 있었다. 처음 택시 1대를 지입으로 시작하여 돈을 번 것이다. 과연 어떠한 방법으로 돈을 벌었을까?

선거는 중반으로 치달았다. 회사는 어떠한 방법을 동원하여서라도 제이의 당선을 막아야만 했다. 제이와 친하거나 협조를 하는 사람들에게 회유와 압력, 협박으로 와해시키려 안간힘을 다했다.

이를 알아차린 제이는 출퇴근, 배차시간 때던 조합원들이 관심을 가지고 접근해오는 것을 거부했다. 옆에 조합원이 와서 아는 척이라도 하려 하면 제이는 그들에게 귓속말로 자기 곁에 오지 말도록 권했다.

"여러분의 행동이 회사에서 보면 찍히니까 나에게 오지 마시고 나중에 투표로 결정하여 주십시오. 회사에 찍히면 좋을 것 없지 않아요?"

오히려 조합원들은 감동했다. 자기들을 생각하는 제이의 행동에 그들은 감동하고 비밀무기명 투표에 행동으로 옮겨주었다. 일부 조합원들은 그러한 제이에게 오히려 더욱 적극적으로 나서주기도 했다.

선거 최종일 며칠을 앞두고 정견 발표를 위한 준비를 했다. 남 앞에서 본 경험이 전혀 없었던 터라 제대로 말조차 표현하기 쉽지 않았다. 그는 원고를 작성하여 외우기 시작했다. 영업을 하다가도 한가한 시간을 내어 한적한 곳으로 가 택시 안에서 크게 소리내어 연습을 했다. 정견 발표의 호소력을 강조하는 강약을 조절하며 수없이 읽고 또 읽었다. 큰소리로 때로는 작게. 약 10분 분량의 원고를 완전히 외웠다. 원고 없이도 충분한 호소력을 발표할 수 있을 만큼.

차 안에서 계속된 절대적인 연습이 훌륭한 연사로 거듭 태어나게 해주었다. 노동조합이 있는 이유, 필요한 이유, 합법적 단체행동과 단결권, 회사의 부당성을 주장하는 그 원고 내용은 투표 당일 날 상당한 설득력을 심어 주었고, 투표결과는 3/2 이상 찬성으로 당선되었다.

그도 깜짝 놀랐다. 일부 어용조합원들조차 절대적인 지지를 보내 준 것이다. 제이는 감사했다. 그리고 다짐했다. 어떠한 일이 있어도 조합원을 위하여 희생하기로. 그러한 그의 운명은 결코 순탄하지 않았다. 겹겹이 산 넘어 산이었다.

그는 책임감과 사명감으로 노동활동을 펴나갔다. 강력한 리더십으로 조합원들에 대한 배려를 우선적으로 했다. 제이는 그들의 마음을 알고 있었다. 노동조합에 적극적으로 협력하다가는 개인택시 면허취득 조건을 회사로부터 경력증명서를 발부받아야 하기에 부담이 있었다.

새벽 5시에 일어나서 출근하여 배차를 받아 오후 4시까지 택시 안에서 영업을 하는 힘든 일은 노동조합활동을 요구하기에는 역부족이었다. 그렇기 때문에 제이는 가능하면 혼자서 권리 회복, 근로조건 개선 등등을 소식지를 통하여 정당성을 알리고 노동법관련 내용을 공개했다.

조합원들이 교통사고가 나면 밤이건 새벽이건 달려갔다. 사건 무마와 그들의 피해를 줄이기 위하여 고군분투했다.

회사에서는 제이에게 회유와 유화적인 제스처를 보내기도 했다. 간부를 통하여 함께 술좌석을 마련하고 유대관계를 부드럽게 만들어 가려고 노력했다. 그러한 과정에서 제이는 회사 간부를 통하여 돈 봉투를 건네받았다.

제이는 그것을 받아들고 간부회의를 소집했다. 회의석상에 회사로부터 받은 돈 봉투를 꺼내어 공개했다.

"이 돈은 회사에서 여러분의 회식을 위해 준 것이니 이것을 가지고 회식을 하십시오."

이러한 내용이 회사에 알려지자 그 다음부터는 그에게 돈을 건네는 일은 없었다.

노사교섭을 통하여 회사 측 5명, 노조 측 5명이 앉았다. 조합원 복지에 대한 협의 과정에서 노조 측의 요구는 복지시설과 복지기금에 대한 회사의 지원을 요구했다. 그러나 회사 측은 이를 거부했다. 이유는 적자 운영이라는 것이다.

제이는 강력히 항의를 하는 과정에서 만약 회사의 적자경영으로 어렵다면 어떠한 방법이든지 조합원을 설득시켜서 월급인상과 그 외에 회사가 부담되는 요구는 하지 않도록 할 터이니 회사의 적자운영에 대한 사실 내용을 공개하여 달라고 요구했다.

그러나 회사 측은 경영권 침해라고 하며 거부했다.

여기에 화가 난 제이는 그 자리에서 테이블을 뒤집어 엎어버렸다. 순간 컵에 담겼던 주스가 전무이사와 그 외 회사 측 교섭위원들의 얼굴에 덮쳤다. 회사 측 교섭위원들은 주스 세례를 받고 아수라장이 되었다.

회사가 적자 운영이 되고 도산의 위기에 있는데 어떻게 조합원들이 이를 모르고 회사가 망하도록 지켜보고 있겠느냐며 말로만 하는 적자 운영의 거짓된 말에 맞서 강력히 항의했다. 울분의 호소와 항변이었다.

"당신들은 피땀 흘리며 노력하여 벌어준 노동자들의 노동의 대가를 그렇게 착복하고도 아직까지 배가 덜 불렀나요?"

제이의 목소리는 항변이라기보다 마음에서 우러나오는 간곡한 울부짖음에 가까웠다. 그리고 그는 마음속으로 울먹이며 소원했다. 힘없고 가난한 자에게 돌려줄 수 있는 너그러운 세상을, 부익부, 빈익빈의 이러한 불공평한 세상이 계속되지 않기를.

임원진들은 아무 말도 하지 않았다.

함께 참석한 노조 측 교섭위원들은 조합원들에게 이러한 사실을 알렸고 그 이야기는 일파만파 전달되면서 조합원들의 사기는 전 지역의 1만 2천여 명의 노동조합원들에게 전파되기 시작했다. 최고의 어용노조로 알려진 회사, 최고 악덕업주의 회사가 전 택시업계의 관심사로 부각되었다.

새로운 노동조합이 탄생된 지 불과 3개월도 되지 않는 상황에서 전 지역의 노동조합원들은 식당, 휴게실, 가는 곳곳마다 제이의 활동을 자랑스럽게 전달하기 바빴다. 얼마 전만 하여도 영업을 하다가 타 회사 기사들을 만날 때면 어용노조, 악덕업주로 비난을 당해야 했던 그들에게 도리어 노동조합활동에 대한 자부심으로 뒤바뀐 것이다.

제이는 노동조합 시 지부를 찾았다. 광역시 지역지부(택시노동조합

전국연맹산하)에 들른 제이는 노조위원장 당선 인사와 함께 지부장 면담을 가졌다. 지부장 최 측근인 단위조합장을 불신임하고 온 제이였기에 반길 일은 없었다.

"안녕하십니까. 저는 이번에 선출된 조합장 제이입니다."

"당선을 축하합니다. 이 조합장 이야기 많이 들었습니다."

지부장은 어용노조의 대표적인 사람이었다. 그가 이끌고 있는 지역 지부의 어용노조위원장 수는 거의 과반수를 차지하고 있었다. 그들은 회사 사장과 결탁하여 좋은 것이 좋다는 식으로 노동조합을 안일하게 이끌어가고 있었다.

지부 간부 중에 한 두 사람이 제이를 반겨주었다.

"이 조합장, 정말 잘 오셨습니다. 저희에게 많은 힘이 되고 있습니다."

1만 2천여 명의 조합원들 중 대다수가 지부장을 불신하는 터였지만 그를 배척하기에는 역부족이었다. 과거 폭력배 생활로 인해 많은 폭력 전과 기록을 가진 사람이라 그에 직접 대항할 사람이 없었다. 항상 단위 노동조합원들의 불신과 원성이 끊이지 않았지만 그를 물리칠 대안이나 당당하게 나설 세력이 빈약했다.

조합장이 된 지 2개월, 지부 운영위원으로 들어갔다. 초년생인 셈치고는 빠른 활동이었다. 가장 가까이 했던 동료는 전임지부장을 추종하는 몇몇 노조위원장들과 골수야성을 띤 B 노조위원장, L 노조위원장이었다.

단체협약을 위한 노사교섭이 진행되었다. 단위노조위원장 회의를 하며 단체교섭의 성공을 위하여 무던히도 노력했지만 임금협상은 철저히 노동조합의사와 조합원의 권익을 외면했다. 그에 대한 책임을 물어 지부장이 물러나야 한다는 여론이 들끓기 시작했다. 지부의 일부 단위조합장들과 함께 여론을 확산시켜 나가기로 결정하고 유인물을 작성하기로 했다.

제이는 이를 단위조합에 내려가서 확대간부회의에 보고하고, 현직 지부장의 배신행위를 열거하여 유인물로 작성했다. 타이틀은 "배신자, 또 배신을 하다"라는 문구를 넣고 사정없이 현 지부의 잘못을 과감하게 작성해 나갔다. 지부회의(100여 단위 노조위원장회의)를 하루 앞두고 제이는 밤을 새며 유인물을 작성했다.

그리고 1백여 장의 복사본을 가지고 오전 9시경 연맹지부로 올라갔다. 사무장을 통하여 작성한 유인물 1부를 지부장에게 직접 전달하게 했다.

조금 후 지부장실에서 지부장이 웃으며 나왔다. 제이에게 다가서면서 그가 말했다.

"이 위원장, 어떻게 이럴 수 있나요?"

지부장 그를 두고 향한 글귀 '배신자, 또 배신을 하다'라는 큰 글씨의 타이틀은 그가 흥분을 하기에 충분했다. 그런데 너무나 태연한 척 웃으며 제이에게 다가오며 말하는 것이었다. 그러나 순간, 뒷짐을 쥐고 있는 제이에게 사정없이 얼굴을 강타했다. 퍽!

"이 새끼, 글이면 다인 줄 아냐?"

제이는 아무런 방어 준비도 없이 그의 주먹 한 방에 그대로 뒤로 나가 떨어졌다. 갑자기 일어난 상황이라 누구 한 사람 말릴 틈도 없었다.

옆에 있던 전임 지부장이 제이를 일으켜 세우다 깜짝 놀라며 말했다.

"어이. 빨리 병원으로 데려 가야해!"

제이의 얼굴에선 순식간에 피가 흘러 내렸다. 피투성이가 난자하여 알아볼 수 없을 정도였다. K 전임지부장은 제이의 얼굴에서 흘러나오는 피를 막아 보려고 수건으로 감싸 보았지만 별 소용이 없었다. 회의 참석 차 올라온 위원장 다수가 이 광경을 보고 흥분했다. 제이를 부축하여 병원으로 옮겼다.

　수술을 끝내고 마스크를 착용한 채 제이는 다시 지부로 올라갔다. 제이는 더 이상 물러서지 않았다. 그곳에서 단판을 내야만 했다.

　연락을 받은 단위노동조합원들은 흥분하여 간부들이 대거 지부로 달려 왔다. 지부장은 몸을 피해 달아났다. 일부노조위원장, 노조원들은 당장 형사 입건시켜야 한다고 흥분했다.

　오후 6시경 그는 사무장을 통하여 모 호텔 커피숍에서 단 둘이만 만나자는 제의가 들어왔다.

23
노동자를 위하여 물러나 준다면 그 상처 오히려 감사

제이는 그를 만났다.

"이 조합장, 미안하오."

제이는 아무 말이 없었다.

"치료비를 줄 테니 걱정하지 말고 치료해요."

"치료비가 중요한 것이 아닙니다."

"그럼, 어떻게 하면 좋겠소."

"지부장직을 물러나 주세요. 1만 2천 노동자들을 위해서 물러나 준다면 오히려 제가 감사하겠습니다. 그리고 치료비는 필요 없습니다."

그는 한참 동안 말이 없었다.

"좋아요. 내가 물러나겠소."

"그럼 여기서 약속서명을 하시오."

서로 미안하다는 말과 고맙다는 말로 그들은 헤어졌다. 그리고 곧 바로 지부로 올라와 이 내용을 공개했다. 어용노조가 물러나게 되었다는 소식을 전해 듣고 새로운 집행부의 출범을 예고하며 모두가 환영했다.

단위노조위원장으로 당선된 지 6개월 남짓한 제이는 100여 단위노동조합장들의 입 도마에 오르내리기 시작했다. 그를 지지하는 사람들이 점점 많아져갔다.

반면 어용노조를 지향하여왔던 추종세력은 고까운 눈으로 제이를 보았다. 신참에게 기득권을 빼앗기는 것이 그들로서는 용납할 수 없었던 모양이었다. 그리고 그들만의 새로운 대안 모색을 위하여 혈안이 되었다. 차기 지부장을 누구를 내세울 것인지 그들은 고민 중에 있었다.

물갈이와 노동조합다운 집행부를 위해서는 젊은 세력이 나가야 한다는 양심세력들은 제이를 거론하기 시작했다.

지부장 후보자들은 현직 지부장 어용세력 약 55명, 전직지부장 세력 약 20명, 중도 강경파 약 10명, 기타 17명 정도로 분류되었다. G(현 지부장 조직), C(중도 조직), K(전 지부장 조직), 그리고 강경파 조합장들이 추대한 제이가 후보로 올랐다.

기득권 세력들은 제이가 6개월 남짓한 노조경험밖에 없는 신참이라는 것에 인정하지 않았다. 4명이 서서히 지부장 후보로 윤곽을 드러내었다.

제이는 조직의 와해를 원하지 않았다. 후보자들이 난립하게 되면 조직분산과 와해로 인한 지부운영에 노동조합의 단체행동권을 행사하는데 도움이 되지 않음을 염려했다. 제이는 각자의 후보자들을 만나기 시작했다. 그중 가장 영향력이 있었던 전직 지부장 K위원장을 만났다.

"선배님, 노동조합은 단결하지 않으면 회사와 협상을 절대 유리하게 이끌 수가 없습니다. 지부장 선거를 통하여 졸집이 안 되고 조직 갈등이 빚어지면 지부장 선거가 별 의미가 없는 것 아닙니까?"

"이 조합장 말이 맞소!"

"선배님, 이번 기회에 모두가 한마음이 되도록 후보를 단일화시키는 것이 어떨까요?"

"물론 좋지. 하지만 그게 그렇게 쉽지가 않잖아요?"

"제가 해보겠습니다. 선배님만 양보해 주십시오. 선배님이 그렇게 결정하여 주시면 명분이 있습니다."

"음, 좋아요. 이 조합장을 믿겠습니다."

두 번째 만난 사람은 C조합장이었다. C조합장은 단일화에 대한 꿈보다 자기 기득권을 위한 욕심부터 챙기려는 마음이었다. 그는 거래를 요구했다.

"C 조합장, 우리가 노동조합이라는 활동을 하면서 거래가 우선이 되어서는 안 되지. 지금도 우리 조합원들과 노동자들이 얼마나 고생하는가. 그들을 위하여 우리가 해야 할 일이 많지 않은가. 이번의 양보가 절대 헛되지 않을 것임을 약속하겠네."

나이가 비슷한 또래라 서로 터놓고 이야기를 주고받았다. 결국 그도 제이의 의견대로 양보를 해주었다.

마지막 한 사람, G에게 전화를 했다.

G 조합장의 측근들은 제이가 후보단일화를 위하여 노력하고 있음을 알고 있었다. G 조합장은 3년차 임기를 맞이하고 있다. 그는 지부 활동의 흐름을 파악하고 있었다.

그와의 담판은 명덕 로터리 부근 다방에서 이루어졌다.

"G조합장께서는 지난 단체교섭위원으로 들어가서 물러난 지부장과 함께 하였으니 이번에 지부장이 되어 노사교섭을 한다면 설득력이 부족하지 않을까요? 단체 행동권은 조합원들의 신뢰와 단결이 필요합니다. 그러니 이번에는 지부장 후보를 단일화하여 노동운동다운 노동활동을 하도록 도와주십시오. 만약 G 위원장께서 이 모든 조직을 결집시킬 자신이 있으면 단일후보가 되십시오. 그러신다면 저는 깨끗이 양보하겠습니다. 이제는 더 이상 지난번 같은 엉터리 협상을 해서는 안 됩니다. 조합원들의 권익을 위해서라면 목숨이라도 걸 각오가 되어 있어야 합니다."

G 위원장은 제이에게 되물었다.

"이 조합장은 지부장이 된다면 어떻게 할 생각입니까?"

"나는 욕심이 없는 사람입니다. 나의 노동운동 경험은 얼마 되지는 않았지만, 단위 조합원들의 절대적인지지로 이 자리에 있습니다. 그들을 위하여 양심에 따라 맡은 바 책임을 다 할 것입니다. 현재 단위노동조합에서 하고 있는 저의 노력을 평가하여 주시기를 바랍니다. 조합원들을 위해 그 어떠한 어려움이 닥쳐도 이겨나가겠습니다. 꼭 그 약속과 내 양심을 지키겠습니다."

"다른 후보자들은 어떻게 하겠습니까?"

"G 조합장만 양보하시면 모두가 함께하겠다그 약속하였습니다."

"그럼 좋습니다. 저도 양보하지요. 이번에 당선이 되면 열심히 하여 주십시오. 내일 저를 도우려하였던 두 분을 불러서 그들 앞에 약속을 드리겠습니다."

"좋습니다. 고맙습니다."

그리고 다음 날 두 사람의 조합장과 G를 만났다. B, K, G, J, 네 사람이 앉은 자리에서 G가 말했다.

"나는 이 조합장이 단일후보로 나오는 데 찬성하고 나의 입후보를 철회하겠습니다."

의외의 결과에 K가 조금 놀란 듯했다.

"나는 이 조합장이 양보하는 줄 알았는데……. 아무튼 좋습니다. 그렇게 약속을 했다고 하니 우리도 적극적으로 돕겠습니다."

"이 조합장, 이번 기회에 열심히 해 봅시다. 우리도 함께 할 터이니 잘 해주십시오."

"모두가 선배님들의 양보와 격려에 힘입어 열심히 노력하겠습니다."

"하하하."

커피 잔을 들며 서로의 약속 건배를 했다.

다음 날 아침 G로부터 한통의 전화를 받았다.

"이 조합장, 안녕하세요."

"네. G 조합장님."

"다름이 아니라 내가 약속을 못 지키게 되었습니다. 주위에서 너무 반발이 많습니다."

기가 막힌 일이다. 제이는 어떠한 말도 할 수가 없었다.

"아, 그래요? 그럼 하는 수 없지요."

정말 구역질이 날 지경이었다. 이렇게 약속이 헌신짝처럼 버려지는가. 어떻게 이럴 수가 있단 말인가. 그럼 지금까지의 약속은……. 아, 이제 어떻게 해야 하나.

조합원을 대표하는 사람이 조합원을 위한다는 마음으로 한 약속을 하루 만에 헌신짝처럼 버린 것이다. 그럼 이 사람이 지부장이 되었을 때 어떻게 할 것인가. 단일후보 약속을 깨고 제이와 투표를 한다면 승산이 있기에 번복한 것 아닌가. 제이는 충분히 예측할 수 있었다. 제이를 지지하는 조합장들도 G 후보의 철회 번복에 황당해 했다.

제이의 조직이 가동되며 표 점검에 들어갔다. 제이와 G의 지지표가 거의 절반씩 나누어지는 양상이 나타났다. 명분은 제이가 유리했지만, G의 지지층은 확고부동한 조직력이었다. 그가 후보철회를 번복한 이유는 사측의 선호, 어용기득권고정표, 자금력에 대한 자신감으로 분석되었다.

온갖 생각이 제이의 머리를 복잡하게 했다. 내가 만약 양보를 한다면? 그러나 하루아침에 번복하는 사람을 어떻게 믿고 지부장 일을 맡기나. 이것은 있을 수 없는 일이었다. 그렇다고 다른 방법은 없었다.

약속 번복을 할 정도면 당선확실성과 그의 추종세력들의 결집력을 확인한 결과였을 것이었다. 그들은 또다시 자기들만의 기득권을 차지하려 혈안이 되었다. 그러나 그가 만약 당선이 된다고 하여도 제이는 그들의 입맛대로 어용화되도록 놔두지 않을 것임을 다짐했다.

G가 단일후보 약속을 번복하는 것에는 사업주 측의 모종의 콜도 있은 듯했다. 만약 제이가 된다면 엄청난 파란을 예고할 수 있다는 것이 중론이었기에 그 추측 또한 가능한 이야기였다. 그의 성격, 행동, 논리, 강성화된 지지 세력들의 결집을 염려하였던 것이다.

선거 운동이 시작되었다. 제이를 지원하는 추종세력들은 지지와 협력을 아끼지 않았다. 강 위원장이 제이에게 지금 상황으로 보아서는 저쪽에서 전직 지부장과 기득권으로부터 자금이 지원되어 풀리고 있으니 우리도 한 번은 모이게 하여 그들에게 간단한 식사를 제공하면서 지지를 호소하자고 했다.

제이는 단호하게 거절했다.

"돈과 향응으로 올 사람이라면 차라리 당선되지 않는 것이 더 낫습니다. 돈 주고 지부장이 된다면 나 또한 돈의 매수를 당하게 됩니다. 정말 깨끗하게 하고 싶습니다."

선거는 막바지에 치달았다. 마지막 표 점검을 했다. 연맹 단위 노조 위원장들의 성향은 서로가 잘 알고 있었다. OOO단위노조 강성, xxx단위노조 저쪽, kkk단위노조……. 총 1C2개 단위 노조 중 약 반반으로 갈려졌다.

개표 결과는 50표:49표, 기권 3표로 제이는 낙선되었다.

표 확인 결과를 지켜본 위원장 한 사람이 G후보 측의 1표가 무효임을 주장했다. 자기가 표기한 무효표의 확인을 요구하고자 했다.

하지만 제이는 이를 만류했다. 투표를 다시 하여 당선된다고 하더라도 더 큰 조직 갈등으로 발생될 것을 염려했다. 추후 단체교섭 또한 사업주들에게 단결된 힘을 보여주지 못함으로 악영향을 미칠 수 있다는 판단에서였다. 49:49, 무효 1표 이렇게 되면 다시 투표를 하여야 하고 조직의 갈등을 유발할 수 있음을 누구나 다 아는 사실이다.

노동조합은 개인의 영예와 권력을 가지고자 하는 단체가 아니다. 제이는 깨끗이 승복했다. 그 대신 집행부에 함께 협조, 동참하겠다는 의사를 분명히 했다. 집행부가 올바르게 가기 위하여서는 모두가 동참하여야 한다는 의지를 밝힌 것이다.

제이는 노동조합원들의 단결권과 의결권이 있기에 이것을 최대한 반영하여 주도해 나가겠다는 의도였다. 모든 것은 회의를 통한 투표로 결정되는 방법으로 밀어나가자는 것이었다. 조직 갈등 해소와 단결력 강화는 제이의 예상대로 적중했다.

이러한 내용이 전체회의를 통하여 모든 단위노조위원장들의 결의로 결정되었다. 부지부장 2명은 제이와 제이를 지지한 위원장이 추대되었고, 노사교섭위원 또한 제이의 주장을 적절하게 반영되어 단위노동조합위원장 총회에서 선출되었다.

제이의 단위노동조합에서는 옛날같이 배차시간에 폄하하는 말은 없어졌다. 노·사간의 존중과 협조는 잘 되어가는 듯싶었다. 하지만 회사의 부당한 처사에 엄격히 항의하는 데 게을리 하지 않았다.

제이는 절대 약점을 드러내지 않으려고 노력했다. 그 자신의 처세는 물론, 그를 지키는 자신의 노력을 아끼지 않았다. 그리고 당당하게 거리낌 없이 활동을 했다. 조합원들이 하지 못하는 약자의 입장에서 저항했고, 조합원이 억울하면 과감하게 투쟁을 했다.

인간적인 대우를 해주면 인간적으로 대했고, 악랄하게 이용하면 그만큼 과감하게 공개했다. 사무실에서 2~3일씩 벽보를 걸어 부당함을 알리면 사주는 찾아와서 못이기는 척 들어주었다.

사주는 억울하다는 듯 말했다.

"이 조합장, 내 지금 자식이라도 하나 낳을 수 있으면 꼭 조합장 한 번 시켜보고 싶네."

제이는 사주인 C 회장을 무조건적으로 싫어하거나 부정하고 적대시하지 않았다.

"그동안 많은 돈 버셨는데 피땀 흘리는 근로자에게 베풀어야 하지 않습니까? 노동자 없는 회사는 존재할 수 없는 것입니다. 다른 회사에 비해 너무 착취하지 않습니까?"

이러한 내용의 항변은 사주 입장에서는 상당한 부담이 되었으리라. 이로 인하여 제이에게 주어지는 그들의 평가는 악랄하고 강성의 소유자로 낙인찍히게 되었다.

하지만 가장 합리적인 노동운동은 노동활동을 조합원들에게 알려야 하고 그들을 하나가 되도록 하기 위해서는 부당함을 공개하지 않으면 안 되었다. 현실적 상황(조합원들의 불만, 회사의 지나침 등)을 들춰내어 그대로 공개함으로써 눈으로 보고, 귀로 듣게 함으로써 조합원들의 의견과 힘을 결집해 나갈 수 있었다. 제이 스스로 앞장서서 희생양이 되지 않으면 안 되었다.

회사 측 모 간부가 사적 의사임을 전제로 제이에게 제안을 해 왔다.

"자네 먹고 살 수 있을 정도 해 줄 터이니 그냥 입만 다물고 조용히 있다가 개인택시나 타면 안 되겠나? 다른 사람들도 이제 자네의 마음을 알고 있으니 더 이상 힘들게 하지 않아도 조합원들도 인정할 걸세. 노조위원장 평생 할 것도 아니잖나?"

제이는 이래서 돈 앞에 굴복하는 대다수의 어용화된 무리들, 귀족노동조합이 탄생되는 것인가 보다, 라고 생각했다. 그들을 철석같이 믿고 노동일선에서 피땀을 흘리는 노동자들만 생고생을 하는 희생양이 되는 것처럼······.

단체교섭이 시작되었다.

노조 5명, 회사 5명, 상견례 시간이었다. 양측은 서로 마주 앉았다.

사업조합 이사장이 먼저 말했다.

"여러분, 반갑습니다. 저는 ㅇㅇ택시사업조합 이사장 ㅇㅇㅇ입니다. 여러분들과 함께 노·사의 파트너로서 좋은 협상이 되도록 잘 협조하여 원만한 단체협약 체결이 되기를 바랍니다. 그럼 먼저, 서로 앉은 자리에서 오른쪽부터 인사 말씀을 듣겠습니다."

"안녕하세요. 노조 측 교섭위원 ㅇㅇㅇ입니다."

"반갑습니다. 노조 측 교섭위원 이제이입니다."

제이의 이름이 나오는 순간, 사측 5명이 그를 주시했다.

잠깐 멈추어진 시간.

그러자 사업조합 이사장이 다시 말했다.

"아, 이 조합장이시군요. 듣기보다 미남이시고 인상이 퍽 좋습니다. 잘 해봅시다."

아마도 천하의 돌 깡패가 제이인 줄 알았던 모양이었다. 제이의 회사 사장으로부터 미리 들었던 사업주들 간의 이야기는 아주 험상궂은 인상, 안하무인의 소유자, 상대할 수 없는 독종이 협상 테이블에 앉을 것이라는 생각에 바짝 긴장하고 있었는데 막상 얼굴을 대하고 보니 듣기보다 딴판이니 의아해 할 수밖에 없었던 것이다.

노사교섭의 시간이 흐를수록 노·사간의 협상은 진지하면서도 잘 진행되어 갔다. 듣기와는 달리 제이가 주장하는 논리나 요구사항은 설득력을 더해갔다.

협상 제1안이 시민 서비스였다. 차내 에어컨 설치, 중형차 도입이었다. 1980년대 중반은 포니1, 포니2, 소형의 노후차량이 많았고 에어컨은 있으나마나 운전자의 편의성이나 승객의 서비스는 아예 생각조차 하지 않았다. 설사 에어컨이 있다고 하여도 연비로 인한 회사의 부담을 줄이려 안간힘을 쏟았다.

제2안은 기본급 인상. 계속되는 노조 측의 요구는 타당성으로 기울기 시작하였고 임금 인상도 어느 해보다 높았다.

노사교섭은 타결되었고 그들에게 제이는 강성에서 좋은 매너와 신사적이고 합리적인 이미지로 바꾸어 놓았다. 스식지도 올바른 말과 사실 내용을 공개함으로써 노동운동의 지킴이로 발돋움했다.

00대학 입구 통닭집은 밤이면 지나가는 차량들로 인하여 잠을 설치며 살았다.

24
자식의 생명을 지키기 위한 최후의 발악

모든 것을 잊어버리고 하루를 아이와 시간을 보내려 모처럼 나들이에 나섰다. 검도 도장을 운영하는 원장, 검도사범과 함께 자동차를 몰고 청도와 밀양읍을 사이로 하는 유천강에 도착했다. 시원한 강바람과 맑은 물속에서 모처럼의 아이와 함께 시간을 보냈다.

"우리 강 저쪽으로 건너갑시다."

건장한 둘이 앞장을 섰고 제이는 아들을 목말을 태우고 무릎 가까이 오는 얕은 강물을 건너기 시작했다. 아이는 신이 나서 제이의 머리를 잡은 채 웃으며 물 위를 걷는 즐거움에 흥이 났다.

강둑에 거의 도착할 즈음 아쉬운 듯 두 청년은 헤엄을 쳐 가기 시작했다. 제이는 그들이 목적지에 다 왔으니 아쉬움이 남아 수영을 하는 거라고 생각했다.

그러는 순간 몸이 물속으로 쑥 깊숙이 빠져 들어가는 것을 느꼈다.

"아, 푸!"

순간적으로 제이의 몸이 깊숙이 들어가 목말을 타고 있던 아이의 목까지 빠져들었다. 아이는 물에 잠기자 물을 먹지 않으려고 제이의 머리를 눌렀다.

"아, 푸!"

순간 제이는 계속 걸어가는 방향을 놓치지 않으려 마음을 먹었다. 만약, 뒤로 돌아가는 방향을 제대로 잡지 못하였을 경우에는 오히려 더욱 나쁜 상황을 초래할 것이라는 판단이었다.

그 방향 그대로 아이를 목에 얹은 채 안간힘을 다하여 헤엄쳐 나갔다. 하지만 목에 얹힌 아이의 무게와 둘을 먹지 않으려고 아이가 제이의 머리를 누르는 바람에 헤엄쳐 나가기에는 너무 힘이 들었다. 숨이 막히고 체력은 떨어지기 시작했다. 고개를 들어 숨을 쉴 수가 없었다. 아이가 누르는 무게에 눌려 물속에서 물을 뜨으며 사력을 다해 헤엄을 칠 수밖에 없었다.

"아이를 살려야 한다. 여기서 지치면 안 돼!"

먼저 도착한 일행은 뒤늦게 이를 알아차리고 다시 강물에 뛰어 들었다. 그들은 주위에 와서 배회하며 헤엄쳐 나가는 제이를 부축하려 했지만 소용이 없었다.

제이는 그들이 주위에 와 있음을 알아차리고 있었지만 아무런 느낌을 받지 못하자, 야속하기도 했다.

"이대로 아이를 버릴 순 없어!"

체력이 떨어지고 있었지만 아이를 살려야 한다는 마음에 제이는 끝까지 버둥대며 헤엄쳐 나갔다. 물속에 있는 제이는 희뿌연 물만 보일 뿐 아무것도 볼 수 없었다. 발도 닿지 않는 깊은 물 위에서 차라리 끝까지 가다 함께 죽는 한이 있더라도 아이를 두고 혼자 나올 수 없었다.

"조금 더, 조금 더."

제이는 안간힘을 쏟았다. 덥석, 한줌의 흙과 자갈이 손에 잡혔다. 그리고 일행들의 부축으로 물속을 나왔다. 숨을 몰아쉬며 강둑 가에 깔린 자갈더미 위에 앉은 제이는 흙탕물로 꽉 찬 배를 바라보며 안도의 숨을 내쉬었다.

제이는 전임노조위원장의 잔여기간을 채우고 다시 출마를 했다. 지난번 후보로 나왔던 그가 또다시 나왔다. 하지만 그는 제이와 게임이 되지 않았다. 사주 농간과 어용의 틀은 제이를 막지 못했다. 2선에 도전하는 제이의 평가는 변함이 없었다. 이번도 2/3의 절대적 득표를 했다. 사주와 어용의 압력과 회유에도 그들은 제이를 높이 평가해 주었으며 비밀무기명 투표로써 그를 지켜주었다.

제이는 조합원들이 고마웠다. 그리고 그들의 희망을 저버리지 않았다. 제이는 조합원 권리를 지켜줄 의무가 있기에 그것을 지키려고 밤낮을 가리지 않았다.

조합원들이 교통사고가 나면 우선 제이에게 먼저 연락했다. 최선을 다하는 그를 믿을 수 있었기 때문이었다. 제이는 교통사고 전문 해결사 노력도 마다하지 않았다. 조합원들의 길흉사에는 꼭 참석하거나 도움을 주는 복지혜택도 늘렸다.

조합원들의 조합비납부로 활동하기에는 빠듯했다. 그렇다고 쥐꼬리만 한 임금에 몇천 원, 아니 몇백 원의 조합비를 올리기가 부담스러웠다.

제이의 가족은 처와 아들, 단란한 3식구 외에는 지역 내에서는 지연, 학연, 친척 아무도 없었다. 제이의 노동조합 활동으로 가정은 어려운 상황이었다. 아내가 하는 통닭집 운영으로 부족한 생활비를 충당하는 것으로 만족해야만 했다.

재신임을 받은 제이는 더욱 노동자들을 위한 활동에 적극적으로 임했다. 그들과의 약속을 위하여.

모 고등학교 옆 신축건물 1층에서 식육점 겸 불고기 식당을 차렸다. 제이의 아내, 주방장, 주방보조 3사람으로 인하여 식당이 운영되었다.

나물 하나, 반찬 하나 지저분한 것은 딱 질색인 제이는 항상 주방이나 탁자를 깨끗이 관리하기를 당부했다.

점심시간이면 학교 교실로 점심을 날랐다.

인근에 식당이 없음을 생각하고 식육점 겸 불고기 식당을 차렸지만 생각보다는 영업이 잘 되지 않았다.

육체적 노동이라 몸이 약한 제이의 아내는 힘들어 했다. 제이의 노동운동으로 그의 아내는 젊은 나이에 화장품 코너, 통닭, 불고기 식당 등 여러 직종으로 뒷바라지를 했다. 하지만 그렇게 쉽게 돈은 벌리지 않았다. 식당도 해야 할 사람이 있는지 제이 가족에게 그 행운의 기회는 주어지지 않았다.

제이가 약 7년이라는 세월 동안 했던 노동운동의 길고 긴 터널의 끝도 그다지 멀지 않았던 것이다.

남들이 즐거워하는 추석 전날, 회사에서 주는 추석선물이라는 것이 고작 양말 두 짝이었다. 일 년 내내 수고하고 땀 흘린 대가의 추석선물이 양말 한 켤레였으니 정말 기가 막힐 일이었다. 이런 개만도 못한 대접은 사람으로서 할 도리가 아니었다. 조합원들은 그 자리에서 양말을 받아 내팽개치거나 아예 받을 생각도 하지 않았다.

핸드 마이크를 잡은 제이가 말했다.

"여러분! 그 선물 만족하시나요?"

"아뇨!"

배차를 받고 교대를 하기 위하여 모인 차고지 안의 조합원들은 이구동성으로 소리를 질렀다. 추석 절이라 모두 나와 있던 회사 상무, 전무, 사장은 말없이 미안한 듯 우두커니 바라보고 있었다.

"더러워서 안 가져갈랍니다."

"잘 먹고 잘 살아라. 에이 씨."

"그럼 그 양말들 이리 가지고 오세요."

총무와 간부들은 조합원들이 가지고 온 포장된 양말을 차고지 마당 한가운데에 차곡차곡 쌓았다. 그리고 불을 붙였다.

"와! 와!"

모든 조합원들은 흥분했다. 추석에 집에도 못가면서 일하는 것도 서러운데 이런 대접을 받아야 한다니 너무나 분개했다. 그리고 그 자리에서 긴급확대간부회의를 소집했다. 연이어 긴급 총회를 개최하여 조합원들과 의견을 나누었다.

모든 차량이 배차가 중지되었고, 모두들 흥분하여 꽹과리와 노래 소리가 울려 퍼졌다. 담벼락에는 실질적 사주의 이름과 각성을 촉구하는 글귀가 페인팅 되었다.

사업주의 철면피 같은 비양심은 어느 회사와도 비교할 수가 없었다. 차량이 30대 남짓한 옆 회사에서도 2~3만원 상당의 선물을 주고 있었다.

사업주는 각성하라! 꼭두각시 대표이사 000은 물러나라! 사주 C 아무개는 사죄하라!

이 소식을 들은 일부 강성 단위조합장들이 방문했다. 지부장을 포함, 집행부에서도 왔다 갔다. 파업은 생각보다 심각한 상태로 진행되어 나갔다.

양말 한 켤레로 추석선물을 준 회사는 수십 배의 손해를 보고 외부로부터의 비난과 이미지는 땅에 떨어졌다. 왜 그럴까. 서로 가족 같은 마음으로 조금만 배려해 준다면 더 이상 무엇을 바라겠는가. 사람이 살아가면 너무도 황당한 일이 많지만 사주는 해도 해도 너무한다는 생각이 들었다. 1년 내내 땀 흘리고 일해 오면서 추석명절에 고향에도 가지 못하고 일하는 그들을 조금이라도 생각했다면 양말 한 켤레보다는 더 좋은 성의 표시 정도는 해줄 수 있는 것 아닌가.

밤 10시경 관할경찰서에서 정보과장이 찾아와 면담을 했다. 가능하면 철회하도록 권했다. 추석에 귀성객들의 편의를 위함이었지만 밤늦게 전 지역 택시조합원들의 동요가 부담이 되었던 것이다.

다시 임시회의를 소집하여 간부들에게 의견을 물었다.

밤 11시경 약 7시간의 운행중단으로 회사는 양말 한 켤레보다 수십 배의 손실을 입고 정상운영체제로 들어갔다.

실 사주는 회사의 전무를 대표이사로 앞장세웠고, 자체간부들에게 지분을 배당하여 회사의 지분과 운영체계를 분산했다. 전임 전무인 대표이사는 허수아비에 불과했다. 모든 일거수일투족은 회장에게 보고되었고 그의 지시에 따라 움직였다. 누구나 회사가 분리되었다고 생각하지 않았다.

그 많은 돈을 가졌음에도 사주의 욕심과 노동착취는 끝이 없었다. 하물며 그들의 자식조차도 보다 못해 회사를 넘기고 손을 떼라는 권유까지 할 정도였다.

부자라는 말보다 돈의 노예가 된 그들이 불쌍하다는 측은한 생각까지 들었다. 세상을 떠날 땐 아무것도 가지고 가지 못할 그 돈을 모아 무엇에 쓰려는지……. 하루 종일 피땀을 흘리며 회사를 위하여 노력하는 장본인들 노동자, 그들에게 주지 않는다면 과연 누구에게 누구를 위하여 그 많은 돈이 쓰인단 말인가?

"이 회사는 여러분이 주인이고 여러분의 회사입니다."

당연한 말을 사주는 앵무새같이 강조한다. 그러면서 두 얼굴을 가지고 있다. 지독하게 돈을 버는 것은 좋지만 그 돈을 어떻게 값지게 쓰느냐 하는 것도 중요하리라.

노동력을 제공하는 노동자는 회사를 성장 발전시키는 가장 중추적인 역할을 하는 것이다. 종업원의 사기는 회사의 생산력을 높이는 원동력이다. 노사가 하나 되어 신뢰가 구축되어야 사회가 밝아지며 나라의 발전이 온다.

기업주들은 하나같이 나라의 발전이니 경제발전이니 운운한다. 마치 자기밖에 없는 애국자인 것처럼.

25
노사관계,
철저한 상호존중과 협력만이 모두가 사는 길

　진정으로 경제와 나라 발전을 위한다면 노사관계를 철저히 존중과 신뢰의 협력만이 진정한 나라발전과 애국의 길임을 깊이 인식하여야 할 것이다. 그것이 곧 모두가 사는 길이다. 지나친 임금향상이 아닌 적절한 나눔은 경제발전과 풍요로운 선진국 대열로 나아가게 된다. 그렇다고 노동조합의 지나친 요구는 회사를 망하게 하고 나라의 경쟁력을 떨어뜨린다는 것은 일반상식이다.

　노동 귀족이 생겨서도 안 된다. 기득권을 가지면, 가진 만큼 더욱 노동자를 위한 희생정신과 절대적인 노력이 필요하다. 노동자와의 약속은 그 어떠한 조건과도 바꾸어서는 안 된다. 언제든지 노동자의 앞에 선다면 그들과의 약속 외는 아무런 의미가 없는 것이다.

　나라를 위한 권력층, 기득권층도 마찬가지다. 나라와 국민을 위한 일에 전념하겠다는 그 약속만은 지켜야간 한다. 권력과 기득권의 힘으로 사리사욕을 챙기고 국민의 약속을 외면하여서는 안 된다. 선진국을 지향한다면 선진국의 좋은 문화를 빠르게 골라 담아야 한다. 열악한 노동자들의 근로조건이 개선되어야 하며 노사 관계가 선진화되어야만 국가경쟁력이 살아나는 것이다.

제이는 절대적으로 터무니없는 주장을 하지 않았다. 당연히 주어야 할 것과 상호 존중을 요구했다. 회사에 남보다 더 많은 임금도, 더 많은 혜택도, 더 많은 노동 대가도 바라지도 않았다. 회사의 주장대로 노동자들이 회사의 주인이라면 진정으로 가족같이 대하고 배려해주기를 바랐으며 약한 자에게 힘이 되려고 노력했다.

그러나 결국 제이는 회사로부터 해고의 통보를 받았다.

자, 이제는 마지막 승부다. 법적 투쟁은 무의미하다고 판단한 제이는 지부 내 단위조합장들과 연대 활동을 시작했다. 지부에서는 조합장들이 함께 해 주었다.

그러는 동안 단위 조합원들의 동요가 감지되었다. 어용 편에 선 자들이 움직이기 시작한 것이다. 제이가 조합비 회계 부정이 있다며 조합원들을 회유하기 시작했다. 조합장이 해고되었으니 노동조합장을 다시 선임하여야 한다며 서서히 선동하기 시작했다.

너무도 분통이 터졌다. 어제까지만 해도 잘한다며 추켜세우던 무리들이 제이가 해고되자 바로 돌아서는 그들의 가증스런 행위를 참을 수가 없었다. 거기에다 터무니없는 음해와 중상모략까지 하는 그들을 그냥 내버려 둘 수가 없었다.

날개 잃은 제이, 그를 희생적으로 도와줄 조합원은 아무도 없었다. 처음 시작할 때와 같이 그는 혼자였다. 하지만 지금까지 그러했듯이 그들의 뜻대로 넘어갈 제이가 아니었다. 목숨을 걸고라도 이러한 더러운 회사의 간교함과 악덕업주의 하수인이 되어 날뛰는 그들의 잘못을 알려야 했다.

철저한 부당노동행위에 철퇴를 가해야 한다는 각오로 제이는 옷을 몇 겹을 입었다. 누구에게나 목숨은 소중한 것이다. 제이도 자신의 목숨이 소중함을 왜 몰랐겠는가. 그러나 흉한 도습, 불구의 몸으로 살아가기는 싫었다. 신나 2L짜리 한 통을 옷 안에 감추었다.

제이는 그가 희생된다고 해도 세상은 전혀 바뀌지 않을 거라는 걸 잘 알고 있었다. 하지만 해고와 새로운 어용노동조합을 만들려는 회사의 술책은 용서할 수가 없었다. 가진 자들의 끝없는 횡포가 너무나 싫었다. 차라리 그들 앞에서 목숨을 끊어서라도 그들의 부당함을 알리겠다는 생각뿐이었다. 참 어리석은 짓이지만.

노조사무실 안에 총무를 비롯한 조직부장 외 몇몇 노동조합 간부들이 모여 앉았다. 그리고 어용화된 몇몇 사람들도 같이 앉았다. 노조위원장 사무실 책상 앞 의자에 앉은 제이, 우측은 노조 간부, 좌측은 회사의 사주를 받은 선동자들이 앉아 있었고, 중앙에는 난롯불이 타고 있었다.

제이가 말했다.

"나에 대한 회사의 부당 해고는 두렵지 않습니다. 회사의 농간에 놀아나는 사람과 부당노동행위를 하고 있는 회사에 맞서 내 목숨을 걸겠습니다. 악덕사주의 앞잡이가 되지 마세요. 사주의 잘못과 부당함에 강력히 대응하고 여러분의 권리를 찾으세요. 내가 여러분들을 위한 대가가 이런 것이라면 이 못난 죗값 여기서 치르겠습니다."

제이는 몸 안에 준비해 둔 신나 통을 그대로 꺼내 머리 위에 끼얹었다. 순간적이었다. 아무도 제이를 말리지 못했다. 제이는 포켓 속에 넣고 있던 라이터에 불을 지폈다.

치직, 치직.

신나에 젖은 라이터에서는 부싯돌이 스파크가 일어나지 않았다. 그러자 제이는 앞에 놓인 난롯불로 뛰어들었다.

그 순간 김성태 조직부장이 몸을 던져 제이를 감싸 안았다.

"형님. 안됩니다!"

위험한 순간, 노동조합 사무실 안에서 이를 지켜본 많은 사람들은 아찔한 순간을 보냈다.

제이의 목숨은 조직부장에 의해 구사일생으로 건져졌다. 동료의 부축을 받으며 들어간 여관방 안에서 신나가 묻은 옷을 벗으면서 만감이 교차했다. 죽음과 생의 갈림길에 서서 제이만이 느꼈던 갈등과 그 저항의 결단, 너무도 처절한 투쟁의 형벌이었다.

제이는 왜 가족을 두고 가치 없는 죽음을 선택하였는가. 자신이 죽어 없어진다고 해서 얻는 것이 무엇인가. 명예? 이름? 자존심? 그를 기억하는 것은 잠시 잠깐일지 모르지만 세상 변하는 것은 아무것도 없다. 제이는 후회를 했다. 다행히 죽지 않고 살아남아 있음에 감사했다.

제이는 더 이상 조합원들에게 의존하는 투쟁은 끝났다고 판단했다. 그러나 여기서 더 이상 물러설 길이 없었다. 제이는 지부에 올라가 지부장실을 점거하고 그 안에 앵글로 문을 봉쇄를 하고 단식 투쟁에 들어갔다. 혼자만의 고통으로 이겨낼 수 있는 유일한 방법이었다. 제이를 보좌해주는 이 위원장을 비롯한 몇몇 조합장들이 동참하여 제이를 도왔다.

이튿날 소식을 듣고 각 회사의 조합원들이 방문을 해주었다. 3일이 되니 기력이 떨어져 물로 허기를 채웠다.

격려 방문은 계속되었다. 지역 대학생과 병원노동조합에서 격려 방문 겸 제이의 건강 체크를 해주러 왔다. 제이의 건강에는 아무 이상이 없었다.

정보형사 두 사람이 면담을 요청했다. 제이는 그들과 면담을 했다. 면담이 끝나자 그들은 신나 통을 가져가기를 원했다.

"그것을 가지고 간들 아무 소용없습니다. 차라리 자극하지 않는 것이 더 좋을 것 같습니다. 형사님, 날 그냥 조용히 내버려 두세요. 그렇게만 해주면 제가 판단하여 현명하게 끝내겠습니다."

두 명의 담당 형사는 조용히 물러갔다. 그들도 어느 정도 이해를 하고 간 것 같았다. 그날 방문한 형사 한 사람은 제이와 묘한 인연으로 추후 제이와의 만남이 다시 이루어진다.

며칠이 지나서 단위조합장 회의가 시작되었다. 제이의 단식을 그대로 방관할 수 없다는 것이었다. 그리고 제이를 단식에서 풀어내자는 것이었다.

회의가 끝나고 앵글로 가로막힌 사무실 문을 흔들기 시작했다. 이때 안에서는 아무것도 모르는 상황이었다.

"이 조합장 나오시오. 아니면 저희가 문을 부수고 들어가겠습니다."

제이를 보좌하고 있는 이 위원장은 신나 통 마개를 열어 제치고 문짝 아래 틈으로 신나 통을 확 부었다. 쏴아. 순식간에 신나는 사무실 바닥으로 퍼져 나갔다. 불을 지피면 모두가 끝이었다.

"야! 피해!"

모두 신나가 쏟아지는 바닥을 피해 혼비백산하여 달아났다.

단식을 하고 있는 동안 제이의 집에 괴전화가 왔다.

"여보세요?"

"아! 여긴 경찰서입니다(경찰인지 아닌지는 확인이 되지 않았지만). 당신 남편 저대로 두면 죽을 수 있으니 가서 설득시켜 단식을 풀도록 하세요."

그 말을 들은 제이의 아내가 말했다.

"우리 남편은 죽으려고 유서까지 써놓고 갔으니 내 능력으로는 그 사람을 막을 수 없습니다."

그 이후로 그런 전화는 다시 걸려오지 않았다.

26

정치참여 권유로 12일간의 단식을 풀고

그 당시 창당된 지 얼마 되지 않은 00당 시지부에서 지부장을 비롯한 간부 몇 명이 단식중인 제이를 방문했다.

"수고 많으십니다. 힘들게 투쟁하신다는 소식을 듣고 왔습니다. 그동안 어려운 여건에서 열심히 노동자를 위하여 노력하신 경험을 토대로 저희 당에서 노동자를 위하여 활동하여 주시지 않으실 건지요. 노동자와 서민의 정치를 구현하는 데 함께 참여하여 주십시오. 처음 시작되는 지방자치제에서 저희 당 이름으로 시의원 출마를 하셔서 국민에게 알리는 계기가 되면 좋을 것 같습니다."

"하하하, 제가 무슨 능력이 있습니까?"

"별말씀을요. 바로 이 위원장님 같은 분이 서민의 정치를 위해서 나서야 합니다."

"저희는 이 위원장님의 그동안 활동하는 많은 것을 지켜보고 듣고 있습니다. 대단하신 노력과 능력으로 지역노동운동에 이바지하셔서 저희가 오히려 감사할 뿐입니다. 저희 당원들과 조직원들이 힘을 합쳐서 위원장님의 선거운동을 책임지고 돕겠습니다. 함께 서민과 국민을 위하여 나서주십시오."

그때 옆에 있던 B 위원장도 수긍하듯 고개를 끄덕거렸다.

"이 위원장, 까짓 거 노동운동보다는 더 낫지 않겠소?"

"생각할 여유를 좀 주십시오."

제이는 이러한 제안에 하루 종일 곰곰이 생각했다.

내가 정치를 한다? 내가 무슨 능력이 있나?

제이는 그를 돕고 보좌하고 있던 L, K, J, G, B 노조위원장들과 함께 의논을 한 후 민0당에 입당하기로 하고 약 12일간의 단식을 풀었다. 조합원들과 제이를 보좌했던 위원장들의 격려와 감사로 서서히 회복기를 거쳐 단식을 마무리했다.

단위노동조합의 선전부장이 찾아 왔다.

"위원장님, 단위 노동조합을 어떻게 하였으면 좋을는지요?"

"위원장 후보는 선전부장이 나서서 나의 부족한 것을 참고하여 노동조합을 이끌어 나가주세요."

정치판에 나서게 된 제이는 민0당 달서구 지구당 창당 발기인 대회를 대구 두류공원 2·28기념탑 앞에서 행했다. 대회에는 공동대표를 비롯한 중앙당 간부들이 참석했다. 대학생, 노조원들 그리고 일부 시민들이 경찰의 닭장차의 감시 아래 창당대회가 진행되었다.

창당대회에는 축하 참여인원보다 이를 감시하기 위하여 동원된 경찰 공무원과 차량이 더 많아 보였다. 파견된 경찰공무원들이 수십 대의 차량과 함께 두류공원을 꽉 메운 덕택에 제이의 창당대회는 성황리에 마무리되었다.

제이는 민0당 00시교통정책위원장과 00구지구당위원장직을 맡았다. 제이의 생소한 정치입문은 그에게 또 하나의 경험을 안겨 주었다. 권력, 권세에 의한 기득권층의 예우가 어떤 것인지도 실제적인 경험으로 맛보았던 것이다.

지방자치제 최초의 선거가 시작되었다. 정치입문의 첫 작업은 지역 구내 시의원 후보지의 야권 단일화가 필요했다. 야당인 민x당 지구당 위원장, 전교조의 T 후보 그리고 제이, 각 당의 출마예상들과 미팅을 가졌다.

민x당 지구당위원장과 민0당 지구당위원장 제이는 전교조의 도 후보를 송현동 후보지에 단일화시키기로 합의를 했다. 그러나 민주당 지구당위원장의 약속 번복으로 T 후보와 민x당 후보는 각각 출마를 했다. 제이는 약속대로 타 지역으로 출마를 했다.

27
당신은 절대 국회의원 될 자격이 없다

제이는 민x당 지구당위원장에게 약속 번복에 대하여 공격했다. 약속을 번복한다는 것은 당신이 앞으로 국회의원을 출마하여 당선된다고 해도 국민과의 약속도 얼마든지 번복할 수 있으니 당신을 절대 국회의원 될 자격이 없다고 바로 그 앞에서 경고했다.

교수출신인 그는 중앙당의 지시에 어쩔 수 없다고 했다. 1990년대 초, 그때는 보스 정치가 절대적인 영향력을 발휘했다.

소신 없는 정치는 결국 국민의 권익보호에 도움이 되지 않음을, 우리는 그동안의 정치세력들의 당리당략에 식상해 있었지만 실제로 체험하는 계기가 되었다. 시의원이 되면 뭐하나, 국회원의원이 되면 뭐하나, 싶었다. 결국은 1인의 힘에 의해서 좌지우지되는 것이라면 진정한 국민의 소리를 낼 수 있는 국민을 위한 정치가 아니지 않는가. 그럴 바엔 처음부터 약속이나 하지 말지, 국회의원 배지를 달기 위하여 정치 하수인으로 꼭두각시놀음을 해야 하는 그들이 정말 바보 같았다.

선거가 시작되었다. 입후보자 등록이 마감되고 제이는 월성지역 내에 선거사무실을 열었다.

그런데 제이를 해고한 전 회사 회장이 그의 사무실을 찾아와서 격려금을 직접 건네주고 갔다. 제이는 그를 보지 못하였지만 나이 드신 분인데 많은 부를 가진 분이 직접 자기가 해고한 출마자 사무실에 직접 찾아왔다는 것은 정말 아이러니한 이야기였다.

어제만 하여도 적대시하다 급기야는 제이를 해고를 시킨 사람이 이제 정치인이라는 조직책의 지구당 위원장으로 나서다 보니 부담이 되었을까? 재력, 권력 누구에게도 뒤지 않은 막강한 힘을 가지고 있던 그가 30대 후반에 첫 입문한 정치인에게 찾아온 이유는 뭘까?

제이는 60이 넘은, 아쉬울 것이 없는 최고의 갑부도 자기 이익을 위하여서는 어떠한 자존심도 버린다는 것을 또 한 번 실감하게 되었다.

제이는 밤낮을 가리지 않고 지역구를 돌아다녔다. 선거운동원들은 모 대학교 학생회 소속 학생들이었고, 민주양심 세력의 교수 분들의 도움을 받아 선거운동을 펴나갔다. 학생들은 토큰으로 버스를 타고 와서 선거운동을 도와주었다.

출마지역에서는 제이의 연고와 아는 인맥은 전혀 없었다. 다니는 곳마다 생소하였고 유권자들은 제이의 이름조차 몰랐다. 악수를 청하면 그냥 반겨줄 뿐이었다. 다행인 것은 젊은 체력과 평소 간단한 건강관리로 단련된 덕택에 더 많은 지역을 돌며 유권자를 만날 수 있었다. 지지자인지 아닌지 알 수 없는 유권자들을 처음 대하는 제이로서는 진정으로 악수를 청하고 열심히 그들에게 다가갔다.

"후보님, 오늘 특별한 일정이 잡혔습니다. 어떤 가정에서 후보님을 모시고 저녁 한 끼를 대접하겠다고 초청했습니다. 단, 오실 때 비밀로 해달라는 것입니다."

유권자들은 후보자에게 어떻게 하면 돈을 받을까 생각했고 후보자들은 금전, 향응으로 표를 매수하려는 선거 풍토에서 이러한 일이 일어나리라고는 상상도 못했다. 제이는 흔쾌히 방문을 했다.

28
유권자의 저녁 초대
"서민의 정치다운 정치 해 달라"

"어서 오십시오."

"초대해 주셔서 너무 감사합니다."

음식은 상다리가 부러지도록 차린 진수성찬이었다.

그 유권자는 제이를 보좌하는 두 사람의 운동원과 함께 극진히 대접을 해주었다.

"수고하십니다. 정말 정치다운 정치, 국민을 위한 정치를 해 주십시오. 이 후보님의 이야기 많이 들었습니다. 이렇게 뵙게 되니 너무나 영광입니다. 많은 고생도 하시고 지금도 어려우시면서 우리를 위해서 이렇게 나서주셔서 감사한 마음에 미흡하나마 보답하고 싶어서 초대했으니 마음껏 드시고 열심히 해 주십시오. 와 즈셔서 정말 감사합니다."

제이는 이런 대접에 너무나 감사했다. 정치, 선거라는 첫 출발에서 이런 감명 깊은 환대에 진정한 서민의 소리를 들었다. 선거가 끝나고 다시 한 번 찾아 감사 인사를 하고 싶었지만 더 이상 표현을 하지 못했다.

토박이가 많았던 지역이라 제이를 지지하는 사람은 별로 없었다. 유권자를 만나면 다 지지해 줄 것 같았지만 착각일 뿐이었다.

"안녕하세요? 00당 후보 000입니다."

"후보님 반갑습니다. 이 후보님 정말 젊고 패기 넘치니 이번에 되지 않더라도 다음에 꼭 다시 나오십시오. 다음은 틀림없이 될 것입니다."

그들도 어떠한 결과가 나올 것이라는 것을 뻔히 알고 있었다.

합동연설회의 날이 잡혔다. 바로 그날 밤 12시 30분경 모 여대 교수들이 찾아왔다. 그중 국문학과 이 교수는 합동연설회가 걱정이 되었다.

"이 후보님, 내일 연설문 준비를 하셨습니까?"

"아뇨!"

"그럼 어쩌나요?"

"평소 생각하고 있는 것을 메모하여 말하겠습니다."

"이리 와 보십시오."

이 교수는 제이의 평소의 생각, 정치 소신, 말하고자 하는 내용을 듣고 그 자리에서 문안을 메모하여 주었다. 연설하는 방법을 알려주기도 했다. 하지만, 제이는 그것을 외울 수도 없었다. 시간적 여유가 없었던 것이다. 이 교수가 주는 메모지와 함께 그는 머릿속에서 정리를 했다. 평소 생각대로 그리고 항상 주장했던 이야기들을 떠올리며 정리를 해 나갔다. 원고의 문안도 없었다.

드디어 합동연설 시간이 돌아왔다. 학교 연설장 정문에서는 각 후보들의 피켓이 나붙고, 운동원들은 그들의 지지자들을 환호하며 후보를 알리는 데 최선을 다했다. 제이의 선거운동원들은 학생들로 구성되어 누가 보아도 운동권의 젊은 당임을 알 수 있었다.

합동 연설회 시간, 후보자들의 연설 순위를 결정하는 제비뽑기를 했다. 제이는 1번으로 정견발표를 하는 행운을 얻었다.

지금까지의 선거운동 방식으로 보아서는 각 당에서 후보자가 연설을 하고 나면 김 빼기 작전으로 연설이 먼저 끝난 후보자와 함께 선거 운동원들은 빠져나가 버린다. 그 다음 후보자도 마찬가지이다. 나머지 후보자의 연설장은 텅 빈 자리에서 연설을 해야만 한다. 그러니 1번이 되면 모든 청중이 모인 자리에서 소신을 알리는 데 많은 성과를 볼 수 있었다.

약 3,000여 명이 모인 학교운동장.

제이는 단상으로 올라갔다. A4 용지 한 장을 단상 위에 놓았다. 그리고 청중을 향해 인사를 했다. 순간 메모지가 바람에 날아가 버렸다. 보좌관이 주워오는 시간을 놓칠 수가 없었다. 그는 어쩔 수 없이 원고 없이 청중을 향해 말하기 시작했다.

"여러분! 이 자리에 선거 운동하러 오신 운동원 여러분 중 돈을 한 푼도 받지 않고 선거운동을 해주시는 분 손 한번 들어봐 주십시오."

청중이 보는 앞에서 각 후보자들의 선거운동원들은 손을 들지 못했다. 한순간 조용했다. 조금 후 제이의 선거운동원들이 일제히 손을 들었다.

"자! 보십시오. 우리나라 선거가 이렇습니다. 정말 양심적인 정치를 하려면 돈을 쓰지 말아야 합니다."

그는 원고가 필요 없었다. 그동안 그가 느껴왔던 이야기를 스스럼없이 내뱉기 시작했다. 현 정권의 무능함과 지역의 소외된 정치적 현실, 서민의 정치를 구현하기 위한 서민들의 애환을 부르짖었다. 그 목소리는 우렁찼으며 대중으로부터 많은 박수와 찬사를 받으며 유세장을 압도했다.

연설이 끝나고 유세장을 한 바퀴 돌았다. 유권자들은 그에게 아낌없는 박수를 보내주었다.

"정말 연설 통쾌하게 잘 들었습니다."

"힘내십시오."

제이의 연설을 들었던 사람들은 이름조차도 생소했던 그를 새롭게 보는 충분한 계기가 되었다.

합동연설회가 끝나고 선거운동원들과 함께 지역을 돌면서 활동에 나섰다. 반응은 평소 때와는 달랐다. 제이의 연설에 대한 찬사를 아끼지 않았다. 선거운동원들은 그러한 유권자들의 반응에 고무되었다.

제이가 가장 자랑스럽게 생각하며 존경하는 큰아버지가 쌀 한 가마니를 들고 선거사무실로 찾아왔다.

"큰아버님!"

"오냐, 수고한다. 니한테 도움 줄 끼 없으니 쌀 한가마이 가지고 왔다. 욕보시는 양반들한테 밥이나 대접 하거래이."

가난하고 노름과 술로 방탕한 생활을 한 당신 아우의 슬하에서 자란 조카가 연고지도 아닌 대구라는 곳에서 지구당위원장을 맡아 출마를 하게 되었으니 자랑스럽기도 하고 걱정도 되어 격려차 오신 것이었다.

하지만 제이의 외로운 투쟁과 목숨을 건 순간순간들, 살아남기 위한 그 7년의 세월을 당신께서는 알 리 없었다. 아는 이 아무도 없는 타향에서 오직 살기 위해, 그리고 가난으로 고통 받는 약한 자를 위하여 노력해 오며 끝없이 투쟁해 온 결과로 지금 그는 또 다른 환경을 경험하고 있는 것이다.

두 번째 합동연설도 마찬가지였다. 1번의 제비뽑기로 모든 청중들을 사로잡았다. 우렁찬 목소리로 서민의 아픔을 유감없이 표현했다. 그는 과감하고 신랄하게 현 정권을 비판했다. 듣는 청중들은 그의 용기와 발표력에 아낌없는 박수를 보내며 인정하여 주었다.

여성 유권자 세 명이 정문을 들어서며 제이의 선거운동원들에게 물었다.

"여기 제이 후보 연설 아직 시작하지 않았나요?"

"아뇨! 금방 끝났습니다."

"아, 그래요? 그럼 다른 후보들 이야기 들으나 마나야. 그만 가자."

이러한 이야기를 들은 선거운동원들은 제이의 연설이 상당한 인기를 얻고 있음을 확인할 수가 있었다. 이런 말 한 마디에 제이의 운동원들은 힘이 났다. 하지만 선거는 예상대로 당선되지 못했다.

선거가 끝나고 새로운 시작이 되었다. 정식적인 지구당 조직 관리를 위하여 지역구 활동을 시작했다. 다음 해에 국회의원 출마를 해야 하기에 많은 노력이 필요했다.

제이는 선거를 치르고 사무직원들과 함께 뒤풀이를 하려고 지역구에 있는 조그만 나이트클럽을 찾았다. 한참을 놀았을까. 무대에서 멀리 한쪽 구석에 제이를 바라보는 한 여인이 있었다. 그 여인은 제이와 한 번씩 눈이 마주치고 있었다.

밤 11시가 넘어서 제이의 일행이 클럽 문을 나설 때 그 여인도 뒤따라 나왔다.

"혹시 제이 씨 아닌지요?"

"네, 맞습니다."

"안녕하세요."

제이는 예를 갖추어 꾸벅 인사를 했다. 지역유권자임을 직감했다.

"저는 제이 씨를 너무나 지지하는 사람입니다. 제이 씨의 선거유세와 유인물을 읽고 눈물을 흘렸습니다. 근데, 여기에 와서 이렇게 한가하게 놀 시간이 있으세요?"

순간 제이는 말을 할 수가 없었다.

"아, 네. 선거가 끝나서 우리 직원들과 뒤풀이를 하러 왔습니다. 그리고 제가 서민이니 서민에 맞게 놀아야지, 고급 룸살롱 밀실에서 즐길 수는 없지 않습니까? 하하하. 잘못되었다면 죄송합니다."

그녀가 웃음 띤 얼굴로 말했다.

"아, 그러세요. 가능하면 이런 곳에서 보지 않았으면 합니다."

"네, 감사합니다."

이것이 현실인가? 유명 인사도 아닌데 벌써 내가······.

제이는 또 한 번의 실수를 저질렀다. 이번에는 지역구 관할이 아닌 반대쪽 클럽이었다. 그때는 약 일곱 명의 일행과 술좌석을 마련했다.

이번에는 40대 중반의 남자가 가까이 왔다.

"제이 씨 아닌가요?"

"네 맞습니다. 안녕하세요."

그러자 다짜고짜 그가 말했다.

"나는 제이 씨를 지지하는 공무원입니다. 그런데 여기 와서 이렇게 놀 시간이 있으신가요?"

둘은 함께 웃었다.

"하하하"

"우리를 위해서 뭔가를 해 주실 분이 되어주십시오."

"아, 네. 감사합니다."

공직에 있음에도 자기 신분을 이야기하며 당당하게 말해주는 것이 고마웠다. 그 후로 제이는 정치를 그만 두는 날까지 두 번 다시 나이트클럽에 가지 않았다. 공인에 대한 유권자들의 질타와 관심에 정치의 앞날은 밝기만 했다. 이러한 유권자들이 있기에 대한민국의 정치와 국가 발전은 끊임없이 승화되어 갈 수 있음을 본인의 실질적인 체험으로 확신했다.

예정된 일정에 따라 사무국장의 안내로 관할경찰서를 찾았다. 관할 지구당 위원장으로서 정치활동을 하면서 첫 관공서 방문이었다.

경찰서 정문에 도착했다. 정보과장이 정문까지 나와 기다리고 있었다.

"어서 오십시오"

"수고가 많으십니다."

먼저, 과장의 안내로 과장실에 들어가서 이야기를 나누었다.

"정말 잘 오셨습니다. 서장님께서 면담 중이셔서 저와 차 한 잔 하신 후에 올라가시죠?"

"네, 그러겠습니다."

"위원장님께서 슬기롭게 잘 마무리해 주셔서 관계자로서 감사드립니다. 목숨을 건 사람에게는 아무리 공권력이라고 하여도 어떻게 할 수가 없습니다."

지난번 단식에 대한 이야기인 듯했다.

"감사합니다."

잠시 후 서장실에 들어갔다.

서장은 나이 50대 초반, 제이는 40 초반. 그는 제이를 반갑게 맞아주었다. 그들의 예우는 아마도 제이 개인의 인격보다는 대학생들의 데모가 한참이었던 시절이라 그를 감싸고 있는 관할 대학생들과의 관계유지에 더 신경이 쓰인 탓이었으리라.

29
만약 국회의원이 된다면

지구당위원장 직책은 상당한 영향력이 있었다. 관할구청에 가면 구청장과의 독대가 가능하였고, 기관장들과 면담도 요구만 하면 가능했다. 제이는 생각지도 못하는 특별한 대우를 받았다. 지구당위원장이라는 직함 하나로 정치권력의 힘을 맛볼 수 있었다. 정치는 이래서 마약이라 했던가. 그 말을 실감했다. 일반인들이 도저히 상상도 못하는 그러한 예우인 것이었다. 만약 국회의원이 된다면 그 예우와 특혜는 일반인들이 생각지 못하는 초특급 대우를 받지 않겠는가.

그러나 일부 몰지각한 당선자들은 그 예우와 특혜에 젖어 국민을 위한 정치가 아니라 보스정치, 계파정치, 국민과의 약속인 공약이 헛공약이 되고 만다. 국민을 위한 양심으로 능력에 따라 활동하는 것이 아니라 지연, 학연의 연결고리에 벗어나지 못하고 온갖 비리와 부정축재에 연루되어 들키면 무조건 오리발을 내밀다가 빠져나갈 수 없으면 죗값을 치르거나 잠시 쉬었다가 잊을 만하면 다시 출마의 궤변을 내세우며 나타나 하나같이 국민을 위하여 나섰다고 한다.

또 거짓말, 약속의 번복, 변심을 일삼는 그들을 또 추종하는 세력들이 있다. 아마 그들은 바로 권력의 힘과 기득권의 맛을 알고 있기에 더욱 미친 듯, 신들린 듯 나서는 것이 아닐까 싶었다.

술과 노름으로 살아왔던 아버지의 모습, 가난, 노동자를 대변하면서 사회의 외면 속에 외로운 투쟁만을 일삼아왔던 노동조합활동에 비하면 제이는 말 그대로 미꾸라지가 용이 된 셈이었다.

그를 지켜보고 있는 일부 기득권 세력들은 제이의 활동에 고까운 시선으로 시기와 폄하의 눈총을 보내고 있었을지 모르지만 제이는 자기 분수와 위치를 정확하게 지켜 나갔다. 곧은 성격, 원칙, 철저한 완벽주의를 지향하고자 하는 그의 신념을 어디를 가나 지키려고 노력했다.

부위원장 두 명은 모두 노동조합위원장 출신으로서 함께 투쟁한 동료들이었다. 그런데 부위원장 한 사람은 조직원들의 불신을 받고 있었다. 술자리에 가면 마치 자기가 술값을 다 낼 것처럼 무조건 시키고 보자는 스타일이다. 그러다 계산할 때면 꼬리를 감추거나 먼저 나가버렸다. 동료들은 그의 얌체 같은 행동에 혀를 내둘렀다. 자기만의 아집과 고집으로 항상 하부조직들로부터 불만의 대상이었다.

제이는 그를 불러 타이르듯 말했다.

"김 부위원장, 동료들을 잘 좀 이끌어 주세요. 부위원장에 대한 불만이 많습니다."

"뭔데요?"

제이는 그의 지나친 옹고집, 매너, 화합, 처세 등 동료들이 불평하는 것을 말해 주었다. 하지만 그는 그것을 인정하지 않았다.

그 다음에 또 술자리에서 마찰이 일어났다. 세 번째 만류를 하였으나 그는 자신의 잘못을 인정하지 않았다. 자기 고집, 조직과의 불협화음은 계속되었다. 왜 저래야만 할까. 열 명 중에 아홉 명이 모두가 인정하는 것을 자기주장만 옳다고 한다면 올바른 처사가 아니다. 그로 인해 따돌림을 받는다는 것은 너무나 슬픈 일이다. 충고의 말을 빠르게 받아들이는 사람일수록 득이 된다는 것을 그는 모르고 있었다.

그의 잘못된 버릇과 행동 때문에 당원들의 불신이 심화됨에 따라 하는 수 없이 당 규정에 따라 징계 처리를 해야 했다.

제이는 어쩔 수 없이 그를 불러 앉히며 말했다.

"김 부위원장, 어쩔 수 없이 부위원장직을 그만 두어야 할 것 같습니다."

"아니 왜요?"

"제가 몇 번을 말씀드리지 않았습니까? 조직원들과 융화가 되지 않고 그들의 원성만 사니 서민을 위한 정치를 한다는 사람이, 특히 부위원장 직책을 가진 사람이 내부도 결속시키지 못하고 융화되지 못한다면 더 이상 정치할 이유가 없지 않습니까?"

그는 그 이후로 사무실에 나오지 않았다. 그런 후 그는 돌아서서 제이를 씹기 시작했다. 온갖 힘을 다하여서 제이를 도왔는데 자기를 버렸다는 것이었다. 공과 사가 분명하지 않으면 올바른 일을 그르치게 되는 것은 필연적이다.

후보자를 위하여 선거운동, 정치자금 기부 등의 지원을 아끼지 않았던 사람들은 후보자가 당선이 되면 기득권을 가지려 한다. 당선된 후보가 의정활동을 잘하도록 도와주어야 할 그들이 오히려 사리사욕에 사로잡혀 일을 그르치는 경우가 많다. 친인척 비리, 측근 비리, 한탕주의적 위법행위를 일삼다가 일이 터지면 후회한다.

이러한 정치적 복병은 언제나 도사리고 있다. 측근들의 잘못을 덮어주면 결국은 국민을 배신하게 되며 그로 인한 정치적 생명은 물거품이 된다. 측근이 잘못하면 과감하게 잘라야 국민이 산다.

돈을 끌어 모아 졸부가 정치를 한다거나 비양심 세력들이 권력욕에 사로잡혀 있으면 언젠가는 돌이키지 못할 낭패를 보게 되는 것은 역사를 통하여 증명해 주고 있는 것이다.

30

권력을 가지면 뭐하는가,
대대손손 역사에 부끄러운 죄인

권력을 잡으면 뭐하겠는가. 대통령이 되어 자식이 법을 어겨 처벌되고, 측근들의 불법 비리에 곤욕을 치르고, 비자금 없이도 충분히 평생을 국민이 낸 세금으로 보호와 예우를 받으며 살 수 있는데 무엇이 모자라 비자금을 축적하다 형벌을 받아야 하는가.

역사에 길이 남을 자랑스러운 그 이름이 국민으로부터 지탄과 원성으로 외면당하며, 대대손손 국민들로부터 비웃음과 조롱거리가 되는 불명예로 역사에 남는다면 본인도 국민도 부끄러운 한 시대를 가지게 되는 것이다.

국회의원, 검사, 판사, 공무원 다 마찬가지이다.

과거의 역적들의 자손들을 보라. 국민을 우롱하고 거짓으로 자기 권세와 부귀영화에만 급급하여 나라 망치고 가문을 망친 오만불손한 자들의 역사를.

제이는 노조위원장을 할 때에는 노동자를 위하여 헌신과 희생을 하겠다는 일념으로 오직 앞만 보면 걸어왔다. 누가 뭐라고 하든지 사욕을 위하여 기웃거리지 않았다. 정치를 할 때에는 국민을 위한 일념으로 그 목적이 바로 서서 맡은 바 책임을 다하여야 함을 알고 최선을 다했다.

11대 국회의원 선거에서 민ㅇ당은 참패했다. 선거법상 일정한 지지율의 득표를 하지 못하면 당이 해체되어야만 했다. 아직까지 진보세력이 국민의 호응을 받지 못하는 정치 현실을 실감했다. 함께했던 동지들은 뿔뿔이 흩어졌다. 여당으로, 야당으로, 재야 시민단체 등 각자의 선택의 길이었다.

제이는 그 후 짧은 정치활동을 마감했다. 모든 것을 잊고 정치의 대열에서 벗어났다. 그에게는 더 이상의 미련이 없었다. 권세도, 기득권도, 국민을 위한다는 야심찬 도전도 그에게는 아무런 의미가 없었다. 아무리 좋은 생각, 투철한 신념, 양심과 의지만으로는 능력과 여건이 주어지지 않으면 국민을 위한 아무것도 할 수 없음을 뼈저리게 실감했다.

그리고 먼발치에서 12대 국회의원의 배지를 달고 열심히 국민을 위한 정치활동에 여념이 없는 사람들을 보았다. 옛 동지로서 그때 함께했던 그 양심과 그 신념으로 변함없이 노력하여 진정 국민에게 존경받고 먼 훗날 길이 역사에 남을 수 있는 사람이 되어주길 간절히 바라고 바랄 뿐이었다.

페놀 사건이 터져 세상의 관심이 환경 쪽에 있을 때였다.

형광등 안에 글씨를 넣고 불을 켜면 글자가 형광 불빛과 함께 보이는 전구가 있었다. 이것을 대기업에 납품하면 되겠다 싶었다. 화장품 회사, 맥주회사의 로고와 낙동강을 살리자는 자막을 형광등 안에 만들었다. 성주 농공단지에서 직접 생산하는 공장에 가서 샘플로 만들었다.

'낙동강을 살리자. ○○맥주.'

'아름다운 피부. ○○○화장품.'

5개 회사의 로고와 광고 자막을 만들어 이동용 형광등 케이스를 만들었다. 이것을 들고 혼자서 서울로 출발했다. 남들은 대기업회사의 정문도 통과하지 못할 것이다, 라고 했다. 그러나 회사 로고와 문구가 제작된 형광등을 보는 순간 수위실에서 바로 통과를 시켜줬다.

가는 곳마다 반응은 역시 좋았다. 성과가 좋았다.

하지만 문제가 발생되었다. 형광등에서 색상이 나오는 것까지는 좋았지만, 그 칼라 빛이 밝기를 저해하는 것을 몰랐다. 상품을 돋보이게 하는 것이 아니라 오히려 상품을 어둡게 함으로써 제품의 가치를 떨어뜨리는 결과를 초래한 것이다. 결국 이 사업도 실패로 돌아갔다.

제이는 영업력이 뛰어난 젊은 한 사람을 만났다. 이태현은 관광가이드로 사람을 웃기며 영업하는 친구로서 '묻지 마' 관광객을 모집하여 버스 안에서 웃기면서 농담과 만담, 노래자랑 사회, 함께 춤을 추며 비위를 맞추는 직업이었다.

그러다 관광코스 막바지에 시골길 어느 한적한 공장에 들어간다. 거기에서는 건강보조식품에 대한 강의를 약 1시간 정도 듣는다. '묻지 마' 무료관광객들은 난데없는 건강 강의를 듣고 그 제품에 현혹되어 구입을 하게 된다. 돈 없이 볼펜으로 구매서만 조성하면 제품을 준다. 그것도 몇십만 원짜리를 인심이 좋은 것인지 바가지인지 모르지만 그렇게 가지고 간다.

50명 중에 5명만 제품을 구매하여도 그들은 많은 수입을 올린다. 30만 원 상당의 제품 5개이면 약 150만 원이다. 여기에서 30%만 남아도 50만 원이 된다.

남자 기생이나 다름없는 직업이지만 수입은 짭짤했다. 해맑은 얼굴,

턱수염으로 여자를 홀리는 데도 손색이 없는 스타일이었다.

　이러한 '묻지 마' 관광, 관광비용이 없다는 관광객 모집도 소비자들은 그들의 얄팍한 상술에 더 이상 현혹되지 않음에 따라 불경기를 맞았다.

31
주간 교통신문 '신호등' 편집인 겸 발행인으로 거듭나다

옛날 그를 도왔던 노조간부 김형식(성환)으로부터 전화가 왔다.

"형님! 요즈음 뭐하고 지내십니꺼?"

"으응, 그래. 어떻게 지내노?"

이렇게 하여 관광가이드 태현, 형식과 함께 시간을 보내며 살아갈 길을 모색하기 시작한다.

언론, 출판법이 개정되면서 각종 정보지가 나왔다.

제이는 과거 소식지 발간에 대한 경험이 있었고 줄 광고, 박스광고, 전면광고 등 각종 광고로 인한 수입으로 신문을 매주 출간할 수 있을 것 같았다. 이를 두 사람에게 이야기를 하였더니 모두가 찬성이었다.

편집, 디자인, 자료수집, 기획, 인쇄 등 관련 사항을 검토했다. 그리고 직접 제이는 발행인 겸 편집인으로 주간교통신문 '신호등'으로 문화공보부에 등록했다.

서구 내당동 사무실에서 교통신문으로 시작된 이 신문은 정기적으로 교통정보와 교통사고 판례 등을 게재할 원고가 필요했다. 정당생활을 할 때 함께한 김 시지부장으로부터 소개받은 정 변호사가 관련 원고를 매주 게재하기로 했다.

참! 유별난 놈과 사람 살아가는 이야기 **149**

야심찬 계획으로 제1면 국내 최초로 칼라 판 주간 신문으로 출간되었다. 빠른 타자실력과 노동운동을 하면서 발간했던 소식지 편집, 기획의 경험이 상당한 도움을 주었다.

　주간신문사 오픈 전이었다. 아내로부터 전화가 왔다.

　"여기 팔공산인데요. 잠시 왔다가 가면 안 돼요?"

　"아니, 팔공산은 왜?"

　"아무튼 잠시 왔다가 가요."

32
신들린 무당의 말에 술을 따르다

　제이가 하는 일들이 기복이 많다 보니 그의 아내가 무당을 찾은 것이었다. 제이는 미신을 믿지 않는 사람이다. 그러니 굿을 한다는 것은 도저히 용납하지 않은 사람임을 잘 알고 있었기에 그의 아내는 그와 상의 없이 일을 저질렀던 것이다. 제이는 아내의 성의를 뿌리치지 못했다.

　팔공산 어귀 무당 촌 한쪽에 자리 잡은 자그만 시골집.

　보살이라는 사람이 굿을 하기 위하여 옷차림을 갖추고 있었고, 방 중앙 안쪽에는 각종 음식과 과일들로 상이 차려져 있었다.

　방 안에는 제이 그리고 그의 아내와 함께 따라온 새봄이 엄마, 보조하는 아주머니와 무속인 총 다섯 명이었다.

　드디어 굿이 시작되었다.

　"쿵! 콰쾅! 쿵! 쾅!"

　"으이! 으이! 후이! 후히! 왔다, 왔다. 아버지 혼령이 왔다."

　돌아가신 아버지가 나타났다고 무당이 손짓을 한다.

　"허어이!"

　무당이 제이 앞에 서면서 말했다.

"너! 나 보기 싫지? 자, 술 한 잔 따라라."

제이는 아버지의 영혼이 된 무당이 든 술잔에 술을 부어 따라 올렸다.

"자, 한 잔 더!"

연거푸 3잔을 마시더니 무당이 다시 말했다.

"이제 걱정하지 마라. 내가 너를 도와 줄 터이니. 자, 자, 얼씨구!"

쿵! 쾅! 쿵! 쾅!

꽹과리, 징소리가 울려 퍼진다.

"신이 왔다. 신이 왔다. 으허이, 대를 잡아라."

얼떨결에 제이는 대나무로 만든 긴 빗자루를 양손으로 받쳐 들고 있었다. 1분, 2분, 5분, 10분이 되어도 그 빗자루는 움직이지 않았다. 제이는 평소에 팔굽혀 펴기를 하루에 200회씩 하는 건강한 체력을 가지고 있었다. 그 가벼운 대나무로 만든 긴 빗자루를 10분 이상 들고 있다고 체력이 고갈되지 않는다. 15분이 지나도 무당이 원하는 양팔이 신들린 듯 흔들릴 일이 없었다. 오히려 무당이 지칠 뿐이었다.

"어휴, 힘들어."

무당은 제이의 아내에게 대를 잡도록 했다. 연약한 제이의 아내의 양손은 몇 분이 흐르자 떨리기 시작했다. 신이 내렸다는 양팔이 주체할 수 없을 만큼 온몸의 흔들림이 시작되었다. 들고 있던 빗자루의 흔들림과 체력의 한계로 제이의 아내는 더 버티지 못하고 실신을 했다. 무당은 축 처져 쓰러진 제이 아내의 몸에 칼을 들고 물을 뿌리며 정신이 들게 했다.

약 1시간의 꽹과리, 징 소리, 무당의 현란한 춤과 신들린 행동은 끝이 났다.

"앞으로 사업이 잘될 것입니다."

제이의 아내는 만족한 듯했다.

"야! 이제 주헌이 아빠 사업 잘되겠다. 신이 있기는 있는 모양이지?"

이웃 동생뻘인 새봄이 엄마도 함께 거들었다.

아무런 근거도 효과도 없는 무당의 말에 현혹되어 100만 원을 날린 그의 아내는 훗날 제이의 사업 도산이 되자 더 이상의 더 큰 화를 입지 않아 다행으로 여기자고 했다.

아버지를 팔며 도와주겠다던 그 무당의 말은 제이를 감방으로 가도 도와주지 않았다.

사업은 활기차게 진행되었다. 일주일의 시간은 너무도 빨리 지나갔다. 기사를 쓰거나 자료 편집은 제이 스스로 밤잠을 가리지 않고 혼자 할 수밖에 없었다. 그렇게 인건비를 줄이며 하는 데도 광고 수익보다는 나가는 인건비 등 지출이 많았다.

그러던 어느 날 외근 나간 기획실장이 사무실에 들어오면서 말했다.

"아, 오늘 참 운이 좋은 날입니다. 교통사고가 났습니다."

"아니 교통사고가 났는데 웃음이 나오나?"

"네."

기획국장이 앞에 서는 택시를 알아차리지 못하고 범퍼를 받았다. 앞차는 약간 쭈그러졌다. 내려서 확인하는 과정에서 서로 연락처를 주고받았다.

기획실장의 명함을 건네받은 택시 기사가 말했다.

"어? 신호등 신문이라면 혹 제이 선바님 회사?"

"네, 맞습니다."

그 택시 기사는 00조합 노조위원장이었다.

"그럼 됐습니다. 그냥 가세요."

"아니 무슨 말씀을……."

"제이 씨는 내가 가장 존경하는 선배님이십니다. 그 선배님 얼굴을 봐서 없는 것으로 하겠습니다. 그냥 가십시오."

이러한 이야기가 광고 직원들 간에 오고 갔다. 그리고 제이 과거이야기를 알고 그들은 많은 감명을 받았다.

그러던 어느 날, 광고 직원 중에 결혼을 앞두고 있는 직원이 사장실로 찾아왔다.

"사장님! 저 결혼을 하게 되었습니다."

"어, 그래, 축하하네."

"그런데 주례선생님이 필요한데 사장님께서 좀……."

"무슨 소리야? 하하하. 날 웃기지 마라."

처음에는 농담인 줄 알았다. 그러나 자기 아내가 될 여자 친구까지 데려와서 끈질기게 제이에게 주례를 요구했다.

"사실 교수님에게 부탁을 하였는데 사장님께서 주례사를 해주시면 고맙겠습니다."

"야, 이 사람아 난 그럴 만한 나이도 아니고 주례사를 할 만한 유명한 사람도 아니야. 지금 무슨 소릴 하는 거야."

제이는 무슨 소리냐며 강하게 거부했다. 하지만 직원은 끝끝내 제이에게 주례를 부탁했다.

제이는 유명한 정치가도, 교수도, 명분 있는 성공자도 아니었다. 인생의 첫발을 내딛는 신혼부부에게 귀감이 되는 것도 없었다. 그리고 나이도 겨우 40을 넘긴 젊은 나이에 무슨 명분으로 주례사를 한단 말인가.

"사장님께서 만약 주례사를 해주시지 않으면 주례사 없이 결혼을 해야 합니다. 꼭 부탁드립니다."

제이는 그들의 간곡하고 끈질긴 부탁에 어쩔 수 없이 승낙을 해야만 했다. 그리고 젊었을 때부터 흰머리가 많아 염색을 해왔으나 너무 젊은 나이에 주례를 선다는 것이 말이 되는가 싶어 약 10일간 염색을 하지 않았더니 이마 옆쪽에 흰머리가 나왔다. 거기에 가능하면 나이를 들게 하기 위하여 금테 안경을 썼다.

식순에 따라 주례사는 그런대로 진행해 나갔다. 제이는 마치 연설하는 것처럼 우렁찬 목소리로 주례사를 낭독했다.

하객 중에 앞에 앉은 두 여인은 소곤거리듯 말했다.

"주례선생님이 너무 젊어 보인다. 그치?"

어쩔 수 없이 뿌리치지 못한 부탁에 주례를 보게 된 제이는 그들의 앞날을 축복하고 행복의 나래가 끝없이 펼쳐지기를 기원했다.

야심찬 기획과 열정으로 시작된 사업은 그 후 6개월 만에 자금 부족으로 문을 닫아야만 했다. 들어가는 인쇄비용을 광고비로 충당하기에는 역부족이었던 것이다. 거기다 칼라인쇄 비용이 몇 곱절이 되다 보니 적자운영으로 버티기에는 한계가 있었다. 발상은 좋았지만 자본금의 부족과 과다한 투자의 손실을 막을 길이 없었다.

제이는 신문사를 경영하면서 소비자들이 구매하는 각종 제품들의 가격이 터무니없이 비싸게 부담되고 있음을 알았다.

흑염소 중탕 팩 1박스는 15만 원이었다. 그런데 그것을 판매하기 위한 1회성 광고비가 1백만 원이 들어가는 것이었다.

이상하게 생각한 제이는 광고주를 찾아가서 확인했다. 광고주는 한 번 광고를 내는 데 10박스만 나가면 돈을 번다고 했다. 1회 광고비 1백만 원과 원가 15만 원(박스 당 10% 1만 5천 원), 나머지 35만 원이 수입이 되는 것이다. 영업사원은 광고표지를 가지고 영업하는 것 또한 광고효과를 누리는 것이었다. 1만 5천의 원가의 제품이 결국 소비자에게 15만 원으로 부담을 주게 되는 기막힌 현실이었다.

제이는 유통에 대한 여러 가지 의문점을 알아보기 시작했다. 건강식품을 비롯한 각종 생활용품이 유통되고 있는 대다수의 제품이 원가 기준 10%에 불과한 제품들이 많았다.

이를 파악한 제이는 너무도 화가 났다. 원가는 불과 10% 남짓한 제품인데 소비자에게 돌아가는 엄청난 부담에 분개했다. 이를 공개하고자 그는 자료를 모았다. 그러나 생산자-총판-지역총판-지점-대리점-영업점-판매원의 각종 단계를 거쳐야만 하는 유통구조상 어쩔 수 없는 상황이었다.

이러한 소비자의 부담을 줄이기 위해서는 새로운 유통구조의 혁신이 필요했다. 그것이 바로 네트워크 다단계 사업이었으며 그것을 이용한 새로운 유통구조의 기법이 생겨나기 시작했다. 지나친 가격대, 그 거품이 수당을 준다는 명목으로 다단계시장이 형성됐다. 가장 잘못된 불법다단계가 독버섯처럼 움트기 시작한 것이었다. 그러나 건강식품의 인기도의 수명은 1년을 넘지 못했다.

기획국장은 가계수표를 발행했다. 그 수표로 여러 가지 사업을 하려 시도하였지만 수표 관리를 잘못한 탓에 부도 직전에 있었다. 가계수표 결재일이 다가왔지만 돈을 구할 수가 없었다. 그런데 수표를 현금으로 교환해 주겠다며 가지고 간 여성이 나타나지 않고 도주를 한 것이다. 현금 교환을 해서 돌아오는 수표를 막아야 하는데 그 돈을 가지고 사라져 버렸으니 얼마나 황당한가.

수표는 부도가 났고 그 후에 그 여자를 잡았다. 그리고 신문사 사무실에 데려왔다. 겨울이었다. 제이가 외출하고 사무실에 들어오니 여성은 무릎을 꿇고 있었고 주위 직원들이 그녀를 둘러싸고 있었다.

"이게 무슨 짓이야?"

"이 xxx이 내 수표 부도를 낸 x 아닙니꺼."

제이는 여인을 부축하여 일으켜 세웠다.

그 후 그 여성은 경찰서에 고발을 했다. 고소 내용은 "모든 직원들이 둘러싸고 무릎을 꿇게 하여 석유를 부어서 불살라 죽이겠다고 협박했다."는 것이었다.

33
조폭두목의 오해, 노동운동 시절 담당형사와의 만남

그 사건이 있은 후 한 달이 지나 경찰서에서 출두 요청서가 날아왔다. 제이와 그날 그곳에 있던 직원들은 줄줄이 조사를 받으러 경찰서에 갔다. 경찰서 강력반 조사계로 들어서는데 저쪽 한구석에 안면이 있는 조사관과 마주쳤다.

"어? 이 영감, 난 동명이인인 줄 알았는데 바로 당신이구만"

"아, 오랜만입니다."

"아니 어쩌다 조직폭력배 보스가 되었어요?"

"무슨 소리를 하십니까?"

"고소내용을 보고 가계수표 깡이니 뭐니, 정황을 검토하여 보니 틀림없이 유령회사를 가장한 조직폭력배 집단인 줄 알고 똘똘 말 생각을 하였더니 이거 어찌된 겁니까?" "하하하."

제이는 웃음이 나올 뿐이었다.

"설마 제이 씨가 이런 일을? 이거 사건도 아니야. 제이 씨는 이러지 않아."

조사관은 제이가 노동조합위원장 시절 지역 담당 정보형사로 있으면서 제이에 대한 동향 보고를 한 사람이었다. 그러기에 제이의 성품과 인격을 믿어 주었다.

조사의 질문에 따라 설명을 하고 사실과 다름을 솔직히 진술했다.

고소내용에도 제이 사장이라는 사람은 자기를 옹호하여 주었다는 진술이 쓰여 있었고, 문제는 직원들이었지만 수표발행 당사자에게만 혐의만 적용되었다.

제이는 그의 지나온 과거가 헛되지 않았음을 다시 한 번 되새기며 감사했다. 그리고 진실을 밝혀준 그 담당관에게 진심으로 감사했다.

제이의 양심적인 정의의 삶, 희생정신은 언제나 그에게 이렇게 힘이 되어 주었다.

과거에 같은 계열사의 노동조합장을 하였던 강 선배는 그 후 개인택시 면허를 받았다. 그러나 몸이 좋지 않은 관계로 개인택시를 팔아버렸다. 몇천만 원을 손에 쥔 그는 다소 여유 있는 생활을 하고 있었다. 그런데 후배 건달에게 빌려줘 받지 못하여 생활에 어려움을 겪고 있었다.

제이는 그의 집에 찾아갔다. 그의 집은 오두막집이었다. 주위는 아파트 단지였지만 담도 없는 그런 집에서 배가 다른 남자 아이 둘을 키우고 있었다.

강은 삼촌들이 경찰서 고위직에 있었다. 그러다 보니 젊었을 때부터 세상 무서운 줄 몰랐다. 사고를 치면 무마를 시켜주다 보니 아예 시내 폭력배가 되어 있었다.

강은 그가 형으로 받들던 유명한 조직폭력배 우두머리의 여동생을 건드려 딸을 낳았다. 그렇지만 강의 집안에서는 그녀와의 결혼을 반대했다. 깡패두목의 여동생이라는 이유에서였다. 이를 안 조직폭력배 우두머리는 그의 여동생을 불러 강과의 관계를 끊게 하고 아예 잠적시켜 버렸다.

이를 알아차린 강은 모의 수류탄을 들고 그녀의 집을 찾았다. 형님으로 모시던 보스는 강이 찾아온다는 소식을 듣고 피한 후 조직을 풀었다.

강과 수십 명의 조직들은 해변에서 한판 대결을 벌였다. 송은 싸움꾼이었다. 수많은 사람과 싸우며 맞고, 때리고, 상처가 나고, 부러지고 하는 일들은 일상생활이나 다름없었다. 하지만 몰려드는 폭력배의 수에 밀려 도망을 쳤다. 한참 달려 모 부대 초소까지 쫓겨 가다가 마침 한눈을 팔고 있던 초병의 총을 가로채 몰려오는 조직들에게 겨눴다.

"가까이 오면 다 죽여 버리겠다. 올 테면 와 봐라."

모래사장에서의 결투는 결국 그렇게 끝이 났지만 사랑하는 사람과의 만남은 끝내 이루어지지 않았다.

강은 술로 세월을 보내다가 또 다른 여자를 만나 남자 아이를 낳았다. 하지만 강의 방탕한 생활을 견디지 못한 부인은 아들을 버리고 도망을 가버렸다.

그리고 또 50대 초반에 40대 여성과의 사이에서 세 번째 아이를 낳았지만 아이는 엄마의 부주의로 얼굴 전체에 큰 화상을 입어 보기 흉한 흉터를 가지고 살아가야만 했다. 그러나 이 여자도 결국 집을 나가버렸다. 오두막집에서 혼자 배 다른 두 아이를 기르고 있는 강의 상황은 너무나 처참했다.

34
지나친 부모의 간섭,
권력의 배경이 결국 아이의 장래를 망쳐

좋은 집안에서 태어나 부유하게 자랐던 강은 부모의 지나친 간섭에 저항하는 사춘기 시절에 반항아로 보냈다. 밖에 나가 사고를 칠 때마다 권력의 힘으로 풀어주고 무마시키기가 다반사였다.

초·중·고 학창시절에 부모의 체면과 기대에 따른 요구로 스트레스를 받아왔던 사춘기의 아이는 부모의 억압에 견디지 못하고 비뚤어진 불량아가 되어 있었다. 그러면서도 머리가 좋아 서울 명문대학을 들어가지만 사춘기 시절의 습관을 버리지 못했다.

올바른 직장도 가질 수가 없었다. 결국은 술과 방탕으로 세월을 보내며 건달생활을 했다. 그리고 지금 이렇게 처참한 생활을 하고 있는 것이었다.

강은 제이와 노동조합활동을 할 때 물심양면으로 제이를 많이 도왔다. 회사와 마찰 때 중간 역할을 해주었고, 지부장과 마찰이 있을 때에도 그는 항상 제이의 편에서 최선을 다하여 주었다. 계열사 노동조합위원장을 제이와 늘 함께했기에 제이의 올바른 생각과 행동, 정의로움에 공감하였던 것이다.

제이는 마음이 아팠다. 그런 그의 처참한 생활을 보고만 있을 수 없었던 것이었다. 도와주고 싶었다. 그와 그 아이를 데리고 백화점에 갔다. 그리고 필요한 아이의 옷을 사고 그에게 필요한 생활비를 주었다.

술로 세월을 보냈던 강은 결국은 술로 몸이 망가지고 아이는 고아원으로 보내게 되었다.

부유한 가정에서 태어나 부모의 체면과 지나친 보호에 의한 빗나간 인생의 말로는 불행으로 마감을 하게 된 강. 노름과 방탕생활의 아버지로부터 태어났지만 그것이 잘못됨을 알고 올바르게 살아가려는 제이와는 너무나 대조를 이루는 '사람 살아가는 이야기'인 것이다.

주간 신문사를 정리하고 새로운 직업을 선택하기 위하여 동분서주했지만 벌써 40대 중반에 들어선 제이에게는 쉽지가 않았다. 결국 제이는 가계수표로 대학가 골목 안 2층에 소맥집을 차렸다. 그러나 위치 선정을 잘못하여 또 다른 실패를 보았다.

'신호등'을 비롯한 이런저런 사업의 부실과 적자 운영으로 그동안 발행된 수표를 막자니 남의 돈을 차용해야만 했다. 그리고 차용하는 조건으로 수표를 빌려주기도 했다. 결국은 사채업자에게 구걸하는 상황까지 와 버렸다.

수표 담보와 비싼 이자와 수표 막음의 악순환이 계속되었다. 피 말리는 은행 마감시간 부도를 막으려다 보니 사채 이자는 산더미처럼 쌓여만 갔고, 수표 용지는 사채업자 손에 한 장 두 장 담보로 맡겨지기 시작했으며 늘어나는 것은 이자와 수표 발행 금액뿐이었다.

"안 돼! 수표 부도는 있을 수 없어. 그러면 내 인생 끝이야."

차라리 처음부터 포기하고 적은 금액으로 부도를 냈다면 부담을 덜 수 있었던 것을, 삽으로 막을 것을 가래로도 막지 못하는 더 큰 불행을 자초하게 된 것이었다.

은행 마감시간, 문이 닫힌 은행 안에서 직원에게 조금 더 기다려 달라는 부탁을 해야만 했고, 은행시간을 넘기면서까지 한 사람은 은행 안에서, 제이는 밖에서 돈을 만드느라 헤매었다. 그러나 결국 부도가 났다.

35

부정수표단속법, 드디어 부도, 검거되는 현장

약 1개월이 지나자 은행으로부터 고발되어 수배가 내려졌고 활동반경이 좁아졌다. 수표를 회수해야만 조사를 받으러 갈수 있었다. 하지만 쉽지 않았다. 한 달이 흐르고 두 달이 되자 답답해졌다. 언제 경찰이 닥칠지 몰랐다. 수표는 채권자들의 손에 있었고 그것을 회수를 해야 하는데 힘이 들었다.

새벽에 잠을 자고 있는데 누군가 똑똑 문을 두드린다. 아차, 경찰이다, 라고 생각하고 옥상으로 피했다. 하지만 두 경관에 의해 제이는 체포되었다.

잠결에 일어난 아들이 경찰관에 끌려가는 아버지의 모습을 보게 되었다.

처와 아들을 두고 경찰차에 올라타는 제이의 모습은 정말 초라해 보였다. 가족에 대한 미안함과 죄스러움에 몸서리치며 그들을 뒤로 하고 끌려가야만 했다. 더 미안한 것은 남들은 부도가 나도 챙겨둔 것이 있다고 하는데 제이는 생활비조차도 줄 여유가 없었다. 부도로 인해 남에게 피해를 준 마당에 그만 살려고 준비하지는 않았던 것이다.

당일 제이는 파출소에서 관할 경찰서인 서부서로 이송되었다.

연락을 받은 제이의 아내가 면회를 왔다. 철창 속에서 그의 아내와 마주하는 제이의 마음은 이루 말할 수 없이 미안하고 부끄러웠다. 하지만 미안하다는 말은 하지 못하고 그냥 담담하게 수표회수가 가능한 몇 곳을 알아보라고 했다. 돈은 없고 구속된 상황에서 그의 아내도 암담하였으리라.

　하루하루 살아가는 것조차 힘들 텐데, 유치장에 있는 남편에게 속상함을 이야기도 못하고 쓸쓸히 걸어 나가는 그녀를 보니 무능한 남편을 만나 호의호식 한번 하지 못한 그녀에게 짐만 잔뜩 지어 보내는 것 같아 제이는 가슴이 터질 것만 같았다.

　철창으로 가려 앉은 조그만 방 안의 유치장 생활은 답답했다.

　검거되어 온 유치장 안의 범죄자들은 우두커니 앉아 있다가 자기 죗값에 대한 잘못은 인정하지 않고 어떻게 하면 빠져나갈까 궁리만 하는 것 같았다. 교통사고를 낸 운전자는 자기 잘못이 아니라며 상대방 탓을 했다. 무슨 핑계가 그렇게 많은지……. 범죄자들은 사기, 절도, 폭행 등등의 죄목으로 일정한 기간이 지나면 하나둘씩 미결수가 대기하는 교도소로 이송되었다.

　제이는 말이 없었다. 그가 저지른 죗값, 능력 부족으로 인한 도산, 그리고 남에게 재산적 손실을 입힌 자신이 너무도 싫었다. 아이 하나에 아내, 단출한 세 가족, 무엇을 해서라도 가족의 생계를 책임져야 할 가장이 가족은 돌보지 않고 노동운동, 정치 활동으로 세월을 보내며 자신 혼자 정의와 양심, 약한 자의 대변자라도 되는 것처럼 날뛰고 설쳐 온 과거가 부끄러웠다. 자기 가족도 제대로 지키지도 못하면서 무슨 세상일에 간섭을 한단 말인가. 양심과 정의를 외쳤던 자기 자신의 허구성에 구역질이 났다.

　"병신. 바보 멍청이."

제이는 7일간의 유치장 생활을 마감하고 교도소로 옮겨졌다. 00원 교도소에 들어서는 제이의 마음은 착잡했다. 세상에서 와서는 안 될 곳이 바로 이곳 아닌가?

부정수표단속법으로 수감되기 위하여 들어서는 교도소 안은 그의 인생에서 잊을 수 없는 치욕적인 날이었다.

들어가는 복도 앞에서 간수는 머리를 숙여서 걸어가도록 요구했다. 그리고 신속히 이동하라며 무슨 소리를 해도 고개를 들지 마라는 것이었다. 그것은 감방 안에 있는 사람과 눈을 마주치다 아는 사람이 있을 때 서로 소통을 막고자 하는 것이었지만 마치 군대 입소 후 군 생활의 기강을 잡기 위한 것과 같아 보였다. 국방의 의무를 위하여 자랑스럽게 훈련받던 생각이 잠시 스쳐 지나갔다. 하지만 여기는 국방의 의무가 아니라 나라가 정한 법을 어긴 죄의 대가로 부끄러운 감방에 수감되는 순간이 아닌가.

"앞으로 갓!"

나란히 줄을 지어 낮은 자세로 고개를 숙이고 빠른 걸음으로 걷기 시작하자, 복도 창살 사이로 죄수들이 고함을 친다.

"야! 머리 숙여!"

"야! 이 씨펄 넘아, 여기 왜 왔어?"

야유와 욕설이 난무한다.

입소한 죄인들은 줄을 지어 빠른 걸음으로 신속히 복도를 벗어났다.

"아, 이것이 교도소구나."

제이는 수갑을 찬 채 다른 범죄자들과 나란히 걸어가 수갑을 풀고 죄수복으로 갈아입었다. 온몸에 새까맣게 그려진 문신, 흉악한 그들의 모습과 드러나는 칼자국의 흉터, 이러한 모습을 보는 초범자들은 두려움과 거리감을 두는 듯 고개를 돌렸다.

푸른 죄수복을 착용하고 각자에게 배당된 감방으로 창살 사이 좁은 문을 통하여 한 사람씩 찾아 들어갔다.

제이가 들어간 곳은 경제사범이 주로 수감돼 있는 감방이었다. 혼자 배정을 받은 제이는 문을 열고 감방 안으로 들어갔다. 약 15명으로 보이는 미결수들이 제이를 주시했다. 제이는 고개를 숙여 꾸벅 인사를 했다. 방장되는 사람이 손으로 가리키며 말했다.

"저기에 가서 앉으세요."

"네."

제이가 앉은 곳은 화장실 바로 옆 끝 자리였다.

방장의 안내로 이름, 죄명 등을 밝히고 잘 부탁한다는 인사로 신고식을 마치고 자리에 앉았다.

"오늘부터 화장실 청소를 하세요."

감방 안의 미결수들은 수감번호가 죄수복 가슴에 다 붙여져 있었다. 그런데 붉은 바탕에 검은 글씨로 된 약 30대 초반으로 보이는 사람이 눈에 들어왔다. 그는 묵묵히 성경책을 보고 있었다. 말로만 듣던 사형수이었다.

저녁 식사시간, 듣기만 했던 콩밥이 무엇인지 궁금했다. 주어진 식기는 일반 군대 생활 때와 비슷했다. 밥도 마찬가지였다. 국이 있고, 김치와 두세 가지 반찬이 있었으며 주먹밥도 꽁보리밥이 아닌 먹을 만한 그런 밥이었다.

저녁을 먹고 각자가 맡은 곳을 청소했다. 제이는 바로 옆에 붙어 있는 화장실로 들어갔다. 비닐을 막아 훤히 보이는 화장실 내부는 생각보다 깨끗했다. 방 안에서 맨발로 있다가 그대로 들어가 용변을 보는 것 외에는 방 안이나 다름없었다. 다만 덮어두었던 뚜껑을 열면 화장실 냄새가 올라왔다. 제이는 걸레로 깨끗이 전체를 닦았다.

"각 방 전달, 점호 준비!"

간수의 구령에 따라 복도 창문 쪽에 앉은 사형수를 1번으로 나란히 줄지어 앉았다. 반대쪽 열도 나란히 마주 보며 양반자세로 앉아 구령에 따랐다. 조금 후에 당직 간수가 복도 앞에 섰다.

감방장은 도둑놈(절도)이었다. 그 도둑놈이 이 방 안의 대장이 되어 그의 구령에 따랐다.

"차렷! 번호 시작!"

"하나, 둘, 셋……… 열넷. 번호 끝!"

"오늘도 아무 탈 없이 수감생활을 하느라 수고 많았습니다. 그럼 지금부터 취침을 합니다. 전원 취침!"

"취침!"

첫날밤은 익숙하지 않은 나무 바닥으로 만들어진 방 안에서 갖가지 죄목으로 들어온 14명의 범죄자들과 함께 잠을 청했다. 각자에게 주어진 담요와 매트를 깔고 잠을 청했지만 낯선 곳에 죄인의 몸으로 들어와 누워 있으니 온갖 생각이 떠올랐다. 아내와 아이는 잘 자고 있는지, 생활을 어떻게 하는지, 미안한 마음만 앞섰다. 몸이 피곤하여 잠깐 잠이 들었지만 얼마 되지 않아 다시 깨곤 하여 설 잠이 들었다. 그런데 화장실에 가는 사람이 제이의 몸을 비켜가다 살짝 걸려 또 다시 제이를 깨운다.

"기상!"

벌떡 일어나 담요와 매트리스를 개어 한곳에 쌓아 올린다. 마루를 닦고 아침 점호준비를 한다. 다 함께 세면도구와 수건을 들고 세면장으로 나간다. 주어진 시간에 세안을 하고 다시 들어와 앉는다.

아침 식사 시간을 마치고 화장실에 들어간 제이는 쉽게 변을 볼 수가 없었다. 14명이 다 보이는 곳에 비닐 하나로 막아 둔 상태에서 처음 보는 밀어내기 한판은 긴장이 되었다. 가스가 차 나오는 폭발음(방귀) 소리가 날까 봐 조심조심 힘의 조절을 가했다. 뱃속의 대장에서 항문으로 나오는 시간이 꽤나 길게 느껴졌다. 큰 소리가 나지 않아야 되는데 보낼까 말까 잠깐 쉬고 망설이는 그 시간도 숨이 막혀 오는 듯했다. 휴, 약간 들릴까 말까 하는 소리만 내고 첫날 화장실의 행사는 큰 문제없이 마무리를 하고 나왔다.

오전 11시경, 제이의 아내가 면회를 왔다. 푸른 죄수복을 입고 나가 담당간수들의 안내에 따라 면회실 앞 의자에 앉았다. 아내를 보기 위한 시간, 왠지 마음이 설렜다. 불과 며칠을 보지 못했지만 그녀가 어떤 모습일지, 어떻게 지내고 있는지, 궁금하기도 하고 보고 싶기도 한 순간이었다.

벨이 울리고 면회가 끝난 수감자가 나오자마자 제이는 신속히 들어갔다.

아내와 눈이 마주쳤다.

"여보!"

마누라의 얼굴이 창살 너머 가려진 투명 유리 사이로 보였다.

"응."

"그래, 잘 지내지?"

약간의 울먹임 같은 순간이 지나고 아내가 물었다.

"괜찮아요?"

"응, 괜찮아!"

그래도 아내 앞이라 항상 당당한 그 모습을 보이려고 애를 쓰는 듯했다.

"김 지부장, 정 변호사 만나보았어?"

"네. 수임료도 없이 무료 변론을 해 주시겠대요."

"응, 그래 고맙구나. 당신이 수고하는구나. 집 생활은 어때?"

"집은 괜찮으니 신경 쓰지 마시고 당신이나 잘 지내요."

"어, 으응."

제이는 아내의 말에 눈물이 핑 돌았다. 아내 앞에서는 보일 수 없는, 제이의 마음 한곳에 자리 잡아 솟아오르는 눈물의 샘은 그치질 않았다.

"영치금 조금 넣어 두었으니까 필요할 때 사용하세요. 그럼 내일 또 올게요."

"괜찮아. 자주 오지 마. 돈도 없을 텐데……."

교도소 첫 면회는 시간이 짧았다. 종료 벨이 울리고 아쉬운 듯 눈을 마주치고 손을 흔들어 아내를 보냈다. 둘은 문이 닫힐 때까지 돌아서서 서로를 보며 헤어짐의 아쉬움을 가졌다.

경제범은 일반 죄수들에 비해 먹을 것이 많다. 부도를 내고 먹을 돈을 챙겨둔 사람, 부자는 망해도 3년을 먹는다는 옛말과 같이 사업을 하다가 들어온 사람들이라 다소 여유가 있는 것이 경제범의 방이었다.

그러나 그에 비해 제이는 아무것도 챙겨둔 것도, 남겨둔 것도 없이 무일푼이었다. 감방 안에서는 그런 고충을 표현할 필요가 없었다. 오히려 바보가 될 뿐이었다. 다행히 아내가 영치금과 빵을 넣어 주어 제이의 체면을 살려주었다.

정 변호사가 면회를 왔다.

"갑갑하시죠?"

"하하하. 무슨 염치로 그 탓을 하겠습니까? 다 편합니다. 정 변호사님께 감사드립니다."

"별말씀을요." 김 지부장의 친구로서 서민과 약한 자에게 더욱 관심과 배려로 항상 무료 변론을 아끼지 않는 그였기에 정말 감사했다. '신호둥' 신문 칼럼과 교통사고 판례문을 꼼꼼ㅎ 챙겨 게재하여 주었던 그 고마움, 가장 어려울 때 도움을 주는 천사와도 같은 사람이었다.

노동자를 위하고 서민을 위하여 헌신하겠다던 제이의 야심찬 그의 노력과 희망은 그의 사업부실로 인한 부도로 모든 것이 수포로 돌아갔다. 제이는 지금까지 노력한 모든 일에 비해 정치 경험을 직접 느끼고 접한 결과 그 노력에 비해 국회의원 배지는 얼마든지 달수 있다는 확신과 자신감에 차 있었다. 하지만 제이는 이 교도소를 들어오는 순간 모든 것을 포기했다. 자기 가족도 책임지지 못하는 무능한 가장이 남을 위하여 일을 한다는 것이 정말 으스운 일이었다. 사업을 하다가 부도를 내 남들에게 피해를 준 장본인이 국민을 위한다는 것도 부끄러운 것이었다.

36
독버섯처럼 돋아나는 정치야욕의 부패자들

실패를 거듭하다 성공한 사업가들은 대다수가 수표 부도는 물론, 각
종 범법행위로 인한 벌금과 처벌된 전과 기록을 많이 가지고 있다. 그
것은 사업을 하다 보면 겪는 비일비재한 일이었다.

사업 성공은 바로 정경유착의 끈으로 연결되고 정치에 입문을 한다.
돈의 힘으로 보스에게 충성을 다함으로써 지역구를 배정받는다. 돈과
아부로 국회의원 배지를 달게 되고 그 다음은 기득권을 빼앗기지 않으
려고 국민을 섬기려는 마음보다 보스를 섬기고 권력과 결탁하는 부작
용을 초래하는 것이다. 부정축재, 비리, 권력남용청탁 등으로 처벌당하
는 오만방자한 무리들을 그동안 너무도 많이 보아왔다.

공공의 이익을 위하여 나서는 공직자는 청렴결백함이 우선되어야
하며 범법행위를 한 것이 자랑이 아니라 공인으로서 가장 수치스러운
것이며, 그로 인한 고까운 눈총과 시시비비는 언제나 도사리고 있는
것이다.

선거법 위반을 하여 벌금형을 받게 되는 후보자 또는 당선자들은
억울하다며 자기 핑계를 한다. 정경유착과 군부독재 시절은 밀어붙이
면 가능했는지 모르지만 지금은 법조계에서 일방적이거나 무죄를 유

죄로 판결하는 예는 거의 없다고 보아야 한다. 만약 이러한 현상이 나타난다면 과감하게 척결되어야 할 것이다.

어떠한 것이든 개인적인 일이 아닌 곧인으로서 권력층이나 기득권층의 일을 담당하는 것에 어떠한 하자가 있다는 것은 어불성설이다. 한 번 실수는 병가지상사라는 말이 있지만 한 번의 실수는 또 다른 실수를 낳을 가능성이 많다. 죄수가 다시 죄를 짓는 것과 마찬가지이다.

우리나라 국민들은 시간이 지나면 잊어버리거나 용서라는 배려심이 높은 것 같다. 그것을 이용하는 것이 과거 부패 정치인들의 행적으로 충분히 알 수 있다.

권력형 비리와 부정부패로 구속 수감되며 "억울하다" "탄압이다" 관행 운운하면서 핑계를 대던 그들은 시간을 넘기면서 슬며시 독버섯처럼 고개를 들어 또 그렇게 마약과 같은 권력의 야욕을 충족시켜 왔다. 그들은 전혀 부끄러운 줄 모른다. 철면피와 같은 그들의 모습. 마치 자기가 없으면 세상이 망하기라도 하듯 당연한 것처럼 사람의 탈을 쓴 채 또 국민을 속이고 있었다.

세상은 허영과 비양심으로 뛰어난 그러한 재주꾼이 없어졌다고 해도 멈추는 것은 아무것도 없다. 그러한 것에 대한 제이의 생각은 확고한 편이었다. 그러기에 그는 마약과도 같은 권력의 맛을 보고도 정치적 참여에 거리를 둘 수 있었다. 그리고 부정수표단속법으로 범죄자가 된 후에는 영원히 정치와는 거리가 멀어졌다. 그는 모든 자격을 상실한 장본인이기 때문이다.

사람은 눈을 보면 그 사람의 마음을 읽을 수 있다고 하였던가. 눈빛이 그렇게 밝지 않은 듯한 모습의 한 공무원이 비리에 연루되어 확정판결을 받고 다른 지방 교도소로 이송되어 간 후 며칠이 지나니까 불법선거운동으로 들어온 친구가 있었다. 그리고 똑같이 부정수표 단속법으로 들어온 친구 둘이 추가가 되었다. 제이는 화장실 청소 담당을 벗어났다.

처음 들어오는 친구들은 긴장한 모습과 군기가 들어있기는 마찬가지였다. 마치 신병대에 갓 들어간 훈련병과 같았다. 나이가 많건 적건 죄수의 몸으로 들어온 이상 감방 안의 룰을 지켜야 한다. 험악한 조폭, 도둑놈, 사기꾼, 강도 각종 범법자들이 득실거리는 감방 안은 방금 들어온 초범들에게는 가장 두려운 시간일지 모른다.

죄수라는 죄책감, 격리된 억압감, 중압감은 그들의 마음과 행동을 위축시킨다. 들어오는 첫날은 아무 말도 못하고 시키면 시키는 대로 감방의 규율과 감방장의 말에 순응해야 한다. 화장실 청소, 방바닥 청소, 식기 닦기, 빨래건조, 배식, 감방에 들어온 순서대로 각자의 일이 배당된다.

붉은 명찰의 사형수를 보좌하는 20대의 조직폭력배는 기고만장 감방 안을 설친다. 모든 수감자들은 사형수의 눈치를 보기도 한다. 사형 확정 판결이 나면 바로 형장의 이슬로 사라지기 때문이다. 아직 사형 확정이 되지 않았기에 미결수 방에 있는 것이었다. 그것도 죽기 전에 편안히 잘 먹고 있다가 가도록 독방에 보내지 않고 배려해 주는 것인지도 모른다.

이 젊은 사형수는 술 마시고 가는 사람을 골목 뒤에서 흉기로 내리치는 퍽치기(아리랑치기)로 사람을 죽여 살인죄로 구속이 된 것이었다. 아직 젊은 청춘인데 정말 안타깝다는 생각이 들었다. 하루 이틀 세상 끝의 문턱에서 그 아까운 생을 마감하는 죽음의 시간을 기다려야 하니 부인과 자식이 하나 있다는 그는 과연 어떤 마음일까. 그는 온종일 성경책을 보다 간간이 후배인 조직폭력배와 이야기를 나눈다. 같은 방 수감자들은 힐끗힐끗 경계하듯 곁눈질로 슬그머니 눈을 돌린다.

감방 안은 전과가 많으면 대단한 자랑이라도 되는 듯했다.

제이는 죄지어 들어온 주제에 무슨 잘남이 중요한가 싶었다. 모두 자기 잘못을 반성하지 않는다. 어떻게 하면 내 죄가 가벼워지도록 할까 궁리하고 죄수들끼리 방법을 주고받는다. 감방 생활 몇 개월째가 되면 죄명과 죄질에 따라 확정 판결되는 재판의 결과를 대충은 알 수 있다. 할 일이 없는 하루 일과가 수많은 사건을 보고 듣고 하기 때문이다. 그래서 죗값을 가볍게 하기 위해 안간힘을 쓴다.

어떤 때에는 독특한 점심 메뉴를 별미를 만들어 먹는다. 컵라면을 뜨거운 물로 부어 끓여 놓고 면회자가 넣어주고 간 영치금으로 방장의 요구에 따라 고추장, 소시지, 김치, 참기름 등을 구입하여 익은 라면과 비벼서(일종의 비빔라면) 먹는 특별한 별미의 시간도 가진다.

운동할 시간, 좁은 공간에서 앉아 있다가 햇빛을 보니 생명이 있음에 감사했다. 사각으로 막힌 높은 벽 안 공간이지만 하늘을 볼 수 있고 마음껏 뜀박질을 할 수 있는 공간이다. 앉았다 일어났다. 제이는 사각 벽 옆을 뛰기 시작했다. 그의 뒤를 이어 여럿이 함께 따라 달린다. 하지만 그중에서도 세상 등지듯 그냥 물끄러미 쳐다보며 우두커니 서 있는 수감자도 있었다.

아, 빨리 세월아 가거라. 이곳을 벗어날 때까지 몸 망가지지 않게 달려나 보자. 일어서고 앉고 호흡하며 제이는 그 짧고 소중한 시간을 헛되이 보내지 않는다. 어느덧 간수의 호각소리에 하나둘 모여 줄을 선다. 그리고 다시 좁은 감방 안으로 들어간다.

목욕하는 날은 타월과 비누를 챙겨 지정된 곳에 모여 앉는다. 일렬로 서서 목욕탕까지 걸어가 일정한 인원이 들어가고 나머지는 대기조다. 시간은 정확하게 5분. 군대생활 훈련병 때의 기억이 난다. 시간이 넘어가면 샤워물이 나오지 않아서 하고 싶어도 못한다. 동작이 느리거나 요령이 없으면 비눗물도 제대로 씻어내지도 못하는 시간이기에 바쁘게 서둘러야 한다. 좁은 감방에서 많이 움직이지 않아 몸을 씻는 데에는 물만 끼얹어 간단한 샤워로 끝내도 괜찮았다.

정 변호사가 면회를 왔다.

"별일 없으시죠?"

"네. 변호사님 덕택에 편안히 잘 있습니다."

"사모님께서 수표 회수를 하느라 애를 많이 쓰신 결과 두 장이 회수되었습니다. 약 1,000만 원만 회수가 된다면 집행유예가 가능할 것 같습니다."

"글쎄요. 아내가 회수를 시킬 수 있을지 걱정이군요. 변호사님께서 도움을 주셔서 무엇보다 감사합니다. 저가 부족하여 이렇게 신세를 집니다."

"아, 별말씀을요."

제이는 지지리도 못난 남편을 만나서 온갖 고생을 하는 아내와 아이를 생각하니 마음이 아팠다. 그리고 남에게 피해를 주며 살고 싶은 마음도 없었는데 지금 그 수표를 가진 당사자들은 얼마나 손해를 보며 원망하고 있을까. 미안하기만 했다.

37
감방 안 스트레칭

15일이 넘었다. 서서히 감방생활도 적응이 되었다. 이제부터 운동을 해야겠다고 마음을 먹었다. 감방 안에서 남들이 쉬고 있을 동안에 혼자 팔굽혀 펴기와 여러 가지 스트레칭을 했다.

제이는 단전호흡에 대한 책을 읽고서 그것을 실천해 보기로 마음먹었다. 새벽 서너 시에 혼자 살며시 일어나서 자는 사람 방해되지 않게 양반자세를 하고 단전호흡을 했다. 간혹 간수들이 오고가는 것을 느낄 뿐 조용한 새벽이었다.

내 몸이 우주로부터 기가 들어와서 온몸을 감싸고 좋은 기운이 들어와서 나쁜 기운을 몰아낸다. 10분, 20분, 30분이 지나면 몸이 가벼워지고 온몸이 날아갈 듯했다. 공중부양이라는 실체를 경험하려 했지만 그것은 마음대로 되지 않았다. 다만 마음을 정리하고 정신을 맑게 한다는 것은 충분했다.

조용히 시간을 보내는 명상은 스트레스 해소에 도움이 되었다. 불안한 마음, 갑갑함을 해소시키는 데 적절했다. 게다가 좁은 공간 감방 안에서 할 수 있는 최고의 방법이었다.

남들은 잠에 취해 자기만 한다. 감방 동료 한 사람은 자다가 공중을 떠올라가는 듯 앉아 있는 제이의 모습에 깜짝 놀라 잠을 깼다가 제이를 보고 다시 잠이 들었다.

좁은 감방 안에서도 서로 말싸움을 하다가 다투기도 한다. 별것 아닌 일도 예민해진 결과이다. 우당탕탕. 두 사람이 엉겨 붙어 치고 눕힌다. 말려도 소용이 없다.

"야, 야, 간수 온다."

바로 조용해진다. 독방이 무섭긴 무서운 모양이다. 씩씩거리며 다투는 모습을 보면 꼭 어린아이들 싸움하는 것 같다. 가쁜 숨을 몰아내며 서로 죽일 듯 째려보며 응시한다.

1개월이 지나고 판사 심문이 있었다. 닭장차에 몸을 싣고 법원으로 향했다. 재판관 앞에 선 미결수 중 포승줄로 묶인 채 들어서는 사람은 중죄인이거나 위험한 인물이고, 그냥 죄수복을 입고 선 사람은 죄질이 가벼운 것이었다.

제이는 판사 앞에 섰다.

"수표를 아직 회수하지 못하였나요?"

"네."

"좀 더 회수를 하세요."

"네 알겠습니다."

"확정 판결은 00날 하겠습니다. 다음!"

제이의 심문은 간단했다. 부도를 냈으니 그 수표를 가진 피해자에게 어떻게 하든 용서를 빌고 회수를 하라는 것이 당연하다. 하지만 고의가 아닌 사업부진으로 인한 것인데 꼭 감옥에 넣고 처벌을 해야만 되는가 싶다. 그 죗값은 각 은행의 금융거래 제재, 재산상의 민사적 책임 등 많은 제재조항으로 아예 사업을 못하게 막아 버린다. 물에 빠진 놈 겨우겨우 나오려는데 못 나오게 다시 밀어 넣는 가혹한 법 적용이 우리나라의 현실이었다. 다시 재기할 기회는 전혀 없다. 거기에다 구속까지 시켜버리니 정말 가혹한 형벌이다.

법원을 나와 다시 감방으로 들어가려고 인원점검을 하는데 같이 일했던 이 국장이 자기 수표부도로 인하여 구속되어 왔다. 순간 둘은 손을 들고 인사를 했다.

"별일 없지?"

"네. 형님은 어떠세요?"

"괜찮아. 언제 나갈 것 같은가?"

"곧 나갈 것 같습니다."

이 국장은 쌍둥이 자매를 둔 30대 중반의 아빠다.

젊은 나이에 수표 부도로 젊은 부인과 아이들을 두고 감방에 들어오다니…….

38
석방

밖에서는 아내가 기다리고 있었다. 두부를 들고 온 마누라의 얼굴을 보니 반갑기도 하지만 왠지 자신이 쑥스럽고 서글픈 생각이 들었다.

택시를 타고 두 사람은 손을 꼭 잡은 채 집 부근으로 왔다. 집에 들어가지 않고 둘은 여관으로 들어가서 하룻밤을 보냈다.

돈을 벌어야 하는데 무엇을 해야 할지 고민이었다. 때마침 지인으로부터 연락이 왔다. 신기하리만치 좋은 제품이 있는 회사가 있다면서 같이 가자고 했다. 그곳의 아이템은 소금을 활용한 여러 가지 건강식품, 화장품을 만들어 유통하는 회사이었다. 마치 만병통치약 같아 보였다. 주위 몇몇 사람들과 회사를 검토했다. 개발자의 책 내용을 보면 상당한 설득력이 있었다.

하지만 만병통치약이란 될 수 없었으며 훗날 이 회사는 화장품을 주축으로 하는 회사로 상당한 매출과 그로 인한 부작용으로 회장이 구속되는 불운을 겪으며 초창기 많은 회원 확보로 인한 인프라 활용으로 회사는 유지되었지만, 그들이 주장하는 만큼 제품의 탁월성이나 고수익 사업의 판매 방법에는 한계가 있었다.

한국 방문판매에 따른 법률을 보면 다단계판매, 방문판매, 통신판매

180 이종수 장편소설

등이 있는데...

첫째 판매방법은 판매원의 상담으로 똑 같은 방법으로 판매가 이루어지고 있다.

둘째, 제품을 유통하는데 일정한 판매금액을 한정하거나 규제한다는 것은 이해가 되지 않는 대목이다.

셋째, 수입구조에 대한 단계별 수입적용도 형식과 용어가 다를 뿐이지 지급되는 수당 또는 수수료는 별 차이가 없는 듯하다.

*다단계판매는 제조 생산에서 유통이 되기 시작하여 판매수당, 추천수당, 후원수당, 매칭수당, 단계별수당, 직급(그룹별)수당 등의 용어로서 지급되고 있다.

*방문판매는 3단계를 한정지어놓고 있지만 제조, 생산에서 전국총판, 지역총판, 지사, 지점, 대리점, 특판점, 판매원 등과 직급으로는 판매원, 대리, 과장, 부장, 이사, 본부장 등의 용어로 지급되어지고 있다.

*통신판매는 통신매체를 통하여 직간접적으로 판매가 이루어지고 있으며 인터넷 사업을 포함하고 있다. 여기에도 다소 판매 기법은 다단계의 형식을 가지고 글로벌회사로부터 사업을 진행하고 있는 것을 볼 수 있다. 판매에 대한 이익발생과 단계별, 직급(직책)별 형식의 조직과 수입구조가 없으면 유통 판매가 일어날 수 없는 것이다. 이것을 어떻게 용어의 논리에 따라 위법으로 규제하여 선진국, 특히 미국과의 글로벌 유통판매시스템과 경쟁을 할 수가 있겠는가 하는 것이다.

넷째, 소비자 피해? 사재기? 이것들 또한 모든 유통에서 일어나고 있는 것이다.

*소비자 피해라는 것은 구매한 제품이 하자가 발생하거나, 만족하지 않을 때 일정한 기일 내에 반환 청구와 환불을 요청할 수 있도록 되어 있다. 이것은 어느 유통회사(백화점, 수퍼마켓, 할인매장 등등)에서나

적용되어지고 있다.

　*사제기라는 것은 각 총판, 대리점의 조건에 따라 제품을 확보하여야 하는 것과 같이 직급을 성취하기 위한 목적으로 행하는 것으로 본인의 의사에 따라 결정하게 되는 것이다. 총판이든 대리점이든 판매가 이루어지지 않고 도산이 되면 재고 정리를 위하여 덤핑으로 유통되어지게 된다. 똑같은 유형의 제품을 판매 방법을 가지고 용어에 따라 법에 저촉이 된다면 정말 아이러니한 일이 아닐 수 없다. 철저한 소비자 보호법이 있는 한 유통의 판매경쟁, 판매방법은 자율화되어야 소비자에게 유리한 것이다. 제조, 생산의 직거래 형식인 인터넷 사업, 한국 IT산업의 우수성과 판매경쟁으로 인한 가격인하는 필연적인 것이기에 더욱 그렇다. 소비자는 어리석지 않다. 같은 가족들도 이제는 다단계 형식을 띤 사업방법이나 제품을 팔려고 하면 이를 알아차리고 거부하는 실정이 되어버렸다. 모든 유통업은 소비자의 선택에 따라 이루어지고 있는 것이다. 한번 속은 고객은 절대 찾지 않는다. 그런데 사업이 되겠는가? 올바른 제품만이 살아남을 수 있는 것이다.

　불합리성을 띤 법의 규정은 국제경쟁력을 높이기 위하여서라도 하루 빨리 바꾸어야한다.

　현재 인터넷 사업의 활성화로 방안에서 사무실에서 컴퓨터만 있으면 모든 쇼핑이 가능하다. 미국 네트워크 시장의 55%이상의 시장점유율을 보이는 것은 바로 인터넷과 네트워크 시장의 활성화된 미국 유통시장의 단면을 보여주는 것이다. 미국에서 세계를 공략하고 있는 수만은 회사들 그 회사에 종사하는 사업자들은 수십만불을 한 달에 벌어들이는 성공사례를 쉽게 볼 수 있다.

　작은 우리나라이지만 IT산업의 발달로 세계를 공략할 충분한 능력을 가지고 있다. 유통구조에 의한 인프라 확보 능력과 충분한 정보교

류가 일본, 중국, 동남아, 유럽, 미국 등지에서 끊임없이 일어나고 있다. 오히려 중국에서는 엄청난 네트워크 시장이 형성이 되고 있음에도 우리나라에서는 법률적인 문제로 인한 사업자들의 위축과 사회적 불신으로 사업 활성화에 걸림돌이 되고 있음이 안타깝기만 한 것이다. 현재 국내에서 종사하고 있는 네트워크 사업자들 대다수가 마케팅시스템과 제품의 한계에 따른 현실을 직시하고 있다. 이제는 아무것이나 돈이 된다고 뛰어들 사업자들은 거의 없는 실정이다. 이들이 가지고 있는 다국적 네트워크 인프라를 활용하여 세계를 공략할 수 있는 계기를 마련하여 침체된 국내 유통의 활성화와 일자리 창출의 기회가 주어져야 한다.

어느 날 지인이 마산에서 사람을 살린다는 활인사를 양성하는 교육이 있다고 소개를 해줬다. 3일만 교육을 받으면 웬만한 죽어가는 사람도 살린다는 것이다. 제이는 귀가 솔깃했다.

2박3일 동안 30만 원의 회비를 내면 교육과 실습을 마무리하고 회사에서 발급하는 자격증을 주었다.

제이와 함께 교육을 받으려 내려간 세 사람이 마산에서 활인사라는 자격증 취득 실습 교육을 받았다.

제이는 교육을 받으면서도 신기했다. 발가락을 서로 만지면서 교육을 했다. 실습 중에 눈이 밝아지는 사람, 무릎관절로 걷지 못하는 사람이 걷는 체험을 직접 할 수가 있었다. 휠체어를 타고 온 사람이 일어나 걸어가는 희한한 광경의 영상물을 교육 자료로 보여주었다.

3일간의 교육은 신기함에 매료되어 시간가는 줄 몰랐다.

마지막 날 3일째 교육은 창시자가 직접 나와 시범을 보여주는 시간이었다. 창시자가 귀가 들리지 않는 사람에게 시술하는 시범을 눈여겨 보았다. 귀 뒤쪽 한 부위를 눌러서 2분가량 지나니 들린다고 한다. 희한한 사건이다. 제이는 그 지압점을 보아 두었다.

그리고 대구로 올라왔다. 직접 배운 대로 실습을 하고자 노인정을 찾았다.

39

걷지 못하는 84세 할머니가 20분 만에 뛰는 기적

제이와 같이 배운 세 사람이 그 자리에 섰다. 그리고 할머니 한 분을 나오게 했다. 세 사람 중에 먼저 실습의 시범 시술을 하여야 하는데 할 사람은 제이밖에 없었다. 제이는 심호흡을 하고 배운 대로 시술을 시작했다. 우선 무릎이 아픈 84세 된 할머니를 모두가 보는 앞에 상태를 점검했다.

"앉아보세요. 일어서세요."

겨우겨우 힘들게 앉았다 일어서는 할머니 모습을 모두가 보게 했다.

심호흡을 하고 제이는 그 할머니 머리 위에 가지런히 손을 얹었다. 그리고 하늘의 기운이 제이를 통하고 그 손이 다시 할머니 머리 위로 전달되어 들어간다는 느낌을 가진다. 그런 후 반드시 눕게 한 후 가슴과 가슴 사이 명치를 손끝으로 꾹 눌러 왼쪽을 세 번, 오른쪽으로 세 번 회전을 반복한다. 다음 발가락을 하나하나 마사지하듯 배운 지압점을 눌러가기 시작했다.

할머니 발가락에서 심한 냄새가 올라오는 것을 느낀 제이는 환자에게 사랑하는 마음으로 임하여야 한다는 교육에 따라 순간적으로 그의 어머니를 생각했다. 어머니 발을 만지는 기분으로 냄새가 나도 지

참! 우별난 놈과 사람 살아가는 이야기 185

극정성으로 마사지를 하기 시작했다.

그는 약 20여 분이 지나서 할머니를 앉았다 일어나게 했다. 순간 그 할머니는 가벼운 듯 걸어가고 오기를 반복해하며 기뻐했다. 그 기적 같은 현상에 많은 사람들은 박수를 보냈다.

첫 시범이 이렇게 되자 그 다음부터 사람들이 모이기 시작했다. 교육을 받은 두 사람 역시 동참했다.

활인사 사업은 성황을 이루었다. 첫 시범을 보여 확신을 얻은 제이는 사업을 하고자 하는 사람과 사무실을 차려놓고 '활인 공덕회' 지회장으로 교육을 시키기 시작했다. 교육시간은 3일, 교육비는 약 30만 원으로 시작되었다. 여기에 참여하는 사람들은 단전호흡, 물리치료, 대체의학, 마사지를 하는 사람들이었다. 마음이 부풀었다. 그리고 자부심을 느끼고 사업을 시작했다. 교육을 통하여 약 100여 명의 활인사가 양성되었으며 대구 지회장을 맡은 제이는 그들로부터 알려지기 시작했다.

그러나 그 사업은 6개월을 넘기지 못했다. 발가락 지압의 효과는 한시적이었다. 일정한 효과가 발생되고 난 후 더 이상의 진척은 없었다. 발가락을 만질 때 나타나는 통증의 고통은 너무 참기가 어려웠다. 일시적인 요법이긴 하지만 사업적으로 연출하는 것은 상당한 효력을 발휘했다. 그런 후 아홉 번 구운 죽염을 주재료로 하는 건강식품과 함께 섭취하도록 권장했다.

하루는 모 대학 교수가 부친을 데리고 왔다. 그의 부친은 다리를 절룩거리며 지팡이를 짚고 들어왔다. 제이는 발가락 기공법을 시작했다. 5분이 지나서 환자의 발가락을 짓눌렀다.

"아야, 아악! 에이 씨, 안 해!"

환자는 벌떡 일어나 문 밖으로 뛰어 나갔다.

"아니 그렇게 걷지도 못하신 분이 거기까지 뛰어나가셨으니 효과가 금방 나타났군요."

"어, 내가 이렇게 멀리 뛰었나요?

아들과 주위에서 이를 지켜보고 있던 사람들이 놀랐다.

"정말 신기하네." 몇 회를 계속하여 마사지를 받았던 그분은 좋아지는 듯하였지만 역시 오래가지 못했다.

이론상으로는 기혈이 막힌 것을 뚫어주면 혈액순환이 된다는 것이다. 그러한 방법은 한방의 침술, 부항요법, 경락, 마사지 등에서 접할 수 있는 것이었다. 단지 발가락의 압점으로 그러한 상승효과를 낼 수 있다는 것 뿐, 질환이 완치되거나 건강을 회복하는 것은 쉽지가 않았다.

영양섭취와 식이요법, 물리치료법으로 인한 건강관리에 대한 연구와 대안 없이 오직 우선 효과가 나타난다는 것만으로 사업을 진행한 탓에 막힌 혈을 뚫어만 주면 다 되는 줄 알았다.

죽염을 대체 식품으로 함께 판매를 하였지만 그것도 한계가 있었다. 한 가지 물질이 만병통치가 아닌 것임을 그리고 각자의 체형, 체질에 따라 많은 변화가 있음을 알 수 있었다. 그리고 환자는 인내를 가지고 꾸준한 관리를 받아야 하는데 그렇지 못했다. 아무리 획기적인 치료법도 먹지 않고는 치료가 불가능하다. 한시적이든 일시적이든 우선 효과에 만족할 것이 아니라 꾸준한 치료와 영양섭취 적당한 자신만의 운동이 필요한 것이었다. 어느 한 사람이 좋아졌다고 하면 마치 그것이 만병통치약이라도 되듯이 호들갑을 떨다 보니 효과 없는 사람은 결국은 불신과 거짓으로 속이게 되는 결과를 낳는 것이다.

보통 건강식품의 수명은 1년 남짓, 그 인기는 오래가지 못한다. 그동안 많은 건강식품들이 소비자들에게 권유되어 왔고 마치 유행처럼 왔다 사라진다.

40
이름으로 팔자를 고치는 성명학 이론

어느 사업자로부터 책 한 권을 전해 받았다. 이름으로 그 사람의 지나온 과거와 미래를 풀이하는 내용의 책자였다.

음오행은 木, 火, 土, 金, 水를 오행으로 하여 성명의 첫 글자인 자음의 순서에 따라 풀이하는 방법. 수리학은 한자의 획수를 조합하여 그 사람의 운명을 풀이하는 방법, 소리성명학은 소리 나는 파장에 따라 그 사람의 운명을 보고 풀이하는 방법이었다.

교통사고 난 사람, 교도소 죄수들, 성공한 사람들의 이름을 풀어서 그들의 획수를 가려 본 결과 약 80%의 확률로 그 뜻에 맞게 이름을 풀이하고 개명을 하거나 획수에 따라 신(信), 장(章), 인(印)을 넣어 도장을 새겨 그 액운을 피한다는 것이었다.

그 책을 받아 들고 제이는 그 방법대로 친척들의 이름 하나하나 풀어 보았다. 그 이름 풀이는 그런대로 맞아 들어갔다. 부부이별한 사람은 이별수가 있었고, 가난한 사람, 잘사는 사람, 애환이 많은 사람 비슷하게 맞아떨어졌다.

거기에 재미를 붙인 제이는 많은 사람들을 상대로 이름풀이를 해보았다. 특히 여성들은 솔깃하여 인장을 주문했다.

그러면 과연 이름을 고치거나 인장으로 그 운을 대신해 줄 수 있을까? 이름을 바꾸고 난 후 그들의 상황은 달라졌을까? 성명학에서는 개명한 이름을 녹음하여 집안에서 계속 울려 퍼지게 녹음기를 틀게 하도록 권유하고 있다. 과연 그 효과가 있었을까?

한 성명학 사무실에 찾아가서 상담을 하고 이름을 바꾸었다. 그리고 몇 년이 지났다. 그래도 인생이 풀리지 않고 그 모양 그 꼴이다 보니 다시 한 번 그 성명학을 찾았다. 본인이 여기서 이름을 바꾸었다는 말을 하지 않고 바꾼 이름을 알려주고 성명학대로 풀었다. 이름이 나쁘니 개명을 하여야 한다는 것이었다. 실망한 그는 아무 말 없이 정중히 인사를 하고 나오면서 씁쓸한 웃음으로 대신했다고 한다.

정말 좋은 이름이 있고 나쁜 이름이 있어서 이름을 바꾸면 성공하거나 최고의 삶을 누릴 수 있다면 얼마나 좋을까? 만약 그렇게 된다면 세상 모든 이에게 더 없는 풍요와 행복이 주어지는 전대미문의 축복이 일어나는 것 아니겠는가?

그런데도 불구하고 좋은 이름의 운명을 믿으며 솔깃해하는 것이 사람 살아가는 모습이다. 1년간의 세월 동안 성명학에 빠져 돌아다닌 결과 그 답도 역시 아무 소용없음으로 끝났다. 이름을 바꾸어 잘살 수 있다면 우리 국민 모두 바꾸어 세계 1위의 나라로 바꾸어 낼 수 있으니 거국적으로 나라에서 해야 할 일 아니겠는가?

마산에서 활인사 교육을 받으면서 알게 된 사람으로부터 한 업체의 사장을 소개받았다. 사무실은 그런대로 꾸며놓았다. 사장실은 골프 퍼팅연습용 인조 잔디를 깔아 놓고 한쪽 구석에 골프채를 그럴듯하게 진열하여 두고 있었다.

제이와 미팅을 한 후 사장은 바로 즉석에서 제이로 총괄이사로 일해 줄 것을 요청했다. 그리고 자기 자산에 대한 이야기를 했다. 밀양에 산이 있는데 만약 사업을 하다가 자금이 필요하면 그것을 담보로 사업에 투자하겠다는 약속을 해 주었다.

영업판매 식품은 키토산 제품이었다. 키토산이라는 제품은 널리 알려져 있었다. 문제는 마케팅과 영업자에게 수당을 풀어주는 전산 시스템이었다. 마케팅, 전산도 준비되어 있지 않은 상태였다. 그리고 사업 방법 또한 중요했다.

네트워크 사업을 진행해 온 사업자들은 거의 생활이 어려웠다. 영업을 한다는 것은 쉬운 일이 아니다. 직장을 잃거나 일정한 직업이 없는 사람은 영업하는 사람들로부터 유혹을 받게 되고 돈을 벌기 위하여 시작하지만 오래가지 못하는 경우가 많다.

꼬박꼬박 받는 월급으로 평범하게 살아가는 직장인들에 대한 부러움은 바로 영업을 해 보아야 그 직장의 소중함을 알게 된다. 아무리 힘든 일이거나 적성에 맞지 않는다고 하는 직업일지라도 그것을 벗어나 보면 느끼고 후회하는 일들이 많은 것이다. 물론 적성에 맞거나 특별한 기술과 환경이 주어져 선택하는 것이라면 좋겠지만.

제이는 마케팅 구상과 현실적 영업을 감안하여 기획을 했다. 그리고 영업사원들의 어려움에 따른 자금지원 방법을 생각하여 사장에게 보고했다. 마산에서 사채업을 하는 팀을 소개받아 사장은 그들을 데리고 사무실에 와서 제이와 함께 의논을 했다. 사채업자들은 대출을 하였을 경우 1개월마다 자금 회수율이 몇 %인지 알려고 했다. 제이는 구체적인 마케팅 구조와 회수율을 설명했다.

사채업자들은 투자를 하겠다며 계약서 작성을 원했다. 그들이 원하는 담보 제공을 구체화하여 서류를 준비하고 마주 앉았다. 대출을 해 줄 때 수당을 받아가는 순서에 따라 대출금을 회수한다는 조건과 대출이 중단 없이 계속되어야 한다는 약속, 그리고 월 20% 자금 회수의 가능성에 대한 확인을 했다.

또한 제이는 사업진행 중 자금이 부족하여 대출이 중단되어 사업이 지연 또는 문제가 발생되면 기존 대출한 모든 자금은 포기한다는 단서를 넣어 양사대표와 총괄관리자인 제이, 세 사람 각각 계약서에 사인을 했다.

제이의 요구는 사업자들에게 대출 증단에 따른 피해를 주지 않으려는 생각에서였다. 절반의 대출을 미끼로 사업자를 끌어 들인 후 일정한 기간이 지나면 대출이 중단될 경우 그들의 영업력 저하와 회원확보 불가능성에 대한 피해를 막아야 한다는 생각이었다. 이러한 내용이 추후 사채업자들이 손을 들고 모든 것을 프기하는 가장 중요한 내용임을 인지하지 못했다.

바이너리 시스템의 보편적인 마케팅으로 하고 대구 1번 사업자와 마주 앉았다. 매출 중 절반은 현금, 절반은 회사에서 대출하는 조건이었다. 사업자 대표는 만약 대출을 해주다가 중단을 하게 되면 사업이 안될 수 있지 않느냐는 역시 예상한 질문이 바로 들어왔다. 사채업자와 사장, 제이, 3인이 작성한 확인서를 복사하여 그에게 건네주었다.

그들은 사업을 시작하기로 했다. 문제는 전산시스템이 만들어져서 수당지급 데이터가 나와야 하는데 급한 대로 엑셀로 그림을 그려 출력 후 수기로 정산하는 방법을 선택했다. 날마다 지급되는 수당의 정산은 밤을 새워가면서 해야 했다. 그러면서 전산프로그램은 서울 전문가에게 의뢰하여 프로그래머가 내려와서 작업을 시작했다.

대구에서 수백 명의 회원들이 구성되었고 브산 경남 등지에서 회원들이 쏙쏙 들어왔다.

부산 리더사업자 중 젊은 세대를 이끄는 백, 김 두 사람이 들어왔다. 제이와 면담을 한 후에 사업을 진행했다. 이들은 사장과도 면담하였고 회사의 전략에 만족하여 활동했다.

　사업을 진행하다 그들이 추천하는 사람을 관리 이사로 채용하여 줄 것을 요구했다. 뛰어난 전략과 강의, 기획이 탁월하기 때문에 엄청난 매출을 올릴 수 있는 능력이 있다고 했다. 그들의 말에 솔깃한 사장은 그를 채용했다.

　제이는 새로 영입된 기획 이사에게 마음껏 가지고 있는 능력을 펴 보라고 격려해 주었다. 그러나 그가 들어와서 겨우 하는 일은 회사의 실내 로고와 간판을 새로이 설치하는 것이었다. 그리고 그의 능력은 별 발휘하지 못했다. 수당정산도 엑셀도 뛰어난 기획력도 없었다. 심금을 울린다는 특별한 강의 능력도 없었다.

41

지하 주차장의 결투

　1개월 후 그는 이 이사가 하시는 일에 자기가 나설 것이 없다며 자기의 한계를 느끼고 사표를 냈다.

　그 후 그를 추천한 김, 백은 그를 앞세워 기득권을 차지하려고 했던 것이 수포로 돌아가고 별 활동능력이 없었다. 온갖 구실로 회사와 제이에게 시비를 걸었다. 그들은 모 폭력배 조직과 연관되어 있었다.

　김, 백은 마케팅을 수정하자는 의견을 내 놓았다. 제이가 단호하게 거절하자 자기들이 요구하는 것을 들어주지 않자 전화로 다짜고짜 욕설을 해왔다.

　"너, 이사면 이사지 왜 그렇게 융통성이 없어? 너 이 자식 죽을 줄 알아. 지금 갈 테니 기다려."

　전화를 끊었다.

　1시간 후에 김, 백이 사무실에 들어왔다.

　"안녕하세요."

　"어서 오세요. 김 사장! 나를 가만 두지 않겠다고 그렇게 심한 욕설을 한 것은 나와 맞대결을 하자는 뜻인데 상당한 힘이 있는가 봐요?"

　"그래요. 한판 해 봅시다, 누가 이기나."

"하하하, 정말이지?"

"그래요."

"그럼, 좋아. 우리 단 둘이 지하실에 내려가서 붙어보지. 단, 누가 이기든 이의를 달지 않겠다는 약속을 해 주게."

"네, 좋아요. 둘이 누가 죽든 살든 끝장을 봅시다."

지하실에 내려간 둘은 상의를 벗고 싸움이 시작되었다.

백주 대낮에 건물 안 텅 빈 지하 주차장. 한창 때의 젊은 시절도 아닌 중년의 기막힌 영화 같은 결투였다.

약 5분간 서로 발로 차고 공격과 방어를 하면서 상대를 견제했다. 치고 때리고 붙었다. 치고 떨어지고 하기를 수십 분이 흘렀다. 30대 후반과 40대 후반의 혈기는 호흡이 거칠어지기 시작했다. 하지만 제이는 힘이 남았다. 평소의 몸 관리가 효과가 있었다. 결국 끈기와 인내력 앞에서는 30대 후반의 젊은이도 두 손을 들었다.

"헉! 헉! 헉! 이사님. 제가 져, 졌습니다. 그동안 미안하였습니다."

"후. 좋아요."

둘은 손을 잡고 서로 끌어안으며 함께 등을 토닥토닥 두드리며 깔끔하게 마무리했다.

사무실에 올라온 둘을 여러 사람들이 걱정하며 기다리고 있었다. 김이 말했다.

"제가 졌습니다. 이사님, 정말 대단하십니다."

사채업자들에게 비상이 걸렸다. 매출이 급상승한 것이다. 그들의 예상을 뛰어 넘어 상당한 자금을 확보하여야만 했다. 약 2억여 원의 자금이 풀려나갔고 그 이상의 자금 확보에 실패를 했다. 매출이 그렇게 빨리 오를 것이라고는 생각하지 못했다. 사채업자들은 제이를 찾아와 대책을 협의했다.

하지만 별다른 방법이 없었다. 계속 들어가는 자금을 감당할 수가 없었다. 대출 자금을 줄이자고 하였지만 제이는 회원과의 약속을 어길 수 없었다. 그리고 약속을 꼭 지켜야만 했다.

워낙 급박한 상황이라 리더사업자 몇몇을 불러 상의했다. 하지만 그들은 대출이 중단되는 순간 사업 진행을 할 수가 없다고 했다. 제이도 마찬가지로 사업 중단 사태는 불을 보듯 뻔한 일이었다.

처음부터 예정한대로 대출을 해주다가 해주지 않으면 안 된다는 생각에 그 서명을 하고 시작한 것이었으며 누구나 그 희망으로 사업을 전개할 수 있도록 한 기획이었으므로 그 핵심 사업 기조가 무너진다는 것은 곧 사업을 포기하는 것과도 같았다.

사채업자는 또 다른 자금을 확보하려 동분서주 하였지만 결국은 손을 들고 말았다.

"더 이상 자금 확보가 불가능합니다. 대출된 자금은 약속대로 포기하겠습니다. 하지만 저희도 너무 억울하니 담보된 임야를 저희가 인수하는 조건으로 5천만 원을 더 지원하겠습니다."

사채업자들의 실수는 매출이 빠르게 오를 것이라는 판단을 하지 않은 것이었다. 대안 없는 과욕으로 약 2억 5천만 원을 고스란히 날려버린 것이다. 이러한 잘못된 판단과 무모한 도전은 사업자, 회사, 사채업자 모두가 손해를 보는 꼴이 되었다.

반품이 들어올 것이라는 것은 불을 보듯 정확했다. 부산에서 2억가량의 반품 서류가 접수되었다.

"이사님, 큰일 났습니더. 저의 양정 센터에서 항의가 빗발치고 있습니더. 사장님께서 내려와서 해명을 하라꼬 난린데 사장님은 전화를 받지 않으니 어떻게 하면 좋겠습니꺼?"

대표이사가 나타나지 않는 상황에서 제이는 피할 수가 없었다.

"좋습니다. 내일 2시에 전 회원들을 도와두세요. 제가 내려가겠습니다."

다음 날 오후 두시, 제이는 양정 센터 강의실에서 흥분한 회원들의 눈총을 받아가며 단상에 올라섰다. 회원들 약 100여 명이 모여 있었다.

"여러분! 죄송합니다. 만일 이 자리에서 제가 경우에 없는 잘못된 말을 한다면 저에게 돌을 던지십시오. 끝까지 들으시고 판단하여 주시기 바랍니다."

제이의 말은 단호하고 과단했다.

"여러분들의 반품은 올바르지 않습니다. 제품을 가지고 가서 판매를 하거나 본인이 소진시켜야만 영업사원으로서 수당을 주는 것입니다. 그런데 여러분은 수당을 받고 그대로 가지고 있다가 반품을 하였습니다. 제품 판매를 하여 수당지급이 된 상태이고 여러분께서 반품을 한다면 그 돈은 어디서 나겠습니까? 회사에서 죄송한 것은 대출을 해주다가 중단된 것입니다. 이에 대한 여러분과의 약속을 못 지킴에 사과드립니다. 그리고 처음 시작할 때 여러분과의 약속대로 지금까지 대출한 모든 것을 포기할 것입니다. 만약 여러분의 대출건으로 사채업자 측에서 입금요구로 통보가 가거나 민사청구를 할 경우에 제가 절대적으로 책임지겠습니다. 내지 않으셔도 됩니다. 여러분들께서는 대출금 상환이 염려가 되어서 반품을 한다고 생각합니다. 그러니 그것은 염려 마시고 반품을 철회하여 주시기 바랍니다."

제이의 말이 끝나자 분위기가 조용해졌다.

제이를 배웅하러 나온 조 센터장이 말했다.

"이사님, 정말 감사합니다. 이사님이 이렇게 직접 오셔서 마무리를 해 주시는 그 책임감이 대단히 존경스럽습니다. 다른 회사 같으면 시간이 가면 된다는 식으로 모두 나타나지 않고 그냥 내버려두고 피해버리는데 이사님은 그렇지 않으니 정말 고맙습니다. 다음 기회에 사업을 꼭 함께하였으면 좋겠습니다."

42
날 죽이고 가지고 갈 수 있다면 그렇게 하라

설명을 마치고 창원 사무실에 도착하니 부산에서 모 조직폭력배 몇 명이 찾아왔다. 그들도 반품을 해 달라는 것이었다. 회사에서 50%의 대출을 할 때 현금의 50% 부분을 이들이 사채이자를 받기로 하고 빌려 준 것이었다. 그들은 회사의 사업 중단으로 고스란히 돈을 받지 못하게 되자. 회사에 찾아온 것이었다. 그들은 탁자 위에 발을 올려놓고 앞에 있는 제이에게 협박을 했다.

제이가 그들에게 말했다.

"현재 자금이 없습니다. 그리고 여러분들이 요구할 사안이 아닙니다. 반품을 하려면 당사자가 직접 신청하고 합당한 이유가 있을 때 해 주는 것입니다. 지금 사장은 나타나지도 않습니다. 회사에서 돈을 가로챈 것도 없습니다. 매출된 금액과 수당 지급된 금액, 세액, 제품 값을 빼고 나면 아무것도 없습니다. 매출과 지출 내역을 내가 다 가지고 있으니 보여 달라면 보여 드리겠습니다. 만약, 이 자리에서 여러분들이 협박하여서 가져갈 수 있거나 나를 죽여 가져갈 수 있다면 그렇게 하세요. 사채업자들은 약 2억 5천만 원을 고스란히 날렸습니다."

방법이 없자 그들은 어쩔 수 없이 사무실을 나갔다.

'푸른 솔'을 정리하고 마산에서 대구로 올라오는 버스 안에서 회원 한 사람을 만났다. 그는 피부 관련 제품을 개발한 회장이 한 분 계시는데 제이에게 관심을 가지고 있어 보자고 한다고 했다.

그 사람의 소개로 제이는 오 회장이라는 사람을 만났다. 대구 P 호텔 커피숍이었다. 키는 작고 나이는 육십 하나둘 정도로 보였다. 자기 제품을 개발한 동기 그리고 제품의 효능, 효과에 대한 확신이 분명했다. 그런데 이 사업을 일으켜 줄 사람이 필요했다. 제품의 효과에 대하여 그는 제이에게 너무나 확신을 주었다.

다음 날, 제이는 그 제품을 보러 산격동 사무실을 찾았다.

제품명은 '실스타'. 사용 방법은 분말을 욕조에 희석시켜 반신욕을 하는 방법이었다. 제이는 한 달 동안 체험을 하면서 사업 계획을 세웠다. 반신욕에 대한 여러 가지 책자를 검토하고 반신욕법이 건강관리에 도움이 된다는 것을 알았다. 어떠한 물질을 타지 않아도 반신욕 그 자체만으로 많은 효과를 볼 수 있음을 책을 통해 상식을 얻었다. 그리고 반신욕에 대한 효능, 효과의 충분한 근거를 책을 통해 확보했다.

43

생얼, 고운 피부 관리는 깨끗한 세안과 수분 공급

제이는 그러한 방법이 절박하게 필요하지 않는 사람에게는 번거롭다는 것을 알았다. 한약재의 성분은 피부를 부드럽고 아름답게 가꾸는 데 좋은 것이었다. 반신욕의 방법보다는 물에 우려 그 물로 스프레이를 통해 얼굴에 뿌리는 방법으로 체험을 하기 시작했다. 그리고 피부관리사, 한의사, 피부전문의들이 지은 책자 수십 권을 필독했다. 그 결과 피부 관리에는 깨끗한 세안과 수분공급이 가장 중요함을 알았다.

제이는 직접 그의 얼굴에 하루에 수없이 뿌리기 시작했다. 과연 한 달이 채 못 되어 제이의 얼굴이 팽팽해졌다. 제이는 한 달 동안 보지 못한, 평소 알고 지낸 김 사장을 불렀다.

김 사장은 제이를 보는 순간 깜짝 놀랐다.

"아니 얼굴 수술하였어요? 다리미질을 하였나? 왜 그렇게 얼굴이 팽팽한가요?"

"하하하, 그렇게 되었어요."

제이는 그를 앉혀놓고 설명했다.

실크스타 300g~1,000g 정도를 병에 넣어서 반신욕을 하던 것과는 달리 50g의 용기에 분말을 담아 5만 원의 소비자 가격으로 판매하도

록 만들었다. 이것을 1티스푼씩 물 한 컵에 타서 침전시킨 후 우려내
어 윗물을 걸러 그것을 화장품 용기(250ml)에 담아 스킨 대용으로 사
용하면 1달 이상 사용할 수 있었다. 5만 원어치의 제품으로 약 12개월
이상 기초화장품 필요 없이 사용할 수 있는 양이었다.

대중화를 위하여 제이는 '엔이씨'라는 회사를 설립했다. 그리고 대표
이사가 되어 사업을 전개했다. 제품은 오 회장이 생산, 납품하는 것으
로 약정하고 사업은 전국적으로 펼쳐나갔다.

기억에 남는 것은 인천 동남 공단입구 박 사장과의 인연이었다. 제
품을 확인한 그들은 엄청난 기대를 갖고 열정을 다하여 사업을 진행
했다.

(주)엔이씨의 실크스타 피부 관리 분말 세트는 전국적으로 팔려 나
갔다. 제이는 제품에 대한 확신을 심어주기 위해 본인이 직접 체험한
사진을 공개하며 사업을 진행했다. 그리고 그 이유에 대하여 그가 읽
고 배운 서적의 내용을 설명하기도 했다.

그러는 와중에 자칭 글로벌 미국 법인 TMW 회사가 한국 시장을 공
략하려고 준비 중에 있었다. 한국을 오가며 네트워크 마케팅을 하는
미시즈 세라 한이 주도한 강 회장의 회사는 면역체계 시스템 사업설명
회를 시작으로 사업이 진행되었다.

이때 한국의 리더사업자 겸 임시책임자 임 사장을 만나게 되었다. 작
고 다부진 체구 굵직한 목소리로 남들 앞에 서서 사람의 마음을 사로
잡는 데 손색이 없었다. 미국의 세라한과 글로벌 네트워크 사업을 한
경험이 있던 임 사장이 한국 최고의 리더사업자로 진행되고 있었다.

제품명은 'Immune system'. 오일 하나로 한국시장을 공략하는 데
는 별 어려움이 없었다. 지금까지의 식상한 건강식품과는 달리 귀 뒤
쪽과 아픈 곳에 한 두 방울만 떨어뜨려 발라주면 질환이 호전되는 것

이다. 이것 역시 만병통치약처럼 인기리에 판매되기 시작했다. 실제로 당뇨와 간의 치수가 내려가는 것을 확인한 약사가 약국을 그만두고 뛰어든 사례도 있었다.

임 사장은 제이가 OEM형식으로 만든 '뷰-미라'라는 제품을 납품하여 줄 것을 제이에게 제안했다. 현재 판매되고 있는 시스템은 식약청의 안정성 검사로 수입 절차에 시간이 걸리므로 그 안에 한국에서 나온 제품이 하나 필요하다는 것이었다. 그리고 명분은 글로벌회사가 한국제품을 우선 판매한다는 전략적 가치가 있었다.

제이는 흔쾌히 응하였고, 그 제품은 전국적으로 팔려 나갔다. 그리고 제이는 전국을 돌면서 제품 설명을 했다. 반응 또한 대단히 좋았다. 하지만 납품은 되어 팔려나갔지만 입금이 제대로 되지 않았다.

제이는 대표 사업자인 임 사장에게 전화를 하여 상황을 확인했다. 임은 곧 미국에서 회장이 들어오니까 그때 만나서 협의하자고 했다.

44

성공한 재미동포 CEO와의 숙명적 만남

잠실 어느 오리훈제 전문 식당 안, 임 사장과 제이는 미리 예약해 둔 좌석에 마주 앉았다.

"아니 임 사장, 미국에서 그렇게 성공한 사람의 회사에서 얼마 되지 않는 납품된 제품 값도 못 주나요? 나는 이해가 되지 않아요."

임 사장은 주저하며 난처해하는 모습을 보였다.

"잠깐만요."

건너 좌석에 머리를 스타일 무스로 올백으로 넘긴 채 아주 특이한 모습을 한 사람이 있었다. 임 사장은 그의 자리에 가서 이야기를 나누더니 함께 제이의 좌석으로 왔다. 직감적으로 회장임을 알아차릴 수가 있었다.

"여기는 TM 회장님이십니다."

"아, 네. 저는 이제이라고 합니다."

"안녕하세요. 저는 모리스 강입니다. 이렇게 만나 뵈어서 반갑습니다."

그는 제이에게 미국의 성공담, 자산, 수입될 제품 등 다양한 이야기를 했다.

"제품 값은 바로 송금해 드리겠습니다."

"감사합니다."

많은 시간을 두고 세 사람이 서로를 한층 가까이 알 수 있는 시간들이었다. 특히, 제이는 경상도 사투리를 쓰고 있었고, 강 회장은 서울 말씨로, 서로를 아는 데 익숙해졌다. 이러한 인연이 엄청난 피해와 서로의 앙금으로 돌아서야 하는 비운을 맞을 것이라는 것은 전혀 예상하지 못했다.

그러면서 제안이 들어왔다. 제이에게 한국 지사장을 맡아 달라는 것이었다. 참 신기한 일이었다. 처음 보는 제이를 한국지사장으로 선뜻 지목한다는 것에 의아해 했다. 하지만 제이는 그의 제안을 쾌히 승낙했다. 회사운영의 경험과 제품 납품을 직접 관리할 수 있으니 더없는 좋은 기회라 생각했다.

매출이 일어나기 시작했다. 낙성대 그층 건물 안 6층 사업은 활발히 진행했다. 매출은 급성장했다. 강 회장은 고급 호텔, 레스토랑, 룸살롱, 바 등 최고급 유흥음식점만 다녔다. 제이는 그의 씀씀이에 과연 미국에서 성공한 부자는 다르다는 생각을 했다.

강은 부산, 광주, 전주, 대구 등지로 돌면서 바람을 일으켰다. 대구의 최고의 건물도 매입하겠다며 현장까지 내려갔다.

수성동 최고의 큰 건물을 소개한 브동산 업자는 철학하는 여인의 남동생이었다. 강 회장이 내려온다는 소식을 듣고 부동산 소개업자의 누이가 함께 기다리고 있었다.

약 300억 상당의 건물을 보고 나서 제이와 강 회장, 철학하는 여인, 부동산 중개인이 점심을 같이하는 자리였다.

45
돈과 화술에 쓰러지는 여인, 과연 그녀는 철학가?

그 여인은 청와대 영부인과 대통령과의 친밀함을 내세웠다. 강 회장의 화술, 깔끔한 외모, 여자를 다루는 실력은 대단했다. 강 회장이 미국에서 성공한 사람으로서 그의 뛰어난 언변에 그녀는 매료되어갔다. 말끝마다 미국이야기, 자기 자랑을 일삼았다.

"회장님! 건물을 보니까 어떠세요?"

"내가 과거에 건설업을 하였습니다. 저희 부친은 대통령 비서실장을 하셨고, 그때 제가 아버지의 후광으로 건설업의 젊은 회장이 되었습니다."

"아, 그러세요?"

"그래서 이 건물을 보니까 복도와 계단이 마음에 듭니다. 넓어서 아주 좋군요. 제 사업으로서는 적격입니다. 다만, 내부 디자인을 변경할 필요가 있습니다."

그 순간 그녀는 자기 동생이 소개한 건물의 매입 계약 체결이 눈앞에 있음에 만족스러워하는 듯했다.

"회장님 전생을 보니까 회장님을 제가 모신 분 같아요."

"하하하, 그러세요?"

"전생에 제가 아주 가까이서 모신 것 같습니다. 존경합니다. 회장님!"

"감사합니다. 하하하. 그럼 전생에 나를 보좌하였으니 나의 볼에 뽀뽀 한번 해 보세요."

그러자 그 여인은 스스럼없이 강 회장의 얼굴에 입술을 가져다 가벼운 입맞춤을 했다. 순간적으로 그녀는 강 회장의 말에 넘어가버렸던 것이다.

그 후 서울에서 그녀와 몇 번의 만남은 계속되었고, 과거와 미래를 안다는 철학가 그 여인도 결국은 강 회장의 놀음에 잠시 스쳐가는 인연으로 끝났다. 그리고 300억 원의 건물은 매입되지 않았다.

강 회장의 호화로운 생활은 계속되었다. IT 호텔 스위트룸에서 장기 투숙을 하면서 그는 호텔 내 가요주점, 바, 식당 모든 곳에서 VIP로 대우를 받으며 호화생활을 했다. 누가 보아도 미국에서 성공한 회장임에는 의심의 여지가 없었다.

전국 사업자들은 그를 만나기 원했고 미팅하는 사람마다 그를 믿었으며 그의 매력에 빠져들었다. 매출은 올라가기 시작했다.

제이는 서울과 대구를 오가며 출퇴근을 했다. 새마을 열차의 출퇴근과 경우에 따라서는 비행기 출퇴근을 하기도 했다. 바쁘게 움직이는 하루하루 사업은 크게 번창되는 듯했다.

제이는 검찰청 조사담당관으로부터 출두하라는 한 통의 전화를 받았다. 사업이 바쁜 관계로 고발된 사실과 내용을 확인하고 변호사를 선임하여 조사를 연기했다. 그리고 그에 반박하는 서류를 준비하고 접수했다. 조사를 받기 위하여 접수를 하고 제이는 검찰청 피의자 대기실에 기다리고 있었다. 한참 후에 그를 부르는 소리가 들렸다.

"이제이!"

"네."

그는 퉁명하고 거친 말투로 서류를 건네주며 말했다.

"당신 경력증명서를 작성하여 000호 검사실로 들어와."

그곳에는 조사를 받기 위하여 긴장하고 있는 몇몇 대기자들이 있었다.

"여보세요. 당신 나이가 얼만데 그렇게 함부로 말하나요? 저기 붙어 있는 국민에 봉사한다는 것이 고작 그것인가요?"

조사관은 말이 없다가 제이를 노려보면서 말했다.

"구체적으로 쓰고 들어와요."

제이는 경력증명서를 들고 검사실로 들어갔다.

"거기 앉아요."

경력증명서를 건네준 제이는 바로 마주보는 조사관의 바로 앞에 앉았다.

"똑바로 앉아요."

"아니 여기가 군대인가요? 어떻게 앉아야 똑바로 앉는 건가요? 좋은 말로 하면 조사가 안 되나요?"

"제이 씨, 잠깐 밖에 나가서 기다려 주세요."

제이의 서류를 검토하던 검사가 말했다.

밖에 나간 제이는 마냥 기다리기를 수 시간이 지나고 오후 5시가 임박해서야 다시 불려 들어갔다. 조사관 앞에 앉아 있던 제이에게 담당 검사가 제이의 어깨에 손을 얹으며 말했다.

"제이 씨 경력을 보니까 신문사 경영한 경력도 있고 한데 원고와 잘 협의하여 사건을 잘 마무리하시오."

그 후 제이는 무혐의 판정을 받았다.

46

공직자는 국민에 말뿐인 봉사가 아니라 진정한 봉사로 거듭나야

국민의 권리를 보호하고 국민을 섬김으로 봉사한다는 공직자들, 특히 기득권을 가진 자들의 자세는 범죄자이건, 아니건 가장 존중되어야 인격을 무시하는 것만은 없어야 할 것이다.

일반서민은 일단 사건에 연루되어 조사를 받기 위해 경찰서나 검찰에 들어가면 중압감으로 위축이 된다. 그리고 조사하는 과정에서 조사관들의 입김에 의하여 잘못될까 봐 노심초사 불안해하는 것이 일반적인 생각이다.

가능하면 잘 보여 조금의 불이익이라도 면하고 싶은 심정일 것이다. 그런데 그러한 것을 뻔히 알고 있는 조사관들이 위압감을 조성하고 거친 말투로 함부로 억압한다면 아무것도 모르는 힘없는 아이에게 위협하는 것과 무엇이 다르겠는가? 인격적 대우와 부드러운 말투로 조사를 한다고 해서 덜 밝히고, 고함치고 압력을 가한다고 해서 없는 죄가 나오는 것은 아님을 알아둘 필요가 있다.

약 6개월간 6,000여 명의 회원이 확보되었고 매출은 상승되었다. 은행도 설립하겠다는 강 회장의 허무맹랑한 이야기도 사업자들은 자랑스럽게 받아들이고 사업에 여념이 없었다.

강 회장의 씀씀이와 돈이 없다는 것을 감지한 임 사장은 제이에게 회사를 그만두겠다는 의사를 전했다. 제이는 처음 그를 만나 강 회장을 알게 되었기에 그를 만류하였지만 그는 결코 돌아오지 않았다. 임 사장을 비롯한 몇몇 헤더 사업자들이 떠나고 회사는 삼성동으로 확장 이전을 했다.

"오늘 술 한잔합시다."

안내되어 간 곳은 현직 탤런트가 마담역할로 운영하고 있는 자그마한 바였다.

"어서 오세요."

마담은 연기자답게 얼굴이 조그맣고 예뻤다.

강 회장은 어느새 이 여인을 낚아챈 듯했다.

"어제 술 가지고 와라."

"네, 회장님."

몇십 만 원짜리 양주를 먹다 남겨두고 다음에 다시 와서 마시는 강 회장은 상당한 고객이었다.

"아니 회장님은 여기를 언제부터 아셨어요?"

"아, 며칠 전에 한 번 왔습니다."

"그럼 당일치기?"

둘은 아주 오래된 연인처럼 보였다. 이 바의 마담은 그에게 쉽게 넘어가 버렸다. 술값은 외상, 그러다 돈이 생기면 쉽게 던져준다. 술값으로나 팁으로 일이백만 원 정도 쉽게 써버린다. 제이는 이렇게 대책 없는 씀씀이에 놀라지 않을 수 없었다.

"회장님, 매출도 저조하고 나갈 돈은 많은데 이렇게 하셔도 되는지요?"

"신경 쓰지 마세요. 미국에서 자금을 보내라고 하였으니 곧 올 것입니다."

미국에서 성공한 CEO의 말은 간단명료했다.

그럼 그렇지. 돈을 마구 쓰는 것을 보면 무엇인가 나올 구멍이 있어야만 그럴 수 있지, 암.

삼성동 I 호텔의 VIP 대우는 여전했다. 가요주점, 바, 어디를 가나 강 회장에 대한 깍듯한 예우는 변함이 없었다.

제이는 정말 자산가라 믿으면서도 염려하지 않을 수 없었다. 주위에서 그러한 강 회장의 허세에 불만을 가지고 제이에게 하소연하는 이도 적지 않았다. 그래도 믿을 수밖에 어쩔 도리가 없었다. 그래 가보자, 끝까지. 이것이 사기라면 정말 어처구니없지만 못 믿는 것 또한 잘못일 수도 있다. 만일 이것이 사기라면 기가 막힌 일 세상을 접한 것이니 그 또한 배움이리라 생각했다.

임이 나가면서 한 말을 제이는 기억한다.

"지사장님, 강은 돈이 없는 것 같습니다. 그리고 하나같이 거짓말투성입니다. 사기꾼입니다."

"그래요? 만일 그가 사기를 친다면 난 한수 배워야겠습니다."

"세상에 이런 일이 있을 법이나 한가요?"

"내일이면 알 일을 거짓말을 한다면 그게 말이나 되는 일인가요? 난 믿고 싶습니다."

남을 속이고 사기를 치려면 용의주도해야 하고 철저한 자기 관리가 필요하다. 그러나 그의 화술과 행동들의 실체가 서서히 수면 위로 올라오기 시작했다.

강 회장의 거짓말은 아주 자연스럽고 태연자약했다.

"이 지사장. 지난주에 벤츠를 미국에서 배에 선적하였으니 약 15일

후면 도착할 것입니다. 그 차를 여기서 지사장이 타도록 하세요."

"네, 회장님."

이 말을 함께 들은 관리담당 민 이사가 말했다.

"지사장님, 아직 벤츠가 도착하지 않았나요?"

"글쎄요."

그 후로 제이는 벤츠에 대하여 기대도 하지 않았다.

강 회장은 미국 회사에 잠깐 다녀온다며 일주일 만에 들어왔다. 함께 미국에서 온 제니퍼 한은 미국법인을 총괄관리 하는 대표였다.

"안녕하세요, 이 사장님. 회장님으로부터 많은 말씀 잘 듣고 있습니다."

그녀는 똑 부러지게 회사관리를 하는 듯했고 강 회장에 대한 신뢰가 무척 깊었다.

그에 비하여 강 회장은 회장이라는 명칭과는 달리 한국의 모든 업무를 혼자만이 운영했다. 수당정산, 지급은 물론 특히 통장관리는 본인이 직접 입출금을 했다.

부자들은 돈과 관련해서는 누구도 믿지 못하여 직접 확인하고 꼼꼼히 직접 챙기는 것이라 생각했다. 특히, 미국에서 온 그는 한국 내에서 자금을 마음대로 맡기는 것은 불안하기도 했으리라는 생각도 들었다.

본사라는 미국의 상황 보고는 미시즈 한을 통하여 수당정리 리포트 뿐이었다. 한국지사장이라는 제이와 담당관리 이사, 여직원은 그의 지시와 결정에 따라야만 했다.

"회장님!"

"네."

"미국에서 성공하신 회장이라는 존칭에 걸맞지 않은 행동을 하신다고 회원들이 의아해하고 있습니다."

"무슨 말씀을……."

강 회장은 보던 서류를 계속 만지며 말했다.

"어느 정도 회사가 안정될 때까지만 직접 관리를 하겠습니다."

민 이사의 차분한 경영관리는 강 회장과 정반대였다. 제이를 보좌하면서 그 또한 강 회장에 대한 불신이 고조되었다. 하지만, 민 이사는 인내심과 유화적인 언행으로 차근차근 강 회장을 설득해 보았지만 아무 소용이 없었다.

제이는 과감한 성격, 민은 온유한 성격, 이들 둘은 강 회장의 여러 가지 언행불일치로 돌아오는 회사의 이미지 손상과 매출중단에 대해서 고민했다. 제품의 수입한계(정상적인 통관절차를 무시)와 판매기법의 한계를 실감하게 되었다. 제품의 질 또한 그 한계를 넘지 못했다.

그러던 중 동남아로 진출할 기회가 오는 것 같았다. 김창영이가 회사의 사업자로 들어왔다. 그는 영어회화가 능숙하였고, 미국, 동남아의 영어권 인프라를 알고 있었다. 또 그는 홍콩, 방콕, 필리핀, 파키스탄 등에 사업할 수 있는 조직을 가지고 있다고 했다.

강 회장은 그의 말을 듣고 추진할 것을 제이에게 지시했다.

제이의 외국 첫 진출은 미스터 김과 동행한 홍콩이었다.

비행기로 날아 도착한, 말로만 듣던 홍콩 공항이 제이에게는 처음 접하는 별다른 세상이었다. 아주 촘촘히 올라간 빌딩, 의외로 문틀이 작게 만들어진 아파트, 달리는 차창 밖의 풍경은 새로운 세상을 만나는 제이 마음을 설레게 하는 데 충분했다.

단장된 도로를 지나고 넓고 깨끗한 터널을 지났다.

도시 중심에 자리 잡은 높은 빌딩의 한 고급 호텔에서 여정을 풀고 간 곳은 중국식당이었다. 중국에서 직접 접하는 음식은 처음이라 신기하였지만 입맛이 제이에게는 맞지가 않았다.

홍콩에서 사업설명은 TM 회사가 미국을 본사로 시작해 한국지사를 두고 앞으로 여기 홍콩에 진출할 야심찬 계획과 재정규모가 큰 회사라고 소개했다.

그들은 네트워크 시장의 신뢰와 비전에 대해서는 한국과는 달리 모두가 긍정적인 듯했다. 그들은 현재 홍콩에서 사업진행 중인 회사 몇 곳으로 안내해 주었다. N 스킨, A 회사 그리고 글로벌 네트워크 사업을 진행하고 있는 회사를 방문했다. 바닥에 대리석이 깔린 깔끔한 인테리어, 좁은 공간을 화려한 디자인으로 장식한 것이 인상적이었다.

그들은 새벽 2~3시까지 미팅을 한다고 했다. 장소는 호텔 로비 또는 공공장소를 잘 활용하고 있었다. 물론 사무실에서 미팅하고 교육하는 것은 당연하지만, 외부의 미팅은 대다수가 공공장소를 이용하는 것 같았다.

그들은 대단한 조직을 가지고 있다고 했다. 수만 명의 인프라를 구성하고 있는 대학생들과의 연대활동과 중국 본토의 국경선 인근지역 산천 등지에서도 많은 인프라가 확보되어 있는 굵직한 조직력을 자랑했다. 중국 음식과 문화를 접한 제이는 국제비지니스의 첫 무대 경험에 매료되어갔다.

홍콩의 음식은 이틀 만에 제이를 질리게 했다. 미스터 김은 제이의 식사를 위해 택시를 타고 한국식당으로 안내했다. 제이는 한국 식당 간판을 보자마자 생기가 돌았다. 지금까지 살아오면서 단식을 하는 것 외에는 이틀이라는 긴 시간 동안 한국 음식을 먹어 보지 않은 적이 없었기에 김치의 맛은 더욱 소중했다.

50여 년 동안 살아오면서 먹어온 음식이 이토록 그리울 줄은 생각도 못했다. 내 나라 음식을 만들어 주는 그 식당 주인이 고마웠다. 김치의 맛과 구수한 된장을 한껏 음미하고 호텔에서 7일 동안 사업자들을 만났다.

비즈니스 설명은 김이 영어로 유창하게 했다. 제이는 한국대표 사장으로 소개되었고 그들은 제이를 반겨주었다. 그들의 사무실을 방문한 제이는 열악한 사무실 구조를 보고 실망하였지만 내색하지는 않았다. 조그만 사무실 구식건물 좁은 공간 안에서 회사소개와 프레젠테이션을 했다.

강 회장은 3일 뒤에 홍콩을 방문했다. 그의 국제 비즈니스 경험과 음식 먹는 법, 화술, 표정, 언행은 능수능란했다.

특별히 준비된 중국식 저녁 만찬은 성대히 이루어졌다. 그날 초대받은 사람 중에 파키스탄인 칸을 만날 수 있었다.

다음 날, 허름한 건물 안 아랍인 식당, 카레와 그들의 매캐한 냄새가 제이의 코를 자극했다.

칸 그리고 샨 파키스탄인 몇몇과 인사를 나누었다. 제이는 그들의 음식 먹는 법을 배우며 먹으려 했지만, 맛과 향기의 거북함으로 곤욕을 치렀다.

파키스탄의 회원확보를 위해 세미나 개최를 위한 방문 계획을 세우고 파키스탄 현지에서 행사를 할 수 있도록 준비가 완료되면 연락하기로 하고 헤어졌다.

제이는 첫 외국 방문 나라인 홍콩에서의 일주일간 경험을 뒤로 한 채 한국으로 귀국했다.

그 후 계속되는 미스터 김의 전화연락으로 파키스탄 사업진행을 점검했다.

샨은 파키스탄 내에서는 상당한 재력가의 아들로 소개받았다. 그가 추진하고 있다는 소식을 접했다. 그러건서 그들은 약 10명 정도를 한국으로 방문하도록 하여 회사의 제품 및 시스템교육을 받아 파키스탄

내에서 사업을 시작하기로 한다는 보고를 받았다.

제품구매조건으로 1인당 약 10,000$를 준비하기로 했다. 회사의 판단은 파키스탄인구의 총 1억 5천만 명 중 부유층 1%인 1백5십만 명을 대상으로 당뇨, 고혈압, 비만 등에 대한 공략 가능성을 타진한 것이다.

회사의 재정은 점점 어려워졌다. 이제는 김창영에게 의지할 수밖에 없었다. 김창영의 국제통화로 계속 샨과 연락을 주고받았다. 국내의 매출 둔화의 돌파구로 진행된 해외진출은 한국매출을 다시 끌어올리는 데 기여하지 못했다. 그것은 강 회장에 대한 불신과 회사 재정악화, 리더사업자들의 능력부족 등이 치명적으로 작용했다.

드디어 파키스탄에서 소식이 왔다.

파키스탄 현지에서 약 250명가량 참여시키는 교육 준비와 환영식, 그리고 사업설명회를 갖기로 하고 제이와 김창영이 출국 준비에 만전을 기했다. 파키스탄만 갔다 오면 약 10만 불이 매출되어 오는 것이었다. 그리고 그 매출이 태국, 홍콩과 연결되어 국제비지니스가 진행되는 첫 출발의 신호탄으로 작용될 것임에 마음이 바빴다.

그런데 출국하는 날 문제가 생겼다. 갑자기 김창영이 못 간다는 것이었다. 황당한 일이 벌어진 것이다. 모든 일을 추진한 당사자가 못 간다고 하니 기가 막힌 일이었다. 그는 나타나지 않았다. 집으로 전화를 했더니 그의 아내가 전화를 받아 못 간다고 하며 전화를 바꿔주지 않는 것이었다. 결국 그날은 출국하지 못했다.

오후에 만난 김창영은 돈을 요구했다. 생활비가 없다는 것이었다. 둘이 들어갈 경비를 마련하는 것만으로도 매출이 없는 회사로서는 부담이 되고 있었는데 미스터 김의 생활비까지 마련하여야 하니 사실 난감한 상황이었다. 그래도 강 회장은 자금이 미국에서 들어온다고 큰소리 뻥뻥 치고 있었다.

그가 원하는 이백만 원을 마련해 전해주고 다음 날 출국했다. 왠지 쓸쓸한 감정을 묶어둔 채 제이와 김은 홍콩을 경유하여 파키스탄으로 향했다.

'나호르' 국제공항 상공 위에서 기류기상으로 엄청난 기체의 흔들림이 일어났다. 승객들은 공포 속에 상당한 시간을 보내야 했다.

제이는 공수부대 수송기를 탄 경험이 있었지만 이렇게 심한 기체의 흔들림을 겪지 못했다. 기류의 변화로 오는 기체 흔들림은 모든 승객을 생명위협의 공포로 몰아가기를 몇 번이나 했다.

항공기는 착륙을 보류하고 수십 분간 공항 위를 배회했다. 그러한 위험의 순간을 잠시 맛보는 짜릿한 경험도 하면서 겨우 착륙하는 데 성공했다.

파키스탄 '나호르 공항의 시설은 가히 국제공항이라고는 도저히 믿기지 않는 열악한 시설이었다.

47
파키스탄의 국제공항 나호르, 열악한 그 후진성에 놀라

무더운 날씨였다. 공항버스를 탔는데 아주 낡은 버스에 에어컨도 없
었다. 그러다 중간에 고장이 나서 다시 다른 버스로 갈아타야만 했다.

마중 나온 칸과 샨 그리고 일행들은 제이와 김을 환영하여 주었다.
그들만의 환영 방법은 준비해 온 꽃목걸이를 목에 걸어주는 것이었
다. 그 꽃목걸이 때문에 와이셔츠에 붉게 꽃물이 들어 자국이 남고 말
았다.

그들의 안내로 공항을 나오는데 어, 이건 또 무엇인가? 주차장 입구
매표소는 없고 흰 아랍 복장에 흰 두건을 쓰고 있는 한 사람이 주차
비를 받고 있었다. 주차요금을 받은 후 길게 뻗은 대나무 끝자락에 매
단 돌을 누르니 가로막고 있던 대나무가 주욱 올라간다. 통과!

2,000년대의 파키스탄 경제 수준은 엄청 낮았다. 50여 년 전 한국과
파키스탄은 거의 똑같은 수준이었다. 하지만 그 후의 상황은 엄청나게
달라져 있는 것이다. 그들은 지금 Korean Dream을 꿈꾸며 한국에서
일을 하고 돈을 벌기를 원하고 있었다.

나호르 시내의 최고급 호텔에 여정을 풀었다. 하지만 이 호텔은 제이
를 실망시키기에 충분했다. 객실 안의 옷장은 아랍인들의 몸에서 나는

독특한 냄새에 기겁할 정도였다. 도저히 참을 수 없는 고통이었다. 옷장 안에 옷을 걸지 못할 정도로 그 냄새가 대단했다. 입고 있던 옷을 옷장 문고리에 그냥 걸어두고 하룻밤을 보냈다.

귀한 손님에 대한 그들의 예우는 깍듯했다. 아랍권의 국가들은 대다수가 술을 팔지 않았다. 그런데도 암암리에 양주 거래가 이루어지고 있었다. 그것을 알고 있던 칸은 손님 접대로 맥주를 구입해 주었다. 제이는 술은 못하지만 맥주 한두 잔은 괜찮았다.

아침 식사 시간은 뷔페식이었다. 그러나 제이에게 맞는 입맛을 느끼기에는 역부족이었다. 삶은 계란 2개, 토스트 1조각, 주스 한 잔으로 만족해야 했다. 나머지 스프, 여러 가지 음식은 그들이 즐겨먹는 독특한 향으로 만들어져 그것에 익숙하지 않은 제이는 먹는 것을 포기했다.

칸으로부터 연락이 왔다. 그들은 제이와 갑을 데리고 사업설명회를 위한 장소로 이동을 하기 위해 출발했다.

파키스탄의 나호르 거리는 너무나 한국과 달랐다. 열악한 정도가 아니었다. 마차, 자전거, 오토바이, 승용차가 먼지를 일으키며 달린다.

사람을 실어 나르는 자그마한 소형버스 위에는 짐과 사람이 함께 얹혀 달려갔다. 버스 안 역시 숨조차 쉴 틈을 주지 않을 정도로 만원이었다. 그것도 모자라 차량 뒤쪽에 매달려 달리는 광경은 위험천만이지만 그들은 자연스럽기만 했다. 난폭운전은 기본이었다.

국도로 달리는 1차선도로는 포장, 비포장을 번갈아 지나면서 넓디넓은 광활한 들판을 가로지르며 자동차들이 쉴 없이 달려가고 있었다. 곡식을 심은 곳, 파릇파릇 돋아나는 밭이 띄엄띄엄 보일 뿐, 황폐화된 땅은 끝없이 펼쳐져 있었다.

낡은 자동차, 버스의 곡예는 상상을 초월하는 난폭운전으로 아슬아슬하게 넘기는 위험한 곡예는 잠시 준간이라도 줄 여유를 주지 않았다. 거기에다 칸의 운전 솜씨 역시 장난이 아니었다.

"헤이, 칸. 모 슬로우, 프리스.(More slow please!)"

짤막한 영어가 튀어 나왔다.

그는 장난기 어린 모습으로 웃으면서 마냥 달렸다.

한참을 달리다가 휴게실에 멎었다. 허름한 단층짜리 건물이었다. 간이음식점이라고는 도저히 믿을 수 없는 광경이었다. 수수깡 한 다발을 묶어 벽에 기대어 둔 거기에 파리 떼가 새카맣게 붙어 있었다. 그것으로 즙을 짜서 판다고 했다. 그것도 없어서 못 마시는 형편인 사람이 많다는 것이다.

"헤이, 제이! Would you like something to drink?"

"Restroom please(잠깐 화장실 좀……)!"

손으로 가리키는 곳으로 들어간 순간 제이의 숨이 본능적으로 멈춰졌다. 네모난 벽돌만 쌓아 놓고 그 안에 다시 직사각형의 재래식 화장실 구멍 속에 겹겹이 쌓여 있는 파리 떼를 본 순간 제이는 곧장 밖으로 뛰어 나왔다.

"우웩, 미스터 김, 나 주스 먹지 않을래. 화장실도 못 가겠어."

김은 벌써 주스를 한 컵 받아 들고 차에 타면서 말했다.

"왜 그러세요?"

세상에 이런 곳이 아직도 있단 말인가. 제이는 어릴 적 가난한 시절 재래식 화장실을 생각해 봤지만 이렇게 열악한 환경과 그렇게 많은 파리 떼는 보지 못했다.

48
소똥이 겨우살이 땔감으로 사용되는 담장의 광경

차창가로 쌓아올리다 만 벽돌 사이로 어린아이가 보인다.

"저 집을 왜 짓다가 말았나?"

김이 칸에게 영어로 제이의 질문을 통역한다.

이들은 돈을 벌어올 때마다 벽돌을 조금씩 사서 쌓아올리며 집을 짓는다고 했다. 1년이건 10년이건 상관없이 우선 필요한 방을 만들고 그다음 가로질러 기르는 염소나 동물들의 움막을 지어 올라가는 것이다. 그들은 가로지른 통나무를 사이에 두고 가축들과 같이 생활을 한다고 했다.

한참을 달리다 보니 둥글넓적한 원통형 흙더미같이 벽돌 담벼락에 더덕더덕 붙어있는 것이 보였다.

"저것이 뭔가?"

"아, 저것은 소의 똥인데 저 소똥을 반죽하여 만들어 벽에 붙여 말려 두었다가 겨울에 난롯불로 사용한답니다."

한참을 달려서 도착한 곳은 자그마한 호텔이었다. 허름한 집들 사이로 다소나마 깨끗해 보이는 호텔 입구는 총으로 무장한 사립 경비원이 서 있었고, 그 안으로 제이의 일행 차량이 들어섰다. 안내하는 호텔 직원들이 나와 짐을 들고 객실로 따라왔다. 아랍인들 고전음악이 흘러나오고 있었다.

해가 지고 조명이 들어오는 시간이다. 타국에서의 이틀째 호텔은 그나마 적응이 되는 듯 그 쾌쾌한 냄새도 조금씩 익숙해지는지 덜 나는 것 같았다.

2층의 호텔 방은 다소나마 깨끗하게 정리되어 있었고, 그들이 초대한 식당 안의 음식 또한 깔끔하게 나오는 듯했다. 하지만 아직 적응하지 못한 제이는 토스트, 스프, 과일 몇 조각으로 식사를 마쳐야만 했다. 김치생각이 간절했지만 이곳에서 그것을 원하는 것은 너무나 지나친 욕심이었다.

영화에서나 들을 수 있는 아랍전통음악은 제이에게 슬프게 느껴졌다. 열악한 환경과 가난에 찌든 그들의 모습과 흘러나오는 그 음률은 마치 그들을 대변하는 듯했다.

그들의 환영의 저녁 만찬은 수저 없이 손으로 얇고 넓은 빵을 집어 쌀과 고기와 야채를 넣고 싸 먹는 것이었다. 처음 보는 음식들을 어쩔 수 없이 먹어야 하는 별미의 경험은 제이에게 고역이었다.

그럭저럭 저녁 식사가 끝나고 헤어져야 했다. 그들은 나가면서 내일 늦게 올 테니 푹 쉬라고 했다. 그러면서 하는 말이 이 호텔을 나가서 조금 걸어가면 시장이 있는데 거기에 갈 때 절대 혼자서 가지 마라는 것이다. 혼자 가면 납치되거나 위험한 상황이 벌어질 수 있다는 것이었다.

오전에 제이와 김은 그 시장을 다녀보았다. 모래 흙먼지 가득한 시골 장터와 같은, 그들만의 삶의 터전은 열악하였으나 주변에서는 상당한 상권을 이루고 있었다.

거기에 오는 사람들은 남자일 뿐 여성은 전혀 보이지 않았다.

보스 청바지 하나에 10불이었다. 물론 가짜일 테지만 제이는 기념으로 하나 샀다.

기다리기가 지겨운 오전이 지났다. 칸에게서 전화가 왔다. 금방 출발했다는 것이다. 그를 기다리기가 답답했다. 어디 한군데 갈 곳이 없었다. 마냥 호텔 방안에서 그들을 기다려야만 했다. 다시 연락이 왔다. 곧 도착한다는 것이다. 그리고 한 시간이 지났다. 이 사람들이 사업을 하려는지 궁금했다.

금방 도착한다는 사람들이 한 시간이 지나도, 두 시간이 지나도 나타나지 않았다. 혹시 오다가 사고라도 난 것인가, 온갖 궁금증이 앞섰다. 하지만 그들은 한참 후에 여유롭게 타나났다. 아무런 미안함도 없이 그들은 당연한 것으로 생각하고 있었다.

"하이! 제임스."

그들의 여유로운 행동에 의아했다. 제이는 그들에게 심하게 화를 내었다. 엉터리 영어로 한 것은 '50여 년 전에 당신의 나라와 우리나라는 똑같은 경제 수준이었다. 그런데 지금 우리나라는 선진국 대열에 가고 있고 당신들은 그러한 우리나라를 부러워하고 있는 것이다. 우리나라 국민은 시간을 아까워하며 열심히 노력해왔다. 그런데 당신들은 외국에서 온 손님에게조차도 시간개념이 없이 그런 행동을 하니까 그런 결과를 얻는 것이다.'였다.

엉터리 영어실력으로 제이가 다시 말했다.

"시간이 곧 금이다."

엉터리 영어를 이해시키는 몫은 김이 해 주었다.

"Where is Gold?"

그들은 시간에 대한 개념이 전혀 없는 듯했다.

제이는 이번에 한국에 들어가면 꼭 영어를 배워서 유창하게 외국인과 사업을 해야겠다고 다짐했다. 그들은 오직 먹는 것, 잠자는 것, 섹스를 하는 것이 인생의 즐거움이라는 것이었다. 하지만 그것을 얻기 위해서 시간과 신용, 노력이 얼마나 중요한 것인지를 모르고 있었다.

김의 통역에 따라 내일 12시에 사업설명회 준비를 위한 의견을 주고받고 다시 헤어졌다.

멍한 하루의 시간을 보내고 사업설명회 시간이 다가왔다. 행사장으로 이동했다. 차를 세워두는 주차장은 생각보다 넓고 시멘트로 포장되어 있었다. 예식장이라고 하는 행사장 안은 귀빈석과 방청석으로 나뉘어져 있었으며 방청석 중간에 캠코더가 설치되어 있었다.

제이와 김, 칸은 사회자의 소개와 안내에 따라 방청석 중간으로 걸어가 준비된 단상 위의 귀빈석 의자에 앉았다. 그 옆으로 전직 장성 출신과 몇몇 귀빈들이 앉았다.

그중에 전직 장성 출신이 환영사를 했다. 그들의 말은 알아들을 수가 없었지만 제이를 환영한다는 듯 그의 뒤돌아보는 모습과 손짓으로 반기는 이야기를 하는 듯했다. K와 칸의 영어 설명을 통하여 칸이 아랍어로 설명을 했다.

잠시 후 식사 시간, 핫도그와 샌드위치 하나씩과 음료수 한 개씩을 받은 참석자들이 너무나 맛있게 먹는 모습을 볼 수 있었다. 제이와 김은 그저 회사 사업에 관심이 있어 찾아온 사람들로 알고 만족했다. 하지만 이것이 빵을 얻어먹기 위해 아무 목적 없이 참석한 사람일 줄이야. 제이와 미스터 김은 알지 못했다. 이것이 칸이 제이를 속이기 위한 연출이라는 것을 나중에 한국에 가서 알게 된다.

약 2시간의 행사 시간이 흘러갔다,

그날 하룻밤을 보내고 새벽에 다시 나호르로 이동했다. 시내에 내려 파키스탄의 수도 행정도시인 이슬라마바드를 향해 고속버스로 이동했다. 끝이 보이지 않는 확 트인 끝없이 펼쳐진 고속도로. 통행량이 거의 없는 한산한 넓고 조용한 고속도로 위를 바라보는 제이는 운전대를 잡고 쉼 없이 질주하고 싶은 충동을 느꼈다.

이렇게 잘 만들어진 도로는 한국의 기업인 D 회사에서 만든 것이었다. 이곳을 만들어 놓고 공사대금을 받지 못해 고속버스 운영을 한국기업에서 맡고 있었다.

제이도 미스터 김도 한국기업체에서 운영하는 터라 한국인에게는 좌석배정부터 특별한 대우를 해 주었다.

가도 가도 끝이 없는 고속도로. 외국 나들이의 이국적 풍경에 젖어 달리는 차창을 응시하며 졸다 깨다 반복했다.

그들은 이슬라마드 행정도시에 도착했다. 다시 택시를 타고 영사관을 찾았다. 칸이 제시한 한국방문자의 여권으로 비자를 신청하기 위해서였다. 고속도로 옆 조금 떨어진 외곽지 한쪽에 돌산이 보이고 여기저기 각 나라별 국기가 하늘하늘 나부낀다. 비포장도로를 지나서 검문소 2곳에서 검문을 하고 한국영사관에 도착한 시간은 오후 4시경이었다.

영사관 안에서 담당자와 만나서 비자를 받는 절차를 설명 들었다. 그러나 영사관 담당자는 비관적인 이야기를 했다. 신청인이 약 10명인데 그들에게 전부 비자를 발부하기가 쉽지 않다는 것이다. 그들은 서류를 카피, 위조하는 것이 보편화되어 있다는 것이었다.

여기 사람들은 거짓말로 서로 속이며 살아간다고 했다. 친인척간에도 서로가 서로를 못 믿는다고 할 정도로 불신과 견제를 하며 생활을 한다고 했다. 그들은 말뿐이며 사업자 등록증, 세금납부현황, 통장거래내역 모두가 가짜로 얼마든지 만들 수 있다고 했다. 하지만 제이는 그들을 데려가기 위해 최선을 다하겠다며 제반서류 준비에 만전을 기했다.

일단 영사관에서 요구하는 비자 신청절차에 대한 제출서류 요건을 갖추기 위해 담당자로부터 설명과 각종서류를 제시받았다.

"기간이 걸릴 텐데 어디에서 묵을 예정이세요?"

"글쎄요. 여기 한국 식당이 있나요?"

"아, 저기 저분이 한국 식당 주인이에요. 같이 가시면 됩니다."

"어이, 이 사장님! 여기 한국 분이 오셨는데 같이 안내 좀 해주시죠."

"네, 네."

깡마른 몸과 작은 키가 한국 사람같이 보이지 않고 동남아계 사람 같았다.

그가 가는 곳으로 대절한 택시로 뒤따라갔다. 그는 반갑게 제이 일행을 맞았다

2층 양옥집 담장 밖의 정원과 실내 정원에 심어진 잔디, 대궐 같은 주위의 집, 담장 주위로 쭉쭉 뻗은 열대림 나무들……

상당한 부자들만 사는 곳 같았다. 여기 저기 총을 멘 사설 경비원들이 집 앞을 지키고 있었다. 작게는 약 50평에서 100평 상당의 이층집들이 바둑판같이 잘 지어져 있었다. 여기가 파키스탄의 행정 도시로 세계에서도 알아주는 잘 기획된 도심지라고 했다.

다행히 여기 한국 식당은 숙식 모두 가능했다. 1일 경비는 화폐가치에 따라 저렴하게 이용할 수 있었다.

주인의 안내로 2층에 올라가서 침대가 2개 놓인 방에 짐을 풀었다. 더운 날씨라 뜨거운 열기가 방 안을 메웠다. 석회질이 많은 욕조의 찌꺼기가 여기저기 묻어 있었고, 많이 사용하지 않은 샤워기는 틀어도 많은 양의 물을 뿜어내지 못했다.

간단한 샤워를 끝내고 식당으로 내려왔다. 나름대로 식탁과 의자는 정리되어 있었다. 종업원은 파키스탄 현지인만 둘이었다.

식탁에 오른 밥 냄새를 맡으며 김치, 콩나물, 깻잎 등의 음식을 보는

순간 그 향기와 입맛에 흠뻑 젖었다. 제이와 미스터 김은 그렇게도 그리워하던 한국 음식을 먹기 시작했다. 마치 걸신들린 것 같았다. 그들의 심정을 안 식당주인은 아예 밥을 별도의 그릇에 듬뿍 가져다 놓아주었다. 한 그릇을 다 채우고 다시 한 그릇을 담아 먹었다. 며칠 동안 음식다운 음식을 먹어보지 못한 그들에게는 진수성찬, 아니 평생 잊지 못할 그렇게도 그리웠던 음식이었다.

이 씨는 혼자서 식당운영을 하고 있었다. 파키스탄 무역 중에 두 컨테이너 제품 값을 받으러 왔다가 돈도 받지 못하고 물건만 떼이고 빚더미에 오르게 되어 한국에 돌아 갈 수가 없었다고 했다. 그는 오갈데 없는 몸이 되어 한국에 가지도 못하고 지인의 도움으로 여기에서 식당을 운영하게 되었다는 기막힌 사연이 있었다.

한국을 떠나온 지 일주일이 흘렀다. 강 회장과 가끔씩 전화를 할 뿐할 일 없이 기다리는 지루한 나날을 보내야만 했다.

며칠이 지나 식당주인의 알선으로 제이와 김은 파키스탄 내에 있는 1억 년 이상이 된 돌소금광산을 찾았다. 흙먼지 나는 좁은 국도를 따라 달렸다. 그들은 도로 위 자갈길을 만들기 위해 돌을 망치로 쪼개는 일을 하고 있었다.

이들의 도로 건설 방법은 너무나 열악했다. 기계보다 손으로 하는 것이 인건비용이 오히려 싸다는 것이었다.

나무가 없는 황토 흙더미 같은 산이 보이고 그 밑에 레일이 깔려 있었다. 레일을 따라 들어가는 입구의 터널이 보였다.

입장료를 내고 안전모를 쓰고 수동식 관광객 좌석 칸에 올라탔다. 내리막길을 따라 달리는 굴속은 조그다한 전기불로 이어져 있었고 울긋불긋 돌소금이 군데군데 파져 드러나 보였다.

벽돌같이 잘라 놓은 붉은 돌소금들, 여러 모양의 돌소금이 동굴 곳곳마다 형형색색 모습을 가지고 있었다.

제이는 돌소금으로 만든 램프와 조명등 몇 가지를 기념으로 구매했다. 이것이 계기가 되어 다시 파키스탄으로 올 기회가 된다.

영사관에 전화를 하여 진행 여부를 물었더니 추가 서류를 요청했다. 칸에게 추가 서류를 만들어 오게 하여 다시 접수를 한 결과 영사관에서는 비자가 발급될 소지가 적다는 것이었다.

제이는 강력하게 항의했다. 한국에서 사업을 위하여 먼 이국땅에 온 사람을 협조하지 않고 불가능하다는 것은 너무나 황당했다. 그리고 영사관에서 추가 요구한 제출 서류 또한 구비하여 제출되었는데 비자가 나올 수 없다는 것은 이해가 되지 않았다.

강 회장에게 이러한 내용을 전했다. 강 회장은 조금만 기다려 보라는 말을 남긴 후 다시 연락이 왔다. 비자가 발급될 것이라는 희망적인 이야기를 전해 주었다.

약 20일이 지나서 비자발급 가능성을 통보 받고 있을 때 미스터 김은 먼저 귀국하겠다고 했다. 영어도 못하는 제이를 혼자 두고 그가 먼저 가겠다는 것이 이상했다.

"미스터 김, 왜 가야 하나? 나랑 같이 있다가 함께 가요."

"사장님! 방콕에 가서 쟌과 미리 미팅을 해두고 그쪽 인원들도 점검을 해야 될 것 같습니다."

"아니 그것은 나중에 함께 가서 해도 되잖아. 여기 있다가 같이 가자니까."

"여기 칸이 주도하여 돈을 각자가 1만 불씩 소지하여 한국에 내리자마자 입금하기로 약속되어 있습니다. 이야기는 다 마무리 되었으니 비자만 나오면 됩니다. 약속은 다 되어있으니 그냥 저들과 함께 들어오시면 됩니다. 제가 다 조치를 취해 놓았으니 걱정하지 마시고 들어오십시오. 들어오면 바로 입금시키도록 칸과 약속이 되었습니다."

　그는 먼저 귀국하겠다는 고집을 버리지 않았다. 불과 며칠 상관인데 그가 먼저 간다는 영문을 몰랐다. 화를 내기도 하였지만 막무가내였다.(여기에 엄청난 계략이 있을 줄은 제이는 전혀 몰랐던 것이다.)

　하는 수 없이 그를 먼저 떠나보내고 파키스탄에 첫발을 내디딘 제이는 혼자가 되었다. 한국에서 연락이 오기만을 기다려야 했다.

49
10명 비자 발급과 한국행 출국 수속, 피 말리는 기다림

3일 후 영사관에서 연락이 왔다. 10명 모두에게 비자가 발급되었다는 것이었다. 칸과 함께 찾아간 영사관으로부터 여권을 받았다.

약 한 달간의 긴 여정을 보낸 이슬라마바드 한국 식당을 뒤로 하고 나호르 국제공항으로 가는 고속버스를 탔다.

혼자서 시간에 맞추어 10명의 파키스탄인 사업자들과 공항에서 만났다. 비행기 이륙시간이 다가오는데 총책임자인 칸이 나오지 않았다. 제이는 다급해지기 시작했다. 계속해서 칸에게 연락을 요구했다.

"Where is Khan!"

재촉할 방법은 짤막한 이 영어 한마디뿐이었다.

"Hey! Shan! please call him. hurry up. hurry up."

영어가 부족한 제이는 샨에게 재촉할 뿐이었다.

아니 이런 변수가 있나? 출국 수속을 받아야 할 시간에 칸이 나타나지 않다니……. 연락도 없는 기다림은 정말 피를 말리는 시간이었다.

거의 비행기 이륙시간이 다 되어 연락이 왔다. 아내가 교통사고가 나서 오늘 출발하지 못하니 내일로 미루자는 것이었다. 한국에 다시 연락하여 출발을 내일로 미루기로 하였더니 강 회장은 이상한 생각이

든다고 했다.

"이 사장, 그 사람들 믿을 수 있어요?"

"지금까지 진행해 온 것을 믿어봐야죠."

다음 날 함께 공항에 나온 일행들은 칸을 조다시 기다려야만 했다. 다시 연락이 닿은 칸은 마누라가 교통사고로 죽었다고 했다. 그러니 장사를 지내고 바로 출발할 테니 먼저 일행을 데리고 가라는 것이었다. 하는 수 없이 제이는 그들을 데리고 나호르 출국장을 들어갔다.

제이는 부족한 영어실력으로 그들이 가지고 있는 각각의 1만 달러를 잘 가지고 가라는 확인을 하고 주지시켰다. 짤막한 엉터리 영어 실력은 계속되었다. 10명에게 직접 똑같은 방법으로 확인했다.

나호르 국제공항의 화장실은 앉아서 대소변을 보는 한국의 재래식 화장실과 같았다. 이들은 남자가 소변을 보면 서서 보는 것이 아니라 앉아서 본다고 한다. 공항 대기실은 더운 날씨와 파키스탄인들의 쾌쾌한 냄새와 어우러져 숨이 막힐 것 같았지만 10여 명을 데리고 약 10만 불이라는 매출을 가지고 한국으로 귀국하는 것이 너무나 다행스러운 일이었다. 짧은 영어지만 서로 손짓 발짓 눈과 마주치면서 농담도 하며 한국으로 가는 시간은 행복했다.

"Hey! Are you ok?"

"Yes, James. good. good."

그들을 데리고 가는 제이는 많은 것들을 이야기해주고 싶은데 자신의 짤막한 영어 실력에 영 말을 할 수 없으니 답답하기만 했다.

한 달간의 긴 여정을 뒤로 하고 인천공항에 도착한 제이와 일행은 무사히 입국장을 통과했다. 강 회장을 비롯한 회사 직원들의 환영을 받으며 출구를 나왔다. 그리고 대기하고 있는 전세버스에 올라탔다. 긴장이 풀리는 듯 버스 안에 올라앉자 졸음이 왔다.

인천 공항을 출발하여 삼성동 사무실에 도착한 후 짤막한 교육을 끝내고 가지고 온 돈을 입금할 것을 김에게 요구했다. 그러나 그들은 칸이 오면 돈을 내어 놓겠다는 것이었다. 아무런 생각 없이 그들이 원하는 대로 하게 했다.

경부고속도로를 출발하여 부산 태종대를 들러 오는 1박2일의 일정으로 관광여행길에 올랐다. 가는 곳곳마다 그들이 부러워하는 한국의 아름다운 강산을 마음껏 추억을 담아가게 해 주었다.

여행을 마치고 저녁 늦게 도착해 삼성동 사무실 뒤쪽에 있는 모텔에서 그들을 재웠다. 그러나 칸에게는 아직 연락이 없었다. 그들을 보호하기 위해 옆방에서 직원 2명이 그들과 함께 숙박을 했다.

익일 아침에 일어나서 식사와 정식적인 교육을 시키기 위해 그들을 안내하게 했다. 그 모든 일정은 김이 주도를 해야만 했다. 영어로 말할 수 있는 사람은 그였기에, 그리고 그가 주선한 사업계획이었기에 그에게 의존할 수밖에 없었다.

50

파키스탄 한 달, 물거품이 되는 순간

아침 8시경에 연락이 왔다. 어제 온 파키스탄인들이 없어졌다는 것이다. 제이는 부랴부랴 김창영에게 전화를 했다. 그는 깜짝 놀란 모습으로 사무실에 도착했다.

"칸과의 연락은 어떻게 되었어요?"

"어제 도착한다고 했는데 확인이 되지 않네요."

제이는 어안이 벙벙했다. 도저히 믿기지 않는 상황이 벌어진 것이다. 정말 기가 막혔다.

강 회장의 의심은 김창영에게 돌아갔다. 제이와 강 회장은 김창영에 대해서 세심하게 되새겨 보았다. 처음부터 가지 않으려 했던 그의 황당한 행동, 그나마 그가 요구하였던 조건을 들어줘 하루 늦게 가게 되었지만 뭔가 의심이 갔다. 그리고 먼저 귀국한 점도 이상했다.

그들과의 대화는 유일한 그만의 채널에 따라 진행되었던 것이다. 만약 돈이라도 먼저 받았다면 왜 돈을 근이 칸이 와야만 준다고 하였을까. 전혀 의심이라고는 해보지 않았던 것에, 그리고 의심할 이유도 없었던 것에 뒤통수를 맞은 것이다.

머리가 복잡했다. 김창영을 불러 다시 물었다. 침통한 듯 침울한 그의 모습으로 더 이상 명쾌한 답을 들을 수가 없었다. 1개월간의 경비를 쏟아 부어가며 만들어낸 결과가 하루아침에 무너진 황당한 일에 강 회장과 제이의 심정은 이루 말할 수가 없었다.

그 다음 날 오후에 한 통의 전화가 왔다. 10명 중 1명이 지금 국내 거주 파키스탄인과 함께 있다는 것이다. 국내에 있는 파키스탄인은 한국 여인과 결혼하여 국내에서 동포들을 상대로 식당을 운영하고 있었다.

강 회장은 그와 통화해서 이탈된 사람을 데리고 오게 설득했다. 한참 후에 다시 전화가 왔다. 먼저 사무실에 찾아오겠다고 했다. 그는 사무실에 찾아와서 제이, 강 회장과 대화를 했다.

강 회장은 그에게 일행을 찾게 하거나 데리고 오면 충분한 보답을 하겠노라며 특히 한국에서 어려움이 있을 때 적극적으로 도와줄 것임을 약속했다. 그는 이탈자와 만난 정황 등 그들로부터 들은 이야기를 해주었다.

새벽 4시에 주동자가 일어나 각 방을 다니며 일행들을 깨웠다. 하나둘씩 모텔을 빠져나간 뒤 그들이 모인 곳은 한적한 곳이었다. 자다가 일어나 불려나온 일행 중 슌은 아무것도 모른 채 그들의 이야기를 듣고 있었다.

상황을 모르는 슌은 제이가 어디 있느냐고 물었다. 이들은 사실 이야기를 했다. 한국에 불법 체류하여 돈을 벌려고 왔다고 했다. 1만 불은 한국입국, 일자리 알선 조건으로 수수료 및 소개비조로 브로커에게 건네주기로 약속된 것이었다. 그러니 브로커인 칸은 함께 들어오지 않고 뒤이어 입국하여 다른 장소에서 만나 돈을 건네받기로 한 것이었다.

유일하게 TM 사업을 하러온 슌은 그것을 모르고 따라온 터라 자기는 처자식이 있는 파키스탄으로 돌아가겠다며 강력히 항의를 하자 몰래 손을 버리고 떠나 버렸다.

　오도 가도 못하는 신세가 된 손은 파키스탄으로 연락하여 한국에 거주하는 사람과 연결된 것이었다.

　다음 날 그는 이탈자인 손을 데리고 왔다. 회사에서는 그를 반갑게 맞이해 주었다. 그 내용을 상세히 듣고서는 그를 본국으로 보내주기로 했다. 회사에서는 그를 공항까지 바래다주었다. 그런데 그 역시 공항까지 출입국 절차를 밟는데 쫓기어 티케팅을 해야만 하는 시간 개념이 없었다.

51

잠복, 추적, 검거

드디어 그들이 광주 어느 곳에 있다는 연락을 받았다. 제이와 강 회장은 경찰 직원들과 함께 봉고차에 몸을 싣고 추적에 나섰다. 신고가 된 입구에 제이 일행의 차량이 멈추고 잠복에 들어갔다.

점심이 되자 길가 슈퍼에 들어가는 파키스탄인 한 명이 눈에 들어왔다. 바로 제이와 함께 온 사람 중 한 사람이었다.

"저기, 그래, 저 놈이다."

제이는 흥분되었다. 막걸리와 라면을 싸들고 공장 안으로 들어가는 것을 목격하고 뒤쫓아 들어갔다. 제이를 보는 순간 그들은 깜짝 놀랐다. 그들 셋을 봉고차에 태웠다. 차 안에서 강 회장은 흥분을 가라앉히지 못하고 주먹으로 얼굴을 갈겼다.

"이 개자식, 누구를 속여. 야, 이 새끼야!"

"아이구, 아야! 아파요. 때리지 마세요."

엥, 한국말을? 그럼 이 자는 벌써 파키스탄에서부터 우리들의 말을 다 듣고 있었단 말인가? 제이는 기가 막힌 듯 그를 바라보고만 있었다.

"너 이 자식 한국말을 할 줄 아는구나?"

세 명은 조사를 받는 과정에서 한국말로 주고받을 수 있어서 다소 도움이 되었다.

제이와 강 회장은 김창영에 대한 의심을 가지고 파키스탄인 세 명의 조사과정에서 진상을 밝혀줄 것을 요구하였지만 별다른 혐의를 잡기에는 역부족이었다.

검거된 그들 세 명은 강제 추방되었다.

세 명의 추방으로 회사에서 계획된 불법체류 알선인 '맨-파워' 행위의 오해를 씻었지만 또 다른 나머지 사람들을 찾기에는 아무런 대안이 없었다. 그리고 그들을 찾는다고 허서 소요된 경비와 별다른 수입이 될 수 없었기에 포기하고 말았다.

사건의 의문은 김창영에게 돌아갔지만 정확한 범죄의 실마리를 찾지 못하였기에 영원히 심증만으로 미궁의 사건으로 남게 되었다.

52

끝없는 도전, 방콕 간호사들과의 거래

그 후 태국의 간호사들과의 주선이 이루어졌다. 쟌의 부인인 '닝'이라는 여성이 주도가 되어 간호사들이 한국 회사를 방문하여 화장품과 면역오일 영업을 하겠다며 한국으로 초청해 달라는 것이었다.

먼저 쟌이 한국에 들어왔다. 쟌은 태국 내 재벌가의 아들로서 한국을 자주 오고 갔다. 그리고 그의 부인인 닝과 함께 들어와서 제이와 강 회장을 만났다. 그의 일행은 사업을 진행하겠다는 약속을 하고 1차로 닝과 함께 몇몇 태국 간호사들이 들어왔다. 그리고 교육을 받았다. 닝은 약 1만 달러 상당의 화장품을 구매했다.

그런 후 제이는 그들과 방콕에서 사업을 전개하려고 태국을 방문했다. 거기에서 제이는 '농'이라는 여성을 만났다. 그녀는 간호사로서 자가용을 타고 출퇴근을 할 정도로 엘리트 여성이었다. 닝은 농에게 제이가 한국에서 TM 회사의 한국지사장이라고 소개했다. 제이는 그녀와 닝과 함께 방콕의 거리를 안내받으며 관광을 했다. 그러면서 농은 제이에게 호감을 가졌다.

제이와 농, 닝은 짧은 영어 실력의 제이와 손짓과 영어 단어 하나하나로 짤막하게 주고받으며 시간을 보냈다. 농도 제이와 비슷한 영어

실력이었다. 서로 짧은 영어 실력으로 몇 시간의 데이트를 즐길 수 있었다.

농은 착실한 여성이었다. 가족을 모두 그녀가 부양하고 있었다. 태국에서 간호사 월급은 가족을 먹여 살리기에는 충분했다.

제이는 그녀가 호텔 예약을 해주는 등 예정된 일정에 가이드 역할을 해주어 체류기간을 쉽게 보낼 수 있었다.

닝이 가져간 화장품으로 자그만 사무실을 마련하여 그곳에 화장품을 진열시켰다. 드디어 태국에서도 인프라가 구축된 셈이었다.

한참 지나 초청하지 않은 태국 간호사들 일부가 한국으로 들어오다 출입국에서 제재를 당하고 있었다. 이때 농도 같이 들어왔다. 그들은 출입국을 통과하지 못하자 제이에게 전화를 했다.

"여보세요."

출입국 관계자가 제이에게 말했다.

"여기 '농'이라는 여자가 있는데 혹시 아세요?"

"네. 알고 있습니다."

"근데 이 여자 분이 제이 씨의 초청으로 들어왔다고 하는데 혹시 초청하셨나요?"

"아뇨."

초청을 하면 초청장이 있어야 하는데 사전에 연락도 없었던 그녀 일행은 불법체류를 위해 들어오다 입국허가가 문제가 되자 급한 나머지 제이를 찾았던 것이었다. 농과 함께 온 일행 중에 위조된 여권이 발각되어 관광비자로 들어온 모든 이들은 한국에 들어오지 못하고 되돌아갔다.

수개월 전, 제이의 회사에서 초청된 방콕의 간호사들이 되돌아간 후 그들 중 일부가 다시 한국으로 와서 불법체류를 하는 사건이 발생했다.

출입국관리소에서 제이에게 전화가 왔다. 조사를 받으러 오라는 것이었다. 제이가 찾아간 출입국 조사 담당자는 TM이라는 회사에서 태국인을 초청한 사실을 알고 초청하게 된 동기와 그 이후의 행적에 대해 질문을 했다.

제이는 초청 후 그들을 되돌려 보낸 사실을 증명했다. 하지만 조사국에서는 그들이 초청받아 되돌아간 후 다시 들어와서 불법체류를 한 것에 대하여 그 원인이 바로 수개월 전에 TM에서 초청한 것이라고 주장했다. 그러니 1개월 이내에 그들을 찾아 출국시키라는 것이었다. 그렇지 않을 경우 과태료가 부가된다는 것이었다.

하지만 그들을 찾기에는 불가능했다. 조사를 받고 나온 제이는 그냥 황당할 뿐이었다. 1개월이 지났지만 조사 담당자는 더 이상 그를 부르지 않았다.

미국의 가짜로 성공한 재미동포 강 회장의 한국 사업은 지나친 씀씀이와 자금 부족으로 인한 무모한 도전의 결과로 막을 내려야 할 운명에 놓이고 사무실 직원들의 급여조차 줄 수 없는 상황이 되었다.

강 회장, 그는 미국에 가서 자금을 가지고 오겠다며 떠난 후 제이와 직원들은 그를 기다렸지만 소식이 없자 하는 수 없이 사무실을 정리하고 귀향하게 된다.

수백만 원을 호가하는 고급 책상, 소파, 집기를 헐값에 팔아넘긴 금액으로 나머지 임대료와 직원급여로 정리를 했다. 제이에게 남은 것은 허탈한 마음으로 귀향하는 쓸쓸함뿐이었다.

여기저기 사업을 하자며 제안하는 곳은 많았다. 하지만 아무런 비전과 확신이 없는 사업을 하기에는 너무도 무모한 것임을 잘 알고 있었기에 그는 응하지 않았다.

TM 사업의 시작은 기존유통사업의 제품과는 약간의 차이가 있었다. 시작은 설득력이 있었다. 먹지도 마시지도 않으며 한두 방울 귀에 발라주면 모든 것이 좋아지는 획기적인 새로운 시스템 기법을 도입한 것이다.

카핌산토 브라질 정글지방에서만 나는 유일한 목초액 성분, 바르기만 하면 당뇨, 고혈압이 떨어지고, 만병이 다스려진다니 이보다 더 좋은 아이템이 있는가.

약국의 약사들이 사표를 내고 도전하는가 하면, 여기에 미쳐버린 사업자들은 여념 없는 사업몰두에 정신이 나갈 지경이었다.

하지만 그 희망적이었던 사업도 결국은 중도하차 되고 말았다. 오너의 지나친 경영오버로 사업이 실패로 돌아가고 말았던 것이다. 사업이 중단되자마자 그렇게 열심히 노력하던 사업자들도 소리 없이 사라져버렸다.

제이는 그 한계를 실감하고 있었다. 바이너리 시스템의 1, 2, 4, 8, 16, 32, 64, 128……. 곱의 배수는 엄청난 인원이 필요하며 한계가 있었다. 성공한 자는 극소수에 달할 뿐이다. 그런데 그 희망의 꿈을 가지고 사업을 하는 사람들은 무수히 많다. 배를 굶아가면서.

세상에 대한 많은 것들 중에는 상식을 벗어난 일들이 많은데 이것은 누구나 경험하며 살아가야 한다. 돈을 벌기 위해서는 수단 방법을 가리지 않는 수법은 다양화되어 있다. 돈을 많이 벌 수 있다는 유혹과 만병통치약같이 최고의 제품이라는 말에 현혹되지 말아야 할 것이다.

그렇다고 무조건 거짓과 나쁜 것만은 아니기에 올바른 정보와 선택을 할 수 있는 슬기로운 지혜가 필요할 뿐이다. 회사설립기간, 검증된 회사, 검증된 제품, 최소 1년 이상의 기간이 흐른 후 제품의 가치 평가가 나와야 한다.

그런데 그렇게 좋다는 제품들도 오래가지 못하는 이유가 무엇일까?

무조건 좋다고 구매하는 것은 절대적으로 삼가야 할 필요가 있다. 제품의 효과는 체험과 구전으로 전해지기 마련이다.

이 세상에는 불로장생의 신비한 물질은 없다. 다만, 과학의 발달에 따라 수명연장, 건강한 몸 관리에는 보다 좋은 환경을 우리는 가지고 있다. 그중 본인에게 알맞은 제품선택, 자기체질 관리에 적합한 정보를 갖는 것이야말로 이 아름다운 세상을 건강하게 살아가는 합리적방법일 것이다. TM에서 소개되었던 화장품, 면역오일 제품 또한 그 한계를 벗어나지 못했다.

제이는 모든 사업을 정리하고 다시 파키스탄으로 들어갔다. 지난번에 눈여겨 둔 1억 년의 돌소금을 수입하기 위하여 여러 자료를 검토 끝에 인터넷검색을 하였더니 1억년 된 돌소금에서 몸에 유익한 음이온이 나온다는 것을 알았다.

파키스탄 현지 한국 식당 주인에게 전화를 했다.

"이 사장, 잘 있나요?"

"네, 사장님. 한국 사업은 잘 되시는지요?"

"네, 내가 파키스탄에 들러 돌소금을 수입해볼까 하는데 이 사장님께서 파키스탄 사정을 잘 아시니까 도움을 좀 주세요."

"네, 알겠습니다, 사장님. 들어오실 때 한국의 소주랑 고추장, 된장, 오징어 등을 사가지고 오시면 대금을 지불해드리겠습니다."

"네, 잘 알겠습니다."

식당주인이 부탁하는 약 40~50kg 정도의 짐을 들고 파키스탄에 두 번째 도착했다.

53
1억년 된 소금,
음이온이 많이 나온다고 속는 억울한 소비자

파키스탄 내의 D 건설의 장비를 관리하기 의해 잔류되었던 사람 중에 돌소금을 취급해 줄 사람을 만났다. 그리고 수입단가, 운송기간, 수입량 등을 검토하고 다시 돌소금광산을 찾았다.

약 50kg의 돌소금을 한국으로 가지고 와서 시험연구원에 샘플로 벽돌같이 깎은 돌소금 2장을 제시했다. 원적외선은 일반 돌과 같이 수치로 나왔지만 음이온은 방사되지 않았다. 인터넷에서는 음이온이 나온다며 떠들고 있는데 사실상 거짓이었다. 제이는 직접 시험을 확인해 준 담당자에게 의아한 어조로 물었다.

"아니, 인터넷에서는 음이온이 많이 나온다고 떠들고 있는데 이렇게 나오지 않는 것을 그대로 방치해 두나요?"

연구원이 웃으며 말했다.

"저희는 개인의 영업에 지장을 초래하는 것을 마음대로 할 수가 없습니다. 만약 그것을 공식화하면 판매업자들의 항의에 업무를 제대로 보지 못합니다."

이 또한 소비자만 억울하게 거짓 홍보에 피해를 보는 것이었다.

54

필연인가, 악연인가

6개월 후, 서류를 정리하던 중에 전화번호 하나가 제이의 눈에 들어왔다.

"여보세요."

"안녕하세요. 혹시 강 회장님 조카 분 아니세요?"

"네, 맞아요."

"저 이제이라는 사람인데요, 혹시 강 회장님과 연락이 될 수 있나요?"

"아, 네, 이 사장님! 그렇지 않아도 삼촌께서 얼마 전에 연락이 와서 사장님을 찾으시던데 연락처 좀 알려주세요."

그리고 얼마 후 강 회장으로부터 한 통의 전화가 왔다.

"오! 이 사장님. 그동안 어떻게 지내셨어요?"

"네, 회장님. 안녕하세요. 잘 지내고 있습니다. 회장님은요?"

"아, 나는 새로운 화장품 회사를 인수하여 사업을 시작하였습니다."

(이것을 믿어야 하나, 말아야 하나. 아무튼 들어나 보자.)

"이 사장님께서 잘 아시니 필요하시면 제품을 보내 드릴 테니 검증을 해 보시죠."

샘플 100개를 건네받았다. 과거 TM 회사에서 나이트 크림 하나에 88

만 원으로 한정 샘플 판매가 이루어져 인기를 모았던 제품을 더욱 질을 향상시켜 업그레이드된 제품이었다.

제이는 식약청으로부터 수입할 수 있는 시험 검증을 받았다. 그리고 부산에서 사업자 등록과 방문판매 등록을 완료하고 홈페이지 제작과 쇼핑몰을 만들어 사업을 시작했다.

실제로 수입되어 들어오는 가격은 약 30달러 정도인데 한국에 들어오는 순간 88만 원으로 판매를 한다니 생각해 보라, 이 기막힌 것을. 감히 상상도 못하는 이익마진이었다.

제이는 과감하게 제품 가격을 44만 원으로 낮추었다. 그리고 계속하여 10만 원대까지 제품가격을 낮추어 판매를 했다. 그러나 여러 종류의 화장품이 국내 시장에 너무나 많이 보급되어 제품을 알리기에는 역부족이었다. 경쟁화장품의 다양화된 공략과 활동자의 한계를 극복하지 못했다.

조그만 사무실의 몇몇 방문판매원들은 다단계 사업을 경험한 사람들이었다. 그중에 1년 전에 제이와 함께했던 사업자가 있었다. 그는 피부 관리실의 인프라를 확보하고 있었다. 몇몇 피부 관리실과 연관된 사업자를 만나 제품을 공급하였지만 큰 성과를 내지는 못했다.

1년 전 TM 회사에서 리더사업자로 근무하였던 김설판과 연락이 닿았다. 그는 모 정수기 회사 탑 리더로 활동하고 있었다. 김설판 사장과의 만남으로 그가 근무하는 태양회사에 화장품을 납품하게 되었다.

제이는 그전에 TM에서 같이 했던 임 사장에게 임대한 최고급 승용차와 일백만 원을 건네주며 인프라 구축을 위하여 전국을 돌게 했다. 납품한 제품 대금조로 다시 조직을 해나가려는 계산이었다. 그러나 1개월 동안 다닌 임 사장은 태양회사에 대한 불신으로 사업이 불가능할 것 같다는 보고를 받았다. 얼마 후 회사의 영업은 중단되었다.

그런데 이 회사에서 근무하던 유상아 이사와 노세균이라는 사람을 만나면서 그들의 회사 이동으로 인해 제품납품을 다시 의뢰받았다.

"사장님! 안녕하세요."

"누구신가요?"

"저, 유 이사입니다."

"아, 안녕하세요."

"사장님 제품이 탁월하여 회사를 소개하려고 하는데 가능하신지요?"

"이번에는 믿고 오래갈 수 있는 회사입니까?"

"네, 제가 직접 오너와 단단히 약속하고 노 사장님께서 부사장을 맡아 일하기로 했으니 오서서 의논했으면 좋겠습니다."

유 이사는 40대 여성으로서 전산, 프로그램과 관리직을 맡아 핵심적으로 일하는 능력 있는 사람이었다.

삼성역 공항터미널 앞 다이저 빌딩 8층 801호, 새로이 설립된 회사의 젊은 CEO와의 만남이 이루어졌다. 이간신, 허풍재, 유상아, 노세균 부사장, 네 사람은 새로운 회사설립의 주역이 되는 셈이었다.

제이는 화장품 납품으로 그들과 함께 새로운 조직화를 위하여 판을 짜야만 했다. 몇몇 활동자들을 규합하고 납품대금으로 그들에게 지원을 하면서 사업을 진행했다. 의외로 빠른 조직과 매출이 오르면서 회사는 확장되어가기 시작했다. 노세균 부사장은 부회장으로 승진이 되었고 전국적으로 지사가 확충되기 시작했다.

제이의 수입 또한 오르기 시작했으며 그 상승에 힘입어 선두주자로 대구 영업소를 개설하여 마케팅 사업을 병행하기 시작했다. 제이는 대구 사업 활성화를 위하여 프로모션을 걸었다.

유통 마케팅 사업은 외모와 인성이 중요했다. 제이는 깔끔한 40대 50대 여성을 한 사람 출근시키면 50만 원 상당의 숙녀복 정장을 출근하는 사람과 추천하는 사람에게 맞춰준다는 프로모션을 걸었다. 약 10여 명의 신규 여성 사업자들이 이에 동참하였고 그들은 역시 사업에 열정적으로 참여해 주었다.

제이는 대구에서만 약 30억 원 이상의 매출을 끌어올렸으며, 그의 영향력 역시 주도자인 4인과 나란히 했다.

그러던 중 제품의 다양화로 장뇌산삼의 대표이던 이혁대가 노세균 부회장의 추천으로 부사장으로 영입되었다. 노세균 부회장은 회장으로 급 승진하였고, 이간신 회장은 명예회장으로 물러나는 듯했다. 그러는 과정에서 미국 뉴욕 현지 법인을 세우고 허풍재 사장을 설립자로 보내었다. 전국적으로 수조원의 매출을 올린 모회사의 기획을 담당하였던 젊은 이간신 회장은 그 명성과 마케팅 전략으로 승승장구하는 듯했다.

부산에 약 500평가량의 사무실을 인수하고 전무 자격으로 전국을 다니며 사업 설명을 주도한 유와 노, 허, 이, ㅇ들은 백억 원 이상의 매출을 올리는 데 총력을 기울였다.

55

캐나다 국경을 넘나드는 사람들

제이는 미국사업이 진행됨에 따라 미국에서 생산하고 있는 화장품을 아카라와 납품 계약하기 위하여 강 회장과 뉴욕에서 만나기로 하고 한국에서 비자를 신청했다. 미국 비자의 까다로움 때문에 현재 진행 중인 한국 아카라 회사의 이사라는 칭호로 유 전무와 함께 비자를 신청했다.

제이는 비자를 받고 유는 비자를 받지 못했다. 미국 뉴욕 현지법인 설립 및 오픈사업설명회를 대대적으로 기획한 스텝 중에 유 이사가 꼭 가야만 하는 상황이었다. 궁리 끝에 유 전무는 불법으로 캐나다의 국경을 넘기로 하고 미국 강 회장의 알선으로 유 전무는 캐나다로 출발을 했다. 제이는 미국 뉴욕 케네디 공항을 향하여 출국했다.

캐나다로 간 유 전무는 브로커의 안내를 받아 야간이동으로 캐나다 국경을 넘기 시작했다. 국경을 넘으면서 인기척이 나면 엎드리라는 인솔자의 신호로 순간순간의 위험한 고비를 넘겨야만 했다. 낮은 포복으로 숨어 기어갈 때도 있었다. 마치 영화에서 보는 한 장면을 현실로 체험하는 것이었다.

"엎드려!"

"조용조용히 걸어!"

"고개 숙여!"

순간,

"stop! don't move." (꼼짝 마!)

그들의 일행은 아, 잡혔구나 하며 실망의 빛이 역력했다.

권총을 겨누며 무장한 두 국경 경비대원들은 그들을 연행하여 한적한 곳으로 이동했다. 새벽 3시경 인기척도 없는 한적한 경비초소에 들어갔다. 입구 첫 방은 책상이 둘 놓여 있었고. 그곳을 지나 들어간 철창문이 보이는 또 다른 방이 있었다. 일행은 한 사람씩 불려나와 통역관이 배석한 자리에서 조사를 받기 시작했다.

왜 불법으로 국경으로 넘어왔느냐는 질문에 유 전무는 사업을 위하여 현재 뉴욕에 설립된 회사의 사업오픈식 참여를 위하여 주최자로서 가야 할 입장인데 비자가 나오지 않아서 어쩔 수 없이 오게 되었다는 말을 했다.

조사를 다 하고 일행 여섯 명을 석방시켜주었다. 아마도 브로커들이 짜고 추가로 돈을 더 벌려는 농간이 아닌가 싶었다. 역시나 브로커들은 우리들을 빼내는 데 돈이 들어갔으니 추가 금액을 더 달라고 요구했다.

미국에 도착한 제이는 케네디 공항에 빠져 나왔다. 그를 배웅 나온 사람은 LA에서 뉴욕에 먼저 도착한 강 회장이었다.

한인들이 많이 살고 있는 '플러싱'에 숙소를 마련하고 강 회장과의 제휴를 맺이했다. 오랜만에 만난 둘은 지난 사업동반자로서 그리고 과거의 이야기를 주고받으며 강 회장은 제이에게 미안함을 표시하며 회포를 풀었다. 역시 강 회장은 과거와 변함이 없었다. 미국에서 성공한 사업가로의 행세는 여전했다. 돈의 씀씀이도 과거 못지않았다.

다음 날 안내를 받아 아카라 플러싱 사무실을 찾았다. 행사는 그 다음 날로 잡혔다. 유는 제이를 반기며 그녀가 캐나다에서 미국으로 국경을 넘어온 배꼽 잡는 이야기에 일행들은 한바탕 웃고 웃었다. 여성으로서 낮은 포복과 각개전투의 톡톡한 맛을 보는 체험을 하였으니, 그것도 군인이 아닌 밀입국자로서 긴장과 공포의 시간을 넘기고 왔으니 길이 남을 추억이었다. 마치 적지를 향해 돌격하는 목숨을 건 전투병들처럼 그들은 산 넘고, 물을 건너 철조망 가려진 국경을 넘어온 것이다.

강 회장과 이간신의 미팅 또한 강 회장이 미국 시민권자라고 내세우며 지원을 아끼지 않겠다는 말에 이간신을 비롯한 여러 사람이 고무되었다. 그리고 계약을 했다. 한국에서 거래되었던 제품이기에 별 다른 조건이 없었다.

약 100여 명이 참석한 이간신 회장의 연출은 한국에서 자주 보는 형식적인 틀 속에서 저녁 만찬을 겸한 미국 뉴욕의 아카라 회사의 오픈 행사는 성대하게 치러졌다.

제이는 하루가 지나서 회사에서 허 사장이 설명하는 마케팅 내용을 보다 못하여 직접 가져간 노트북에 파워포인트로 마케팅 설명을 위하여 기획을 했다.

56

뉴욕, LA, 하와이 인터내셔널 비즈니스

제이의 프레젠테이션은 현지 사업자들이 좋은 반응을 보였다.

눈이 많아 폭설로 인한 설경을 보고 체험하며 세계 최고의 도시 뉴욕에서 직접 사업에 열정을 쏟아 부은 약 1개월이 지났다.

제이의 사업설명이 설득력과 반응이 좋다며 하와이에서 날아온 이잘서, 강효자 두 사람은 제이의 설명을 듣고 LA에서 사업을 전개할 터이니 내려와서 도와달라는 부탁을 했다. 이간신 회장은 제이에게 LA와 하와이에 가서 사업설명을 회사를 대신하여 해줄 것을 부탁했다.

제이는 LA에 사무실을 마련해 놓고 기다리고 있는 그들을 향해 케네디 공항을 출발했다. 뉴욕과는 달리 따뜻한 기온과 날씨, 천사들의 도시라 일컫는 LA 공항에 도착했다. 공항에서 제이를 맞이하는 사람은 강 회장이었다. 검은 선글라스를 쓰고 나타난 그는 마치 조폭 두목 같은 스타일로 제이를 기다리고 있었다.

한국인이 경영하는 규모가 작은 옥스퍼드 호텔에 여정을 풀었다. 혼자만의 시간에 호텔 밖으로 나온 제이는 한국어로 된 자장면 가게를 보았다. 들어가서 제일 먼저 자장면 곱빼기를 시켰다. 오랜만에 먹어보는 요리라 마음껏 먹고 싶었다. 그런데 그 양이 너무 많았다. 미국의 음식은 푸짐하기 때문에 곱빼기가 아니라고 해도 충분이 먹을 수 있는 양임을 제이는 모르고 있었던 것이다.

모래사막 위의 도시 LA는 키가 큰 야자나무와 집을 둘러싼 사철나무, 단독주택 주위의 잔디밭이 아주 인상적이었다. 잘 정돈되어 있는 도심지의 단독주택은 한적하게 보였다.

길거리에 사람들은 그렇게 많지 않고 차량 소통도 그리 많지 않았다. 다민족이 살고 있는 곳이라 한국인이 눈에 많이 띄었다. 한국마트, 한글로 표기된 각종 간판은 한국 사람이 많은 곳임을 알 수 있었다. 먼 이국땅에서 느끼는 'Korea Town'은 첫 미국 나들이를 한 제이에게는 신기하기만 했다.

Wilshire 가의 높은 빌딩 한 가운데 자리 잡은 고층 빌딩 안, 사업설명이 시작되었다. 바로 옆에는 케네디가 암살되었던 호텔이 흉물처럼 남아 있었다.

네트워크 사업의 본고장 미국 사업의 진행은 한국과는 사회의 인식이 달랐지만 한국 사람들끼리의 불신의 골은 여기 LA에서도 마찬가지인 것 같았다. LA에서도 반응이 좋았다. 제이의 사업설명이 단단히 한 몫을 한 것이다.

그리고 하와이의 초청을 받았다. 한국과는 계속되는 통화로 상황을 점검했다. 제이는 한국의 사업이 잘 돌아가지 않고 있다는 연락을 받았다. 미국 진출이라는 동기 부여가 한국에서도 매출 상승을 기대하였지만 한계에 도달한 듯이 보였다.

하와이 호놀룰루 공항에 내리자마자 후끈 달아오르는 뜨거운 열기와 뙤약볕의 여름 날씨는 제주도를 연상케 했다. 뉴욕에서는 겨울의 한 달을 보내고 LA에서는 봄의 날씨로 한 달, 이제 하와이에서의 여름을 맞이하는 것이었다.

같은 나라이면서 넓고 광활한 대륙과 섬을 두루 다니며 글로벌 사업을 진행했다.

　하와이의 풍경은 제주도를 연상할 정도로 바다의 냄새와 길거리의 풍경은 비슷하였지만 원주민이 살고 있는 반대 쪽 높은 산은 깊은 바다 속에서 불거져 나온 듯한 기암괴석으로 마치 바다 밑에서 그 산을 보는 듯한 풍경이었다.

　하와이의 사업은 성공적이었다. 매출이 들어오기 시작했다. 제이는 한 달 동안 매출과 사업지원을 숨 가쁘게 진행했다.

57

아름다운 섬 하와이 여인들의 유혹

하와이에서 K라는 여자의 안내로 많은 시간을 보냈다. 한적한 바다 모래사장을 거닐던 두 남녀, 제이와 K는 데이트를 즐기다 제이가 묵고 있는 호텔까지 들어 왔다. 그리고 K는 제이에게 가슴으로 안기며 사랑을 호소했다. 하지만 제이는 그녀를 받아들이지 않았다. 다음을 기약하며 그녀와 헤어졌다.

그 다음 날 사업설명회를 마치고 회원이 되면 활동을 잘할 수 있다는 여인의 바를 이잘서의 안내로 들렀다. 바의 마담 주인인 S여인 또한 제이에게 접근했다.

술기운이 어느 정도 오르자 취기를 못 이기고 제이는 호텔로 들어갔다. 샤워를 하고 가운을 갈아입고 있노라니 한 통의 전화가 왔다.

"헬로우."

"여보세요. 저 S예요."

"누구……?"

"바 주인 마담 S입니다."

"아, 네. 가게 마쳤습니까?"

"네, 저, 거기 가면 안 될까요?

제이는 잠깐 숨을 몰아쉬며 대답했다.

"제가 지금 미팅 중이라 죄송합니다."

한국에서 사업을 하고 최고의 리더라는 말에 엄청난 돈을 벌고 있는 줄 착각한 그녀들은 제이의 외모와 돈에 유혹의 손길이 많았지만 처음 시작하는 미국의 사업에 혹여 그르치지나 않을까 노심초사하는 제이에게는 많은 부담과 긴장 속에 경계를 하지 않으면 안 되었다.

3개월의 긴 미국 여정을 마치고 돌아온 한국은 예상 밖으로 제이에게 누명이 씌워져 있었다. 한국은 수당지급이 중단되었고, 조직은 이원화되었다. 이 회장을 추종하는 세력, 그에 반기를 드는 세력, 즉 노 회장 쪽이었다. 제이는 노 회장의 소개로 들어왔지만 상황이 달랐다.

미국의 뉴욕, LA, 하와이를 돌면서 사업을 추진하여 온 터라 이제는 빼도 박지도 못하는 상황이 되었으니 누구와 편가를 틈이 없었다. 제이로부터 발생된 매출금 약 30억 원을 회원들을 위하여 적극적으로 사업에 참여하여 해결해야만 했다.

제이의 마음은 무거웠다. 미국에서의 아카라 사업은 제이가 비전을 제시하여 매출이 오르고 있는 상황이었고 한국은 사업 중단이라는 최악의 상태이었다.

미국에 간 이간신 회장에 대한 회원들의 불신이 여러 정황을 통하여 포착되어 제이의 마음은 더욱 무거워만 갔다.

한국에서 제이가 미국에 간 사이 새로 영입된 전무, 상무들의 농간으로 상당한 오해가 발생되었다. 이간신 회장과 짜고 미국으로 도피할 명목으로 자금을 약 5천만 원을 빼갔다며 제이가 쓰지도 않는 차용증에 가짜 사인까지 만들어 이를 카피하여 일부 회원들에게 공개하였던 것이다. 이러한 루머가 대구 영업소까지 전달되고 회원끼리 제이에 대한 불신이 발생하고 있었다.

이간신 회장으로부터 다소 오해의 이야기가 나와도 이해해 달라는 이메일을 받았다.

제이가 한국에 돌아온 뒤 이 모든 사실을 알고 흥분되기 시작했다. 전국 리더사업자회의가 모집된 회의석상에서 제이는 단상으로 박차고 올라갔다. 일부 전무 등을 추종하였던 회원들은 내려오라고 야유를 하였지만 진실을 알고자 했던 전체 회원들은 제이의 말에 귀를 기울었다.

미국에서의 상황과 그동안 일어난 한국 내의 발생된 오해의 문제점을 조목조목 짚어갔다. 공개석상에서 전무의 비열한 수법과 거짓됨을 전 회원들에게 알리고 부도덕함을 호소했다. 제이는 이 회장과 짜고 행한 일은 전혀 없었다. 그런데 그렇게 누명으로 만들어져 있었다.

(그 후 제이를 음해하였던 전무는 소리 없이 회사를 떠났다.)

제이는 덧붙여 만약, 이회장이 회사를 말아먹은 원흉이라면 미국에 들어가서 그를 잡아 고발하겠다고 했다. 유일하게 미국현지법인 회사와 거처를 알고 있는 자는 제이뿐이었다. 그리고 이 회장과의 은밀한 밀약이 아니라 순수하게 사업 활성화를 위하여 미국에서 노력하였음을 알렸다. 그러함에도 불구하고 이 회장이 전무와 상무를 조종하여 제이를 음해했다면 이는 도저히 용납될 수도 없고 제이는 결코 물러날 위인이 아니었다.

한국의 수당 중단 상황이 이 회장의 경영 부실로 밝혀지자 제이는 미국에서 여러 사업자들에게 사업 참여를 유도한 것이 부담스러웠다. 특히 하와이에서 많은 매출이 일어난 상태라 달리 방법이 없었다. 그중에 책임 있는 이잘서, 박소지 두 사람에게 사실을 알려주어야만 했다. 이메일을 통하여 한국에서 일어나고 있는 수당지급 중단 사태 하와이 매출에 대한 염려의 내용을 보냈다.

하와이에서는 이미 많은 매출로 발을 내디딘 상황이라 한국과 별개로 사업을 진행하도록 하겠다는 것이었다. 이것이 한번 빠지면 헤어날 수 없는 늪인 것이었다.

뉴욕에서는 이간신의 지시에 따라 건재함을 알리고 이간신 회장은 직접 하와이로 가서 사업자들을 설득하며 사업을 이끌어 나갔다. 하지만 그들도 결국은 피해를 보게 되었다. 제이는 그러한 일을 막고자 노력하였음에도 처음에는 오해로 원성을 쌓았고 그 후에는 제이의 판단에 따르지 못함을 아쉬워하였지만 서로의 상처는 아물지 못했다.

국내 최고의 유통 펀드형 회사로 알려진 J 그룹의 회장 구속과 더불어 그 회사를 기획하고 수조 원의 피해자를 양산시킨 기획의 핵심에 있었던 장본인 이간신 회장은 역시 많은 사람들이 그를 추종하고 노력했지만 결국 똑같은 피해자를 양산시켰다.

새로 영입된 상무(전직회사에서 이간신과 함께 일한 동료)는 이간신 회장과 단합하여 경영악화의 책임을 물어 고의로 회장직에서 물러나게 했다. 이간신 회장의 자진사퇴는 모든 책임을 져야 하기 때문에 상무와 조직으로부터 밀려나가는 수순을 밟음으로써 위임받은 노세균 회장에게 그 책임을 돌리려는 계산이었다.

이를 알아차린 노세균 회장과 유상아는 제이에게 전화를 했다.

"이 사장님, 도저히 제가 회사를 이끌어 나갈 수가 없습니다. 이간신을 믿을 수가 없습니다. 끝까지 못해서 정말 죄송합니다. 그러니 피해자가 발생되지 않게 잘 처리하시기 바랍니다."

인간의 배신과 이율배반은 어디를 가나 밥 먹듯 하는 세상의 소리는 그치질 않았다.

제이는 황당했다. 그들을 믿고 올인한 제이는 진퇴양난에 섰다. 이러한 과정에서 이간신 회장은 미국으로 도피하다시피 출국을 했다. 남은 사람은 피해자들뿐이었다.

대구에 내려간 제이는 사업자들을 모았다. 그리고 모든 것에 대한 책임을 지겠다고 약속하고 미국으로 이간신 회장을 찾아 가기로 마음을 먹었다. 그동안 매출된 금액과 피해액을 점검했다.

미국의 화장품 납품을 한 강 회장의 피해도 발생되었다. 약 7만 불 이상이 회수되지 않았다. 그리고 강 회장은 센터장 역할을 하고 있던 하와이 이잘서의 부탁으로 LA 아카라의 사무실을 인수하고 있었다.

제이는 이간신 회장과 전화통화를 하지 못하고 계속 이메일을 주고받았다. 이간신 회장은 자기 잘못을 생각지도 않았다. 제이가 하와이 사업자들에게 한국 사업 중단에 대한 내용을 알렸다는 것만 섭섭했다.

제이는 이 회장이 한국을 떠나면서 제이에게 다소 오해의 소지가 있는 말들이 나오더라도 이해를 하여 달라며 제이에게 당부를 하고, 한국의 사업자들에게는 제이를 불신하게 하여 고립시킴으로서 어쩔 수 없이 이간신 회장과 손을 잡도록 하는 술책에 이를 용납할 수 없었다. 이간신 회장의 밀약과 한통속이 되어 회사를 말아먹은 공범으로 오해를 받지 않아야 했다. 그리고 많은 사람들에게 피해를 준 이간신 회장을 용서할 수가 없었다. 그리고 그가 진행해 온 사업능력으로 보았을 때 이간신의 능력 한계와 불신에 실망을 하게 되었다.

제이는 대구 사업자들과 미국에 가서 이간신 회장을 만나 결말을 내고 오겠다고 약속을 하고 우선 LA에 도착하여 강 회장과 뉴욕에 갈 일정과 계획을 세웠다.

제이와 이간신은 계속 이메일을 주고받았다. 하지만 해결 방법이 없었다.

그때쯤 하와이에서도 문제가 발생되었다. 수당이 중지된 상황이었다. 이잘서로부터 제이에게 다급히 전화가 왔다.

"형님!(제기랄 형님은 무슨 염병할……) 어떡하죠? 이간신에게 당했습니다."

"난들 무슨 소용이 있는가? 내가 가자고 할 때 마무리했다면 피해자
가 더 이상 없었을 것을……. 지금으로서는 내가 도울 길이 전혀 없네."

전화를 끊었다.

58
그들의 가증스런 무책임

대략적인 매출 금액, 미국 뉴욕 비싼 사무실 운영, 지급된 수당 등으로 보았을 때 그가 보유할 수 있는 금액은 얼마 되지 않는다는 것을 알 수 있었다. 자격 없는 가짜 회장들이 너무나 많다. 아카라를 운영한 속칭 회장이라는 사람들은 너무나 무책임한 자들이었다. 그들을 믿고 열정적으로 사업을 한 제이는 스스로가 부끄러웠다.

하와이에서도 수당지급이 중단된 상황에서 그를 찾아가 본들 무엇을 바라겠으며 다급해진 그가 제이에게 무엇을 주겠는가? 제이는 더 이상 이간신과 만남은 무의미함을 느꼈다. 그를 만나는 시간조차 아까웠다. 제이는 많은 생각에 젖었다. 이제 한국으로 돌아가서 나를 믿고 있는 사업자들에게 어떻게 변명해야 하나. 걱정이 되었다.

일반적으로 회사에서 경영부실로 도산된 것에 피해는 회사의 책임자인 오너에게 미루고 본인을 모면하려고 하지만 제이는 일말의 책임감을 그렇게 벗어 던질 수가 없었다.

강 회장은 뉴욕으로 가서 이 자식을 잡아 박살을 내겠다며 큰소리만 치고 있었다. 항상 허세, 허풍에서 공갈로 끝나는 그였기에 제이는 그냥 못들은 척 넘어갔다.

제이가 LA에 도착한 며칠 후, 강 회장은 그가 인수한 사무실에서 제이에게 자기와 사업을 같이 하자는 제안을 했다.

"회장님 사업을 하려면 약 1년은 버틸 수 있는 자금이 준비되어야 합니다."

"그것은 걱정하지 마세요. 내가 모든 자금과 인프라구축, 제품 확보, 전산시스템 다 책임지고 알아서 할 테니 이 사장은 경영만 해주시오."

강 회장은 얼마든지 버티어 나갈 수 있다고 자신했다.

제이는 한국에서 강 회장과 사업을 할 때 그에 대한 불신, 씁쓸이, 거짓말 등등을 수없이 생각했다. 여기 LA는 강 회장의 가족과 가정이 있고, 그가 가진 돈이 얼마나 될지 모르지만 지금 상황에서 한국으로 돌아간다고 하여도 새로운 사업을 시작해야만 했다.

'그래, 여기서 사업을 벌이자.'

한국의 방문판매에 관한 법률의 모순점과 한계를 제이는 잘 알고 있었다. 구태여 강제하지 않아도 될 것들에 의해 사업을 하고 싶어도 못하는 한국의 현실, 제도가 무서워서 사업을 진행하다 포기해버리는 사례로 더욱 피해자를 양산시키는 경우, 회사를 설립한 사람도, 참여하는 사람도 불법과 위법의 부담을 가져야 한다는 것을.

조직적 한계, 마케팅 곱의 배수의 한계, 재구매력의 한계를 벗어나지 못하는 다단계 시장, 사회로부터 냉소를 받고 있는 한국의 방문판매 시장의 사업 가능성은 불투명하기만 한 반면 네트워크 비즈니스의 본고장인 미국에서 아무 부담 없이 자유롭게 사업을 진행 할 수 있는 여건은 제이가 강 회장의 제안에 수긍할 수 있게 하였다.

59

미국 아울렛 시장 명품 판매가격이 한국의 3/1가격

제이는 한국에서의 사업 때와 달리 과연 자금 여유가 있는지 강 회장의 의도를 타진했다. 이제 두 번 다시는 이용당하지 않으려면 확인할 필요가 있었다.

"신경 쓰지 마요. 이 사장.나 지금 사채 시장에도 손을 뻗치고 있소. 자금 걱정은 하지 않아도 돼요."

"저의 한국 상황을 고려하여 한국과 병행할 명품 사업을 추진할까 하는데 어떠신지요?"

"좋아요. 그렇게 준비를 하도록 하십시오."

"여기 명품 샘플을 가지고 한국에 들어가서 가게를 하나 오픈하고 오겠습니다. 그리고 한국과 미국에서 동시 오픈하는 것으로 하겠습니다. 미국 아울렛을 다녀본 결과 한국과의 명품 가격이 절반도 되지 않아 보따리 장사를 하여도 될 것 같습니다. 제가 By 명품 브랜드 구두 한 켤레를 라스베이거스 아울렛에서 270불에 구매하였습니다. 이것이 한국 백화점에서는 약 137만 원, 약 1,300불입니다. 미국에서 약 270불에 사서 가지고 가 740불(80~90만 원대)에 판매를 한다고 가정한다면 백화점 가격에 비해 훨씬 싸게 공급할 수 있으며 관세, 운임비 등을 포함하여도 남는 장사입니다. 이러한 shop을 만들어 놓고 한국과 미국을 왕래하면서 사업을 진행하도록 하겠습니다. 아카라로 인한 한국 사업자들과의 약속도 있고 하니 우선 한국에 오픈을 하면 사업진행이 가능할 것 같습니다."

"그렇게 추진해 보세요."

제이는 아울렛으로 가서 가방, 넥타이, 골프채 등을 비롯한 명품들을 명품제품 원가로 샘플들을 구매하여 한국으로 향했다.

사업자들을 만나서 그들과 의논을 했다. 그중 리더인 주 여사의 주도아래 재래식 시장 안에 있는 그녀의 가게에서 오픈하기로 하고 명품 사업을 통하여 손실된 피해금액을 복구하도록 한다는 결정을 했다.

대명동 구석진 시장통 안의 자그만 가게에 인테리어를 깔끔하게 한 후 가방, 넥타이, 지갑, 골프용품들을 진열하여 오픈시킨 후 다시 미국으로 들어갔다.

제이 혼자서 미국 생활이 시작되었다. 아직 강 회장에 대한 완벽한 믿음이 없었고, 그의 자금 사정이 얼마인지 파악할 수 없었다.

한의원 원장 자격을 가진 여성인 김 원장이 사무실 운영책임자로 영입되었다. 그녀는 혼자서 아이 둘을 키우고 있었으며 다른 장소에서 조그만 한방병원을 운영하다 경영난에 봉착하고 있던 차에 강 회장을 만났다. 강 회장의 오른쪽 팔과 손이 마비가 와서 찾아간 곳이 그녀의 한방병원이었다. 거기에서 효험을 보고 그녀를 부른 것이었다.

그녀가 제이에게 묵을 하숙집을 알선하여 준 곳이 바로 노르만디 호텔이었다. 노르만디 호텔은 한국인 여성이 경영하고 있었다. 한국은 물론 일본 유학생들을 유치하는 허름한 객실, 아침은 토스트 두 조각, 우유 한 컵, 삶은 계란 한 개로 마무리되었다. 이러한 메뉴는 제이가 다녀본 여러 나라 모두 가장 쉽게 먹을 수 있는 간편한 식사 메뉴였다.

숙소는 낡은 침대 하나에 샤워장은 낡아 칠한 흰색 페인트로 내장되어 있었다. 마치 여인숙에 온 것 같았다.

"아니 이런 곳을……."

제이는 내심 못마땅했다. 돈 많다는 사람이 겨우 여기에 나를 재우려고 한단 말인가. 제이는 무시당하는 생각에 마음이 편하지 않았다. 이것을 알고 김 원장이 말했다.

"어떠세요? 여기 하숙할 곳이 마땅히 없어 급한 대로 여기를 구하였습니다. 당분간 여기서 지내시다가 다른 곳으로 옮기면 되지 않겠는지요?"

"아, 그러지요."

강 회장은 나타나지도 않았다. 노르만디 호텔이 어떤 곳이라는 것을 미리 강 회장은 알고 있었다. 만약 강 회장이 왔다면 그의 체면상 이곳을 구하지 않았을 것이다.

그렇게 자기가 성공하였고 여유롭다면 잘난 체하고 자기를 내세우기 좋아하는 그의 성격상 자기 집에도 초대할 수 있었을 텐데 제이가 LA에 온 후 1년여 동안 한 번도 그의 집에 초대하지도 알려주지도 않았던 것이었다.

제이는 누추한 숙박 시설도 감수하며 지냈다. 편리한 것은 사무실과 거리는 걸어 1~2분 정도에 가까이 있었다.

일주일 이상이 지나도 강 회장의 말은 하나같이 많은 인프라가 들어올 것이라는 말만 할 뿐이지 아무도 나타나지 않았다. 강 회장이 항상 자랑하던 제니퍼 한, 미국 내에서 네트워크사업의 최고의 일인자 자리까지 가본 그녀도 나타나지 않았다.

지루한 나날이 계속되었다. 제이는 강 회장에게 제안했다.

"회장님! 여기에 유통 경험이 있는 한 사람만 저에게 소개하여 주십시오."

그 당시 한국의 모회사의 주재원으로 있다가 회사가 철수되자 미국에 불법체류로 남게 된 김성수라는 사람이 강 회장과 인연을 맺고 있었다. 이 친구는 나름대로 인프라를 얻고 있었다. 그도 네트워크 사업을 해본 경험이 있었기에 여성 한 사람을 데리고 왔다.

60

자살! 그 무능, 무책임함

차분하게 생긴 50대 제니라는 여성이었다. 그녀는 유명한 배우들이 많이 사는 해변에서 세탁소를 운영하고 있었다. 그리고 시간이 날 때마다 네트워크 사업을 하기도 했다.

그녀와의 시간을 2시간 이상 가졌다. 사무실에서 그녀가 운영하고 있는 세탁소로 출발했다. 약 1시간 후에 세탁소에 도착했다. 세탁소 벽에는 미국 내 유명한 배우들이 왕래하면서 직접 사인을 해주고 간 사진들이 수십 개 걸려 있었다.

"여기 앉으세요."

"네 감사합니다. 정말 아름다운 곳에 사시는군요. 부럽습니다."

그녀는 술주정뱅이 남편에게 폭행과 폭력을 당하며 살아오다 전 남편과의 사이에 태어난 딸아이를 남편에게 두고 혼자 나와 살았다. 그리고 그들이 어디서 어떻게 살았는지 알지 못했다. 아버지는 아이를 키우지 못하고 고아원으로 보냈고, 그는 세상을 비관하여 자살을 했다. 자살은 동정이 있을 수 없다.

그녀는 남편과 헤어지길 참 잘한 짓이라고 했다. 죽을 각오로 모든 것을 헤쳐나간다면 무엇이든 할 수 있다고 했다. 눈앞에 처해 있는 자기 자신의 상황을 비관하여 선택하는 자살은 너무도 어리석은 짓이라는 것이었다.

길거리에 앉아 채소를 파는 할머니, 하반신을 절단하고 불구의 몸으로 시장 밑바닥을 기면서 구걸 하듯 껌과 생활용품을 파는 이, 휠체어에 앉아 남의 도움이 없이는 살아갈 수 없는 사람들, 죽지 못해 살아가는 길거리의 노숙자들, 그들은 그들에게 주어진 소중한 생명을 지키려고 안간힘을 다하고 있는 것이다. 그들에 비하면 무엇이 부족하단 말인가. 체면? 자존심? 피치 못할 사정? 참 웃기는 이야기다.

한 사람이 죽어 없어진다고 이 세상이 변하는 것은 아무것도 없다. 오죽하면 죽었으랴, 하는 동정은 한 순간 지나가는 그냥 내뱉는 말일지도 모른다. 오히려 그의 무모함과 무책임함에 조소를 보내는 이도 있을 것이다. 가족이라면 원망도 할 수 있을 것이다.

지금 제니는 행복하다고 했다. 그런 남편과의 인연에서 벗어나 사랑하는 남자 친구를 만나고 있었고, 안정된 직업도 가지고, 때로는 골프도 치며 풍요로운 생활을 하고 있었다. 아름다운 여생을 보내고 있음에 감사하며 살고 있었다. 그리고 그의 딸은 하와이로 입양을 가 잘 자라주었다.

얼마 전, 그녀의 딸은 수소문을 하여 엄마인 제니를 찾아왔다. 텔레비전에서 보는 것과 같이 부둥켜안고 눈물을 흘리기에는 너무 어릴 적에 떨어진 모녀의 상봉이었는지 두 모녀의 첫 대면은 묵묵히 서로 바라보며 엄마와 딸이라는 느낌으로 그저 그렇게 대면을 하고 있었다. 그리고 수십 분이 지나는 동안 그리워했던 따뜻한 그 모녀의 정을 열어가기 시작했다.

20여 년 만에 처음 보는 그녀의 딸은 똑똑하게 자라주었다. 아버지와 살며 그리웠던 어머니의 정, 그러다 홀로 남겨두고 무책임하게 세상을 떠나버린 아버지, 남과 같이 평범하지 않았던 세월. 하지만 그녀의 딸에게는 과거를 기억하기에는 먼 거리에 서 있었다. 현재의 양부모가 더욱 소중하였고, 자식만 낳아 무책임한 삶으로 세상을 떠난 그의 생부보다 지극정성으로 키워주신 그들에게 감사하며 행복한 삶의 세상을 열어가고 있는 것이었다. 무모한 자살로 생을 마감한 바보 같은 그의 아버지는 기억조차 하지 않았다.

제이는 한국에서 온 동기와 사업에 대한 계획과 비전을 정확하게 알려 주었다. 두 사람은 서로를 이해하며 많은 시간을 보냈다.

그녀는 그 다음 날 두 사람을 데리고 왔다. 수지와 죤, 이 두 사람들과 미팅했다. 미스터 죤은 미스터 한을 데리고 왔다. 미스터 한은 유리 킴 등과 함께 합류했다.

미시즈 장, 그리고 몇몇 사람들이 추가로 동참이 되었다. 이들을 교육시키고 사업에 대한 확실성을 전달하고 숙지하는 기간이 약 1개월 이상 걸렸다.

제이는 방문 비자의 만료로 다시 한국으로 갔다 와야만 했다. 한국의 명품 사업은 저조했다. 제이가 없는 가게는 책임을 다하여 노력해 주는 사람이 없었다. 마냥 투자만 해놓고 편안하게 있으면 돈을 벌 수 있다는 안일한 생각은 마찬가지였다.

돈만 넣고 가만히 있어도 몇십 배를 가져 갈 수 있다는 말에 투자한 그들. 그들은 아예 제품을 팔 생각조차도 하지 않았다. 제이가 알아서 해주겠지, 하고 그들은 너무나 안일한 생각을 가지고 있었다. 가게를 제공한 주 여사는 그들의 비협조적인 행동에 화가 났다.

"저런 사람들은 돈을 잃어도 되는 기라."

주 여사는 상당한 재력가였다. 그녀는 두 딸을 혼자서 키우며 악착같이 살았다. 그녀는 파란만장한 세월을 겪어 온 경험으로 노력하지 않고는 절대 돈을 벌 수 없음을 알고 하는 소리였다. 그녀는 혼자 서울에 가서 의류를 떼어와 가게에 함께 놓고 판매를 했다. 모두를 위하여 스스럼없이 최선을 다해 주었다.

그러나 영업력이 약한 사업자들의 한국 사업은 침체일로에 서 있었다. 그렇다고 먼 두 나라를 오가며 직접 사업관리를 하기에는 불가능했다. 제이 아내를 주 여사와 함께 가게를 관리하게 하면서 남은 제품은 그동안 피해를 본 사업자 몫으로 남겨 마무리되었다.

제이의 아내는 그동안 제이가 어떤 사업을 하는지 몰랐다. 제이는 그것을 알려주려 하지 않았다. 제이의 아내는 궁금하기도 하고 또 한편으로는 섭섭하기도 했다. 하지만 이번 일을 직접 참여하다 보니 남편의 사업이 너무나 힘든 것임을 알 수 있었다.

다시 미국으로 들어간 제이는 회사의 상품권과 노트북, 카메라, 일부 명품에 이르기까지 제품을 갖추었다. LA에서 가장 싼값에 판매되고 있는 몰의 가격대와 비슷하거나 적게 책정하여 진열했다. 하지만 이들 또한 제품에 대한 비전보다 수입에 대한 기대가 더 컸다. 이들은 소비되는 제품이 많아야 수입이 된다는 것을 알려고 하지 않았다.

6개월이 되어가자 부진했던 매출이 조금씩 일어나기 시작했다. 하지만 사무실을 운영하는 데 드는 경비도 충당하지 못했다. 강 회장은 아무런 말없이 사무실을 운영했다. 거의 1년이 가깝도록 부진한 사업이 진행되었다.

투자 금액은 월 임대료 5,000불 가량, 관리비, 김 원장의 생활비, 제이의 생활비 등 약 1만 불 이상이 소진되었다. 이쯤 되다 보니 제이는 그동안 의아하게 생각했던 강 회장의 재력에 다소 신뢰를 할 수 있었다.

그러나 이것이 엄청난 피해자를 발생시키는 위험한 생각이었음을 예상하지 못한 것이 제이의 실책이었는지도 모른다. 약 1년 동안 이러한 경비를 충당하기 위하여 사채를 끌어들이고 있는 줄은 꿈에도 몰랐던 것이다.

강 회장은 호시탐탐 그 기회를 노리고 있었다. 제이의 능력을 믿었던 것이다. 서서히 회원들이 확보되기 시작하고 매출이 조금씩 늘어나기 시작했다.

강 회장은 제이에게 일절 외부 일을 못하게 막았다. 제이는 자고 일어나 아침을 먹고 사무실 안에서만 일을 하다가 시간이 되면 퇴근하는 것 외에는 아무것도 할 수도, 볼 수도 없었다. 오직 일벌레로만 1년 이상을 버텼다.

제이의 기획에 의해 요구되는 모든 외부 일은 강 회장이 맡았다. 자금이 부족할 때 사소하게 지급되는 운영비는 제이 모르게 김 원장의 신용카드를 사용했다. 문제는 신용카드 결제 시 제 날짜에 입금되지 않는 일이 발생되었다.

김 원장은 제이에게 강 회장에 대한 불평을 하기 시작했다. 날이 갈수록 강 회장에 대한 불신과 불평은 계속 되었다. 이를 참다못한 제이는 강 회장에게 자초지종을 말했다.

"소속된 직원이 회장님을 불신하고 사무실 운영경비로 사용한 카드 결제를 못 해준다고 한다면 이 회사가 어떻게 되겠습니까? 이것이 사실인가요?"

"무슨 소리를 하는가요? 헤이, 김양, 김 원장 들어오라고 그래."

김 원장과 강 회장 둘의 다툼의 소리가 오고가는 듯했다. 제이는 설사 강 회장이 잘못을 했다고 하여도 자제하여 줄 것을 당부하지만 그녀는 순간순간 잊은 듯 실수를 하곤 했다. 그리고 그녀는 사업자들과의 관계도 제대로 관리하지 못한 탓에 불신을 받았다. 결국 김 원장을 떠나보내야 했다.

회원들 중에서는 아무것도 모르고 미국에서 강 회장만 믿고 제이가 사업을 진행하는 것에 대한 안타까움과 회사의 정확한 것을 확인하기 위해서 나돌고 있는 강 회장에 대한 평이 좋지 않음을 제이에게 전달했다. 이 말을 들은 제이는 강 회장에게 물었다.

　"회장님께서는 돈이 없으면서 낭비벽이 심하다는 회원들의 이야기가 나오는데 어떤 생각이신지요?"

　강 회장은 여유 있게 받아쳤다.

　"하하하, 그래서 내가 여기 한인 타운에 나오기가 싫어요. 왜 그렇게 남의 일에 관심이 많고 말이 많은지……. 자기네들이 나의 사정을 얼마나 아는지 원."

　"회장님! 그리고 제니퍼 한과 관계가 어떤지요? 그녀와는 내연의 관계이고 그녀의 남편과 이혼을 하게 한 장본인이며 그녀의 집 두 채를 팔아먹게 한 장본인이 강 회장님이라고 하는데……."

　"누가 그런 말을 해요? 지금 당장 제니퍼에게 전화를 하겠소."

　강 회장은 즉석에서 제니퍼에게 전화를 걸어 웃으며 말했다.

　"어이! 제니퍼. 내가 당신 집을 두 채나 팔아먹었다는데? 하하하".

　강 회장은 이런저런 넋두리 섞인 말로 얼버무렸다.

61

세계 최고급 승용차 구입으로 불신 제거

며칠이 지난 뒤에 강 회장은 세계에서 24대밖에 없는 벤트리24의 중고차를 구입하면서 제이에게 말했다.

"이 사장! 나 이번에 내가 타고 싶어 하던 차를 한 대 구입해야겠소. 영국 롤스로이스사에서 제작한 세계에서 유일하게 24대밖에 없는 귀한 차를 더 늙기 전에 한번 타보아야겠소."

그때는 매출이 많이 오르지 않은 상태라서 회사 돈으로는 도저히 상상도 못하는 가격대의 차임을 알게 된 제이와 회원들이 회장이 돈이 많다는 수긍이 되도록 할 목적이었다.

중고시세로 약 25만 달러(한화 약 3억 원)의 벤트리의 매입으로 인한 부대효과는 그동안 불씨를 안고 있었던 강 회장에 대한 의구심이 사라지도록 했다.

강 회장은 벤트리24를 몰고 와서 말했다.

"이 사장, 우리 회사가 매출되지 않을 때 이 차를 사야 나중에 매출이 오르면 그 돈으로 차를 샀다고 오해할까봐 미리 사두는 것이 낫지 않겠소?"

강 회장은 벤트리를 몰고 제이를 태우고 자기 집 앞으로 갔다. 2층

약 4동 정도의 빌라형태의 집 앞 도로에 차를 세우고 그는 자기 집으로 들어갔다 나왔다.

"저 집이 내 집이오. 저기 스포츠카는 우리 아들놈 차, 자기가 타던 저기 저 벤츠600은 아내에게 주었소. 아내가 가지고 있던 벤츠500은 중고상에게 팔고……."

미국생활 1년 가까이 강 회장은 거의 저녁마다 룸살롱을 다녔다. 제이는 술을 하지 못하는 체질이라 그냥 따라만 다닐 수밖에 없었다. 다니는 곳곳 룸살롱 마담들은 강 회장을 황제처럼 떠받들었다. 그것은 그동안 강 회장의 씀씀이가 얼마였는지 짐작이 갈 정도의 대단한 돈의 위력이었다.

여자를 다루는 솜씨며 매너 또한 황제다운 면모 그 자체였다. 술집 여성들에게 뿌리는 팁은 매번 1인당 200불씩 던졌다. 그가 차고 다니는 시계, 옷, 모든 것은 명품이었다. 시계 하나에 약 1억 원대, 반지 등등 최고의 신사였다. 식당, 호텔 어디를 가나 메뉴의 주문과 씀씀이도 최고급이었다.

하루 술값이 약 2천불, 팁 포함하면 약 3천불을 매일 쓰고 다니다시피 했다. 한 달에 20일 정도면 약 6만 불(약 7천만 원)이 술값으로 사용되는 셈이었다. 이것이 거의 1년간 제이가 체류하고 있던 그 기간 동안 매일이다시피 일어나고 있었다.

거기에다 이번 벤트리 구입은 성공한 재미동포로서 확고하게 자리매김 되었다.

누가 뭐라고 해도 의심의 의지가 없었다.

좁은 LA 바닥에서 그에게 당하거나 강 회장의 어려운 시절을 눈여겨 본 사람들은 이제 돈을 좀 벌었구나, 하는 정도로 인식되어져갔다.

제이가 미국을 오가며 사업을 진행한 지 거의 일 년이 될 무렵 회원의 소개로 한 여인이 사무실에 찾아들어 왔다. 그녀는 교회의 권사로서 산부인과 의사였으며, 그의 남편은 신경외과 의사로서 자식들을 출가시킨 후 행복한 부부생활을 하고 있었다. 돈과 명예로 성공한 이민자의 여인이었다.

제이의 당당한 자세와 확고한 사업비전인 요식업, 유통업, 부동산투자 사업에 대한 계획을 듣고서 그녀는 그 자리에서 6만 불의 체크(수표)를 끊어주었다. 제이를 믿고 사업을 하겠다는 것이었다.

그 후로 그녀의 활동은 대단했다. 간호사들이 숨겨놓은 현금이 쏟아져 들어왔다. 신 권사의 체크는 6만 불씩, 10만 불씩 다른 사람들에게 빌려주기도 하고 대납되기도 했다.

그리고 그를 믿고 다른 회원들은 집안에 묶어두었던 현금들을 보자기에 담아 5만 불씩 사무실로 가져왔다.

강 회장은 신이 났다. 막혔던 물꼬가 터진 듯 그는 싱글벙글하며 제이에게 선물을 했다.

한 두 달이 지나자 약 2백만 불(약 24억)이 들어왔다. 경리가 보강되고 사업은 활기차게 진행되었다.

62

하나님을 믿느니 차라리 자신의 주먹을 믿어라

회원들은 제이가 혼자서 방문비자로 사업을 추진하고 있음에 안타까움을 표시하며 교회에 나갈 것을 권유했다. 하지만 교회에 대한 불신을 가지고 있던 제이에게는 통하지 않았다. 하나님을 믿느니 차라리 내 주먹을 믿으라고 할 정도로 제이는 교회에 대한 강한 불신과 자신만을 믿었다.

그 이유는 교인들을 비롯한 교회목사들의 부정과 불신도 한몫을 하였지만 하나님의 말씀과 그들의 언행은 상반되어 오직 자기 이익에만 급급해하는 이익수단에 젖어있는 모습들 때문이었다. 죄를 짓고도 주일에 하나님 앞에서 용서를 구하면 죄를 사할 수 있다는 것이 도저히 용납되지 않았다. 신 권사는 제이의 능력을 인정하면서 최선을 다하여 도왔다.

그런 후 꽤 시간이 지났다. 한번은 제이에게 자기가 다니는 교회에 방문해 달라는 제안을 했다. 제이는 그녀를 돌이켜보고 여러 정황을 생각했다.

그녀는 상당한 재력가이면서도 검소했다. 식당에서 식사를 하고 남은 음식을 버리면 안 된다며 정리하고 나머지 음식을 싸가지고 간다.

또 수십 년간의 의사생활에서도 야간 일을 도맡아 한다. 그 이유는 야간작업 시 특근수당이 많아서인데 외국에서 선교활동을 하고 돌아오는 선교사들의 안식처 마련을 위하여 모은다는 것이었다.

그녀의 근면성실함과 하나님의 말씀을 성실하게 이행하는 천사와도 같은 마음으로 모든 일을 행함에 제이는 그녀가 하는 행동에 감명을 받았다.

그동안 불신해왔던 교회, 하나님의 믿음에 대한 생각이 달라지기 시작했다. 저런 사람이 하나님을 믿는다면 가볼 만한 곳이라는 것에 제이의 마음이 움직이기 시작했다.

말로만 하나님을 믿으라고 하며 길거리에서 부르짖는 전도활동을 과연 일반인들은 어떻게 생각할까. 전도자가 행하는 언행이 실제로 보이지 않는 한 무조건적으로 하나님 말씀을 전한다는 것은 설득력이 부족한 것이다. 그들이 하는 말은 사람을 보고 하느님을 믿지 말고, 하나님의 성경말씀을 보고 하나님을 믿으라고 한다. 그것 또한 맞는 말이다.

63
오, 하나님!

　하나님을 믿는 사람은 무엇인가 달라야 한다. 본인만이 아닌 다른 사람에게 하나님의 말씀으로 하나님을 섬기도록 전도를 하려면 그들 자체가 믿음이 가야 한다.

　어느 일요일, 제이는 그녀의 초청을 받아 그를 보좌하여 주는 한과 함께 교회에 들어섰다. 그리고 목사님의 말씀과 첫 방문에 대한 인사를 공개적으로 하고 되돌아오는 운전석에서 제이는 하염없는 눈물을 흘렸다.

　"오! 하나님! 왜 이렇게……."

　같이 동행한 옆자리에 앉은 한이 알지 못하도록 운전대를 잡고 넓은 도로 위를 달리면서 고개를 돌린 차 앞만 보고 응시하는 제이의 눈에서 눈물이 끝없이 흘러내렸다. 그 이유는 제이도 모른다. 그냥 북받치듯 흘러내리는 눈물은 그동안 인생 역정에서 고인 설움의 눈물인지, 힘든 여정에 지친 눈물인지, 하늘이 주신 신비의 깨달음인지 무엇인지 모르지만 제이의 눈물은 마냥 흘러내렸다.

　제이, 그는 그 어떤 고통과 힘든 일들이 있어도 눈물을 흘린 적이 없었다. 그런데 왜 교회를 나오자마자 이러한 현상이 일어났을까. 그렇게 마냥 눈물을 흘리고 난 제이는 마음이 뻥 뚫리는 느낌을 받는 나날을 보낼 수 있었다. 그리고 그는 매주 교회에 나가는 것을 게을리 하지 않았다.

불과 몇 개월 사이 일어난 매출은 약 500만 달러(약 60억)라는 경이적인 성과를 거뒀다. 이로 인하여 강 회장은 새로운 집을 마련하고 부동산 투자에 손을 대기 시작했다. 그리고 수십 년의 전통을 이어 온 일식당 쇼군을 인수했다.

제이의 치밀한 계획과 주도아래 요식업, 부동산투자, 물류유통사업 3가지 목표를 선정하고 사업진행 기획과 연출로 승승장구하는 듯했다.

세 곳의 단독주택 부동산을 매입하고 일식당을 제외한 2개의 대형 식당을 계약하여 들어갔다. 드디어 강 회장은 새로 매입한 2층 단독주택으로 이사를 하고 나서야 제이를 초대했다.

집들이 초청은 일부 회원들도 참석하게 했다. 약 200만 달러의 주택 안에는 이태리제 고급 가구와 2층으로 오르내리며 보이는 장식은 화려한 조명과 함께 고풍스럽게 꾸며 놓았다.

그 집 앞에는 벤트리24 1대, 벤츠600 1대, 최고급 스포츠카가 있었다. 제이와 함께 초청된 사업자 대표인 한, 주 등은 신이 났다. 그들은 회장이 직접 집에 초청한 것에 감사했다. 만찬 음식은 푸짐한 한국전통 음식으로 가득했다.

미국사업을 한 지 1년이 지나서 제이는 주위의 권유로 골프를 배우기 시작했다. 골프는 혼자 생활을 해야만 하는 제이에게 외로움을 달래기에는 더 없는 스포츠였다. 일 년여 동안 일에 매달렸던 시간들, 그로인한 스트레스와 운동부족을 해소하는 데 충분했다. 제이는 시간만 나면 골프연습에 매달렸다. 일과가 끝나면 바로 골프연습장으로 향했다.

처음 잡는 골프 채, 클럽의 헤드로 조그만 골프공을 맞추어 멀리 보내는 신기함과 스윙의 부딪침으로 인해 멀리 허공을 찌르듯 나르게 하는 위력과 성취감에 매료되었다.

온종일 사무실 안에서 사업자들과 미팅, 기획, 상담 등에 찌든 갇혀 있던 마음이 한순간 하늘을 향해 쏘아 올려 날려버리는 쾌감의 골프는 오랫동안 잠재되어있던 제이의 말초신경을 자극하기 시작했다.

64

15년 구력의 변호사를 녹다운 시킨 골프 1년의 비결

스윙으로 인한 한쪽 갈비뼈 부위의 근육이 망가져 통증이 온다. 하지만 그를 멈추게 할 수는 없었다. 타국에서의 외로움, 사업성공을 위한 중압감, 사업자, 회장과의 경계심으로 인한 불안감 등, 그것을 해소하기에는 유일한 방법인 것이기에 제이는 그 시간을 빠뜨릴 수가 없었다.

왼쪽 갈비뼈 부위가 망가져도 연습은 계속 반복되었다.

"윽! 으으으."

스윙을 하고 나서 아픈 근육에 손을 대며 비명을 지르듯 신음소리를 내는 제이를 보고 담당 젊은 코치가 말했다.

"아니 사장님! 그렇게 아프시면 좀 쉬시다가 하시죠."

"아뇨! 이정도 쯤이야 괜찮아요."

쉼 없는 고통, 쉼 없는 연습에 몰입하는 제이의 운동연습에 코치는 혀를 내둘렀다.

"제가 코치 생활 중에 사장님 같은 사람 처음 봅니다. 정말 대단하십니다."

제이는 아파트에 들어가면 거실에서 퍼팅과 헛스윙 연습으로 동작을 익혔다. 그렇게 연습된 제이의 골프실력은 약 1년 만에 싱글이라는 수준에 도달하게 되었다. 비즈니스로 골프를 칠 때면 오해를 사기도 했다.

박 회장과 그의 지인 변호사와 강 회장, 제이 네 사람은 골프타임을 가졌다.

"이 사장님, 구력이 얼마나 되시나요?" "네, 약 1년 정도 됩니다."

"에이, 거짓말하지 마세요."

제이가 골프를 처음 시작한 것을 아는 강 회장이 말했다.

"맞아요. 우리 이 사장님은 골프치신 지가 1년 정도입니다. 제가 하게 하였는걸요?"

3번째 홀, 그들은 주눅이 들기 시작한다. 15년 된 골퍼는 더블보기를 하고 만다.

"앞으로는 1년 되었다고 하지 말고 10년 정도 되었다고 하세요."

"네, 알겠습니다."

제이의 끈기와 억척같은 노력은 도대체 어디서 나오는 것일까. 공수특전단 교육을 받으며 시작된 그의 투지가 지금의 그를 있게 한 것이다. 기진맥진 정신이 혼미한 상태에서 살아남기 위하여 하여야 하는 낙법. 낙하산을 타고 내려와서 떨어지는 속도에 놀라 움츠리는 위험한 상황을 극복하기 위하여 무의식중에도 낙법이 가능하도록 철저하게 훈련된 공수특전단교육이 그를 강하게 하여준 것이다.

그는 언제, 어디서, 무엇을 하든 최선을 다하려고 노력했다. 그리고 그는 최고가 되려는 것이 세상에 태어나 살아가는 이유라고 말한다.

사업자 중에서 골프의 실력을 향상하는 데 도움을 준 글렌 송이라는 40대 중반의 친구가 있었다. 한국 2세대로서 미국에서 태어나 자란 싱글인 건장한 사나이, 글렌송. 그는 제이를 많이 따랐으며 골프장이 좋다는 곳이면 모두 안내하며 함께해 주었다. 물론 골프비용도 그가 부담해주었다. 한국어가 능통하지 않은 발음으로 "사~장~님" 때로는 "헤이, 보스"라 부르며 제이를 형과 같이 보조하여 주었다. 정말 고마운 친구였다.

제이는 한국생활을 하면서 그에게 항상 감사한 마음을 가지고 있었다. 언젠가는 다시 재회할 날을 기다리며 그의 호의에 감사하고 있다, 늘.

미국의 사업은 일사천리로 진행되었다.

강 회장의 오랜 친구인 박 회장은 서울 지방법원 앞 부지의 엄청난 땅과 건물을 소지하고 있었으며 부산, 서울을 비롯한 대도시에서 나이트클럽을 소유하고 있었다. 그러다 보니 전국조직폭력배 S파를 관리하고 있었다.

홍콩에 회사를 설립하여 놓고 인공위성을 통한 자동위성추적시스템과 인터넷 CD폰을 개발하여 현실화하는 데 주력하고 있었다.

강 회장과 박 회장의 약속으로 제이는 박 회장의 홍콩 현지법인 회사를 방문하는 일정을 잡았다. 미국을 출발하여 한국에 도착하여 하루를 쉬고 제이는 그동안 한 번도 외국 여행을 가지 못한 아내와 함께 홍콩으로 가기로 마음먹었다. 아내는 제이와 함께 신혼여행 가는 들뜬 마음으로 홍콩에 도착했다.

홍콩의 박 회장은 제이에 대하여 상당한 예우를 해주었다. 강 회장과 박 회장의 친분은 오랜 친구 사이로 과거 젊은 시절의 신화적 이야기를 들어보면 다음과 같다.

젊은 시절, 박 회장이 나이트클럽에서 술을 마시다 다른 조직으로부터 몰매를 맞는다. 그때 나타난 사람이 강 회장이었다. 그중의 보스 격인 행동대장을 한방에 쓰러뜨린다. 그 후 조직으로부터 추적을 당하지만 그를 당하지 못했다. 그런 일이 있고 나서 박 회장은 강 회장에 대한 고마움과 의리로 한세월을 지내온 것이다.

그 일화가 홍콩에서 박 회장의 입을 통하여 사무직원들에게 전해지고 그 회사의 유능한 사장이 미국을 필두로 하여 전 세계에 사업을 펼칠 목적으로 답사 겸 방문을 온다는 것에 그들은 고무되어 있었다.

30여 년의 결혼생활 동안 처음으로 하는 외국나들이에 아내는 무척 기뻐하며 즐거운 시간을 보냈다. 남편과의 먼 해외여행은 이번이 처음이어서인지 그녀는 행복한 모습이었다. 홍콩의 최고의 일류 호텔, 바다가 보이는 확 트인 경관은 제이 부부에게 환상적인 신혼여행과도 같은 좋은 추억을 남겨 주었다.

신천공장과 홍콩 현지 법인의 사무실 분위기는 생동감이 넘치는 듯 보였다. 그들이 개발한 아이디어의 상용화는 곧 될 것처럼 브리핑을 하였지만 여러 여건이 충족되어야 했으며 시간이 필요했다.

박 회장은 제이에게 많은 관심을 가져 주었다. 농담 삼아 자기와 함께 사업을 하기를 원했다.

"이 사장, 강무관이와 사업 그만 두고 나와 함께 사업합시다."

"하하하, 부족한 저를 그렇게 보아주시니 감사합니다."

오후 저녁 식사를 마치고 박 회장은 제이의 숙소에 들렀다.

"수고하십니다."

"어서 오십시오."

"사모님, 이것 받으십시오."

약 1만 불에 상당한 악어가방이었다.

"아니, 회장님 무슨 선물을 다 주시고 그러세요?"

"하하하, 이 사장! 나는 이 사장 같은 사람이 필요하오. 강 회장 이 친구, 사람 하나는 잘 골라서 내가 부럽소."

"그렇게 보아 주시니 감사합니다."

난생처음 받아 보는 선물에 제이의 아내는 감동했다.

"이거 진짜 악어가죽 맞나요? 세상을 오래 살고 볼일이네."

항상 마음 졸이며 남편의 뒷바라지를 해 온 그 어려움 속에서 온갖 일을 다 저지르며 다니는 남편에 대한 속상함, 불만을 까맣게 잊어버린 순간이었다.

다시 미국으로 돌아온 제이는 회사 매거진을 발행할 계획을 한다. 제이는 큰돈 들이지 않고 큰 규모의 회사로 인식되고 신뢰를 구축하는 방법 중 하나가 잡지책을 회사 명의로 만드는 것이었다. 과거 주간 신문사 운영 시 편집과 기획을 한 경험으로 잡지를 만들기로 결정하고 자료를 모았다. 회원들에게도 자료를 요청했다.

강 회장과 회원들은 잡지를 한 권 만드는 비용과 전문 인력이 필요할 텐데 현재 회사의 규모나 매출 실적으로는 불가능하다는 생각에 의아해했다.

제이는 강 회장에게 말했다.

"제가 혼자서 저녁 시간을 이용하여 편집, 기획을 하면 인건비, 기획, 디자인 비용 모든 것을 절감할 수 있으니 염려 마세요. 몇백만 원이면 가능합니다. 하지만 남들은 몇천만 원 이상을 주어도 못할 것입니다."

"이 사장, 정말 가능하겠습니까?"

"네. 염려마세요. 3개월을 기준으로 한 번씩 회사의 소식과 상식, 제품 정보를 알려야 합니다. 처음에는 소량으로 만들어 반응을 보고 부수를 늘려 나가도록 하겠습니다."

TM Magazine이 나오자 회원이나 강 회장은 설마 했던 의문이 사라졌다. 회원들은 책을 몇 권씩 들고 회사를 알리기 시작했다. 그런 후 회원들은 매출을 올리는 데 상당한 영향력을 발휘하며 매출 상승은 최고조에 달했다.

창간호가 나오고 3개월째 2회 차 책자가 발간되었다. 매거진에는 강 회장이 타고 다니는 벤트리24가 표지 앞면에 타이틀과 함께 올라왔다.

제이는 꾸준히 교회에 다녔다. 신 권사의 안내로 처음 간 제이를 그들은 한 번의 인사치레로 온 것으로 생각했지만 제이는 주말이면 하루도 빠지지 않았다. 처음부터 신 권사에 대한 신뢰로 시작한 제이의 교회의 첫 발은 그냥 지나치듯 생각하고 가지 않았던 것이었다.

그녀의 근면 성실, 봉사와 희생, 감사로 살아가는 모습을 보았다. 무엇 하나 부족함이 없었던 그녀가 왜 하나님을 그렇게 신봉할까. 과연 하나님이 계시는 것일까. 그것은 그 이유가 분명히 있을 것이라는 것을 믿었다.

수많은 경험과 고통, 노동운동, 정치, 사업, 시작과 결단, 목숨을 건 사투, 이 모든 것을 혼자만의 짐으로 선택했던 제이였다. 그 누구의 도움도 없었고, 의지하지도, 아니 할 수도 없었던 과거. 오직 자신만 의지하며 고독한 투쟁을 해왔던 그였기에 그 고독함과 외로움, 힘든 고통의 모든 짐을 벗어던지고 싶었던 것이었다.

누구에겐가 의지하고 싶은 제이는 바로 하나님을 찾을 수 있었다. 우주를 창조하시고 세상을 열어주신 하나님의 위대한 그 힘과 능력을 믿고 의지하고 싶었다.

스스로 부딪치고 깨우치고, 터득하고, 배려와 희생만으로 숨 가쁘게 살아온 나날들. 사랑하는 가족까지 내팽개친 채 모든 욕심을 다 버리고 최선을 다한 그에게 그 대가로 되돌아오는 허무함은 이루 말할 수 없는 처절한 고통이었다.

누구나 힘들 때 고통스러울 때 부르짖는 말,

"오! 하나님! 도와주십시오."

마음속의 그 부르짖음을 수 없이 호소하고 싶었지만 그것에 대한 충분한 해답을 찾지 못했던 것이다.

65
우주 창조의 신비함

그런 후 교회에서는 목사님과 교인들이 사무실로 심방을 왔다. 약
20여 명이 모인 사무실 안에서 목사님의 기도가 시작되었다.

"오늘 이 자리를 마련하게 인도하여 주신 아버지 하나님……."

목사님의 기도가 시작되자 제이의 눈에서는 하염없는 눈물이 또 흘
러내리기 시작했다. 북받친 가슴에서 올라오는 하염없는 통곡의 소리,
맺혔던 응어리가 쏟아져 품어져 나오듯 울부짖음의 눈물과도 같았다.
그 소리를 내지 않기 위하여 무던히 이를 악물고 노력하였지만 모든
이가 보는 앞에서 눈물을 쏟아내기 시작했다. 그들이 보기에도 안쓰
러울 만큼 그 눈물은 걷잡을 수 없이 마냥 흘러내리기만 했다. 제이는
회원들이 보는 앞에서 오너라는 체면이라는 것도 내세울 수 없이 흘러
내리는 눈물을 감출 수 없었다. 왜 그런 현상이 나타나는지 참으려고
해도 참을 수 없는, 감추려고 해도 감출 수 없는 북받쳐 오르는 흐느
낌과 끝없이 흘러내리는 눈물에 많은 사람들은 안타까워했다.

과연 하나님이 있을까. 최첨단 과학으로 풀리지 않는 우주세계의 신
비로움, 누가 만들었을까. 치밀한 우주는 한 치의 오차도 없이 조화에
의해서 움직이고 있다. 자연발생적으로 생겨난 우주치고는 너무나 세

밀하게 짜인 원리에 따라 움직여지고 있지 않는가. 과연 이것이 무엇에 의한 것인가. 누구에 의한 것인가.

우리가 죽으면 사후 세계가 있다는 것은 듣고 알고 있지만, 실제로 확인된 것은 없다. 온갖 상상을 동원하여 이야기를 만들어 낼 수 있지만, 누구나 입증할 수 있는 충분한 근거는 없는 것이다. 이렇듯 우주의 신비로움을 그 누군가가 창조를 했다면, 사후 세계 또한 그 창조주는 알고 있을 것인즉, 그 창조주가 보이지 않게 존재하고 있음을 믿으려 하는 인간은 하나님을 섬기는 사람 외에는 극소수일지도 모른다.

그러나 누구나 어떠한 위험, 갑작스런 상황, 다급함, 놀라운 감동을 받았을 때 하늘을 보며 외치는 소리, 오! 하느님! 입안에서 속삭이듯 중얼거리거나 고함을 친다. 누가 시키지도, 알려주지도 않은 그 하나님을 외치는 것이다. 제이의 눈물은 바로 이러한 원리에서 생겨난 그 누구도 모르는, 이해할 수 없는, 증명할 수 없는, 제이의 마음을 움직인 그 무엇인가에 의해, 그 누군가에 의해 일어난 현상이었을 것이다.

우리가 보지도 못 하고 볼 수도 없는 하나님에게 목사님이 기도하는 이 자리에서 누가 시키지도, 강요하지도 않는 눈물을 그렇게 강한 듯 살아온 제이가 자기도 모르게 눈물을 흘린다는 것이 바로 우리가 알지 못하는 우주의 신비와 다를 바 무엇이겠는가?

목사님이 기도를 끝내고 말했다.

"이 사장님. 잠깐 말씀 좀 해주시죠."

"아, 아, 아뇨!"

흘러내리는 눈물과 흐느낌에 제이는 말이 나오지 않았다. 보다 못한 목사님은 찬송가를 함께 부르도록 했다.

66

라스베이거스의 전자무역박람회

세계의 부호들이 모이는 곳 라스베이거스의 밤은 화려하다. 누구나 그곳에 가면 모두가 밤의 주인공이다. 광활한 사막 한복판에 자리한 라스베이거스의 화려한 불빛, 번쩍이는 네온사인, 야광 빛 도로와 건물마다 새겨 빛나는 오색찬란한 조명은 가슴에서 뿜어 오르는 맥박수를 한층 더 높이며 흥분의 도가니로 몰아넣는다.

가이드의 안내에 따라 가는 관광 코스, 이동한 곳은 세계에서 유일한 전자 조명 쇼이다. 수 분 동안 펼쳐지는 최첨단 조명전구들이 천정에 붙여져 화려한 영상을 연출한다. 웅장한 음악과 형형색색 빛나는 조명의 오묘한 영상은 세계에서 모인 관광객들의 우레와 같은 박수로 탄성을 자아내게 만든다.

모든 영상이 끝나고 그 한가운데는 한국기업의 LG 마크가 선명하게 보인다. 이를 본 대한민국 사람이라면 그 자랑스러움과 자부심은 이루 말할 수 없는 뿌듯함을 느끼게 된다.

"아, 대한민국이여!"

미국 최첨단 과학의 중심지 그 한가운데에서 대한민국 기업의 로고가 새겨진 찬란한 기술력은 소름이 끼칠 정도로 돋보였다.

그 다음 날 전자 박람회에 참석한 저이는 CD폰과 관련된 미국회사의 USB폰을 만났다. 그들이 만든 것에 비하면 CD폰은 한 차원 더 높은 것임을 직감할 수 있었다. 여기에서 CD폰에 대한 사업 진행을 곰곰이 구상하며 활성화를 위한 대책을 수립하지만 예상외로 또 다른 제품 개발로 경쟁력을 잃게 되었다.

세계가 주목하는 전자 박람회장은 규도가 상당하다. 그중에 SAMSUNG 코너는 SONY를 제치고 박람회장을 석권하고 있었다. 삼성의 거대한 로고와 전시품은 미국의 주요 바이어들과 세계의 바이어들에게 관심을 집중시키는 데 손색이 없었다.

세계가 지목하는 KOREA 전자산업의 발전은 세계 최고의 나라로 발돋움하는 데 거리낌이 없었다. Korea! Korea! 몇 번이고 마음속에 되새기며 박람회장을 둘러본다.

제이와 그의 일행들은 미국에서 개발된 'First Satellite' 위성자동추적 수신 장치를 본 순간 웃음이 나왔다. 홍콩까지 날아가 확인하고 진행하려는 제품과는 경쟁이 되지 않은 한 수 낮은 것이었다. 자동차에 실려 있는 큰 수신 장치는 방 안에서 TV 위에 놓을 수 있는 작게 개발된 박 회장의 수신 장치에 비하면 너무 컸고 현실성이 떨어졌다.

최고의 개발품으로 각광받아 진행하여온 박 회장의 Satellite의 사업도 하루하루 빠르게 개발되는 제품에 밀려 현실화하는 데 실패를 하고 만다. 특허제품이나 최첨단 개발품들도 한순간 또 다른 개발품에 의해 하루아침에 무너지는 사례를 실제로 경험하게 되었다.

한국의 S 전자 제품은 미국 내에서 소니, 도시바보다 더 비싸게 브랜드 가치를 높이며 팔려 나가고 있었다. 제이는 S 사의 물류센터장을 소개받았다. 그리고 그와 협상을 했다. 한 달에 소모되는 양에 따라 가격을 조정해나가기로 하고 우선 총판가격으로 TV를 공급받기로 했다. 저가 정책으로 유명한 미국 최고의 H 회사와 경쟁을 하고 있는 한국인 소유 최저가 몰이 있었다. 그 가격과 경쟁할 수 있는 여건이 마련된 셈이다.

제이는 회원제로 하여 마진을 돌려주는 캐시 백 마케팅을 선택했다. 점점 사업자 회원들은 제이의 정책에 고무되었고 회원들은 늘어나기 시작했다. 반면 강 회장의 행동은 워낙 튀는 사람이라 좁은 LA 한인 타운의 소식통들은 금방 알 수 있었다. 늘어나는 회원들의 입방아와 시야 속에는 항상 그가 목격될 수 있었다. 사채를 쓴다는 둥, 사채를 한다는 둥 많은 말들이 나돌았다.

제이는 그동안 보아온 강 회장의 씀씀이에 대하여 노심초사하였지만 한국에서 미국에까지 늘 습관적으로 생활을 해온 것을 알고 있는 제이는 회사의 자금으로 그렇게 물 쓰듯 쓴다는 것을 의심하지 않았다. 그러나 강 회장에게 암묵의 메시지를 보내곤 했다.

하루는 리더사업자들의 회포를 풀어주기 위하여 강 회장에게 룸살롱에 간다고 하고 경비를 약 2,000불을 가지고 룸살롱에 가지 않고 가요주점으로 두 명을 데리고 들어갔다. 약 2시간을 재미있게 놀고 양주와 맥주 등으로 넉넉하게 쓴 경비는 약 600불이었다. 나머지 1,400불을 가지고 그들에게 나누어 주었다. 그리고 하루 저녁 술값을 이들에게 주었을 때 고마워하는 모습을 강 회장에게 알려주었다. 너무나 소중한 돈의 가치임을. 그는 어떻게 생각하였을지는 모르지만……. 하지만 그의 호화 방탕한 생활은 그치지 않았다. 그러나 그 후로부터는 술을 먹으러 간다는 말은 제이에게 가능하면 하지 않았다. 그냥 중요한 일이 있어 간다는 말로 얼버무렸다.

67
LA의 한국인과 불법체류자들

미국 캘리포니아 주 LA에는 한국에서 건너간 사람들이 불법체류를 하는 경우가 많았다. 룸살롱을 비롯한 직업여성들은 대부분이 한국에서 견디다 못해 캐나다를 거쳐서 국경을 넘는 경우였고 유학 온 학생들이 한국에 있는 부모의 사업이 도산하거나 부진으로 인하여 유학비용을 보내주지 못하여 학업을 포기하고 불가피하게 선택한 직업여성도 있었다.

그러나 한국의 지긋지긋한 화류계를 청산하고 평범한 직업을 선택하여 성공하는 여성들도 많았다. 그리고 미국을 도피처로 있다가 숨겨가져온 돈으로 한인과 결혼하여 영주권과 시민권을 얻는 이들도 있다.

한국에서 사업실패로 피치 못한 도피성 이민, 범죄자의 탈 한국, 여러 가지 사정으로 불법체류를 할 수밖에 없는 이들이 예상외로 많았다. 생활고에 허덕이거나 일정한 직업이 없이 무엇을 하여야 할지 암담할 뿐인 그들도 있었다.

LA 인구 10명 중 한 사람 이상이 하루 한 끼의 끼니를 굶고 산다는 것이 모 일간지에 보도될 정도인 상황에서 그들은 살아남기 위하여 발버둥치고 있는 것이다.

한탕주의로 자금을 횡령하고 도피한 사람들, 그들은 한인 타운 쪽에서 기거하지 않는다. 한국인과 멀어진 아주 동떨어진 한적하고 조용한 곳에 아름다운 저택을 매입하여 살아간다. 이래서 세상은 참 공평하지 않다고 할지도 모른다.

한국 최고 일류대학을 나와 원대한 희망 속에 American Dream으로 미국의 이민 생활을 하지만 쉽지 않은 생활여건 탓에 이방인이 되어 마약으로 고통 받고 있는 이도 있었다.

한국에서는 최고의 학벌로 대단한 우월감을 가지고 미국에 왔지만 미국에서는 그릇을 닦으며 살아간다는 말들이 있듯이 수십 년간의 이민 생활에 그들의 찌든 생활고는 이루 말할 수 없을 정도로 힘이 드는 듯했다. 한의학 박사, 약사, 최고의 학벌이 무색할 정도로 그들은 네트워크 사업을 하고 있었다.

보다 잘살기 위해 남보다 뛰어난 능력의 소유자들도 성공의 설 자리를 구축하지 못하고 한국으로 돌아간다는 것은 치욕일 뿐이었다. 같은 동기들의 한국 내의 출세를 부러워하지만 그들은 갈 수가 없다. 그들의 자존심이 허락하지 않는 것이다. 차라리 뒤늦게 실패자로서 사는 것보다는 미국에서 그냥 그렇게 살아가는 것으로 만족하고 있을 뿐이었다.

반면에 최고의 학벌, 최고의 노력의 대가로 American Dream에 성공하는 이들도 많다. 미국 내의 법관, 정치가, 과학자, 사업가들의 유명세는 익히 알 수 있다. 또한 한국에서 부를 축적하고 미국으로 건너와서 여생을 즐기는 사람, 이들은 졸부에서 최고의 권력층에까지 몸담은 사람들로 구성되어 있는데 군 장성, 고위공무원, 정치, 사업가 등등의 부류도 있다고 한다. 이 모든 한국인들은 미국사회에서 각자가 살아가고 있는 것이다.

68
마약과 폭력, 권총으로 인한 희생자 한국인들

한국인 2세들의 마약, 유학생들의 혈투로 인한 동족 간의 죽음의 상황도 발생된다. 여기에 박 회장의 아들이 그 희생양이 되었다. 박 회장을 알고 몇 개월도 채 안되어서 샌프란시스코의 한 영안실에 박 회장의 막내아들이 싸늘한 시체로 안치되었다.

그는 젊은 나이 꽃다운 청춘을 부모의 이혼으로 어머니와 함께 미국에 와서 공부를 하고 있었다. 건장하고 씩씩한 이 청년은 동기생들과 조그만 바에서 술을 한잔하고 나왔다. 그런데 밖에서 기다리고 있던 같은 또래의 학생들과 패싸움이 붙었다. 뒤에서 내리친 몽둥이에 맞은 박 회장의 아들은 숨을 멈추어야간 했다.

주위에서 본 사람의 이야기에 따르면 몽둥이로 맞아 얼굴에 피투성이가 된 사람을 같은 한 패의 여자가 그 얼굴을 보며 희열을 느끼듯 그를 다시 내리쳤다고 한다. 이것이 ㅂ로 마약이라는 인간 최대의 원흉이 원인이었다.

조그마한 공동묘지 아래 장례식장은 가족과 친지, 동료들의 눈물과 오열로 엄숙히 진행되었다. 아까운 젊은 청춘은 한 순간의 기억으로 남고 세상에서 영원히 사라지게 된 것이다.

미국은 평온한 듯하지만 항상 긴장감이 도는 듯한 그런 느낌의 세상인지도 모른다. 어제만 하여도 평온한 듯 카운터에 앉아 대형 식당 운영에 몰두하던 한국인 주인이 갑자기 들어선 조선족 남자의 손에 권총 한 발로 세상에서 사라졌다. 이런 곳이 미국이다.

미국에 건너온 조선족 부부 중 부인은 싼 인건비 덕택에 한국인의 일류 소갈비 식당에 취직을 한다. 남편은 막노동판에 오가며 노동을 하고 있었다.

어느 날 조선족 남편이 부인의 행동에 의심을 하며 밤길을 추적한다. 식당주인과 조선족 부인의 밀애를 목격하고 눈이 뒤집힌 남편은 그를 죽이기로 결심한다. 그는 권총을 구입하여 백주 대낮 한가한 시간을 선택하여 식당을 찾아 들어가 식당 입구 카운터에 앉아 있는 주인을 향해 품속에 넣고 간 권총을 꺼냈다.

"이 개자식, 잘 가라!"

탕! 탕! 두 발의 총성과 함께 영원히 그는 세상을 볼 수 없었다.

미국의 이러한 사고는 한인 타운에서 간혹 일어나고 있었다. 실내 포장마차 식당 주인의 피살, 어느 슈퍼마켓 사장의 타살, 마약으로 인한 젊은이들의 집단 패싸움과 앙갚음의 권총 사살 등등 밤낮 가리지 않는 사이렌 소리를 하루에도 몇 번 씩 들어야 하는 도심지의 생활 속에서도 그대로 평범하게 흥겹게 살아가는 이들이 더 많다는 것이 아름다운 세상 살아가는 그 소리가 아닌가 싶었다.

69

맺지 못할 사랑

제이의 사무실. 어느 사업자의 소개로 키가 늘씬한 중년 부인과 그의 어머니가 제이와 마주 앉았다.

소개한 사업자는 이 두 사람을 제이에게 소개했다.

"이분은 캐시. LA에서 상당한 재력가이며 미스 USA 대회에 미스아시아로 선발된 분이고, 옆에 계신 분은 그의 어머니 서 여사님이십니다."

"안녕하세요. 반갑습니다."

"아주 멋지신 분이군요. 만나서 반갑습니다."

"저희 회사를 방문하여 주셔서 감사합니다."

"네, 사장님께서 아주 훌륭하고 대단하신 분이라고 해서 뵙고 싶었습니다."

"하하하, 감사합니다."

제이는 사업자들이 자기 사업을 위한 비록 과장된 오너의 칭찬과 자랑이 사업에 미치는 영향의 소중함을 알고 올바른 처세와 철저한 정신교육을 시켰던 것이다.

"저희 회사는 이제 막 시작하는 아주 규모가 작은 회사입니다. 도와주십시오."

"제가 할 수 있는 일이 있으면 그렇게 하지요. 듣던 대로 사장님 모습을 보니까 신뢰가 갑니다."

그녀는 당당한 억양으로 제이에게 말했다.

"앞으로 좋은 사업적 파트너가 되었으면 좋겠습니다."

"골프장을 매입하신다고요?"

"네! 몇 군데를 보고 있습니다만 아직 적당한 곳이……. 저희 회장님께서 알아보고 있는 중입니다."

"골프장을 매입할 때 연락 주십시오. 투자에 관심이 있습니다."

마침 회사에서는 프로모션으로 자동차 1대씩을 다섯 명에게 사주었을 때였다. 그러한 소문이 캐시에게 들어가 그녀가 보유하고 있던 1년밖에 안 된 벤츠 S500을 팔겠다는 제안이 들어왔다. 그녀의 어머니 몫으로 회사에 1만 불 정도를 투자 예치하기로 하고 현 중고 자동차 시세를 감안하여 약 5만 불에 인수하기로 약속했다.

매입할 차를 보러 제이가 타고 있던 Hummer 차를 몰고 그녀의 자택으로 안내를 받아 들어갔다. 그곳 주위는 부호들이 살고 있다는 초호화 빌라였다. 높고 거대한 창살형의 대문이 열리고 수위의 경례를 받으며 1층 자동차 차고지 앞에 도착했다. 그녀는 제이의 일행을 기다리고 있었다.

"어서 오세요"

"안녕하세요. 반갑습니다."

"이리 오세요."

캐시는 팔려고 하는 차가 주차된 곳으로 안내를 했다.

"이 차입니다."

제이는 그냥 한 바퀴 둘러보았다.

"됐습니다."

"아, 그러세요? 꼼꼼히 보시지 않구요.'

"캐시 양은 여자 분이시니 꼼꼼히 잘 타셨겠죠?"

캐시는 자기를 믿어주는 제이에 대한 신뢰심에 더욱 끌렸다.

"그럼, 저희 집에 잠시 들러 차 한 잔 하시죠."

일행은 바로 2층 엘리베이터로 올라갔다. 엘리베이터 문이 열리면서 그녀의 대궐 같은 집 현관이 나타났다. 화려한 거실, 주위의 인테리어는 최고급 이탈리아산이라는 것을 알 수 있었다. 진열장 안에는 그녀가 미스 USA 선발대회에 출전하여 선발된 미스 아시아 왕관과 지휘봉 그리고 사진들이 손님들을 환영하는 듯 그 화려한 빛을 발하고 있었다. 화장실이 3개, 게스트 방 2개, 그녀의 침실, 주방 안의 고급스러움에 같이 간 일행들의 부러움을 사지 않을 수 없었다.

잠시 후 거실에 앉은 탁자 위에는 찻잔이 올려졌다.

같이 동행한 여성사업자가 말했다.

"사모님, 정말 잘 꾸며놓고 사시네요. 부러워요."

"감사합니다."

제이는 아무런 반응도 없이 그냥 차를 들고 한 모금 마신다.

캐시가 제이를 향해 말했다.

"이 사장님, 정말 멋쟁이십니다. 제 달만 믿고 차를 그렇게 훌쩍 보는 시늉만 하시니 믿어 주셔서 감사합니다."

"네, 별 말씀을요. 당연히 믿어야지요. 어머님이나 주위 분들께서 저희 회사와 파트너로 계시는데 믿지 못하면 오히려 제가 잘못이죠."

제이와 그녀의 두 번째 만남은 이렇게 진행되었다.

"오늘 저녁은 제가 한잔 내겠습니다."

"아뇨, 저희 회사 차원에서 제가 모시겠습니다."

캐시를 소개한 회원이 거들었다.

"네, 사장님 그렇게 하시죠. 오늘 저녁은 캐시가 산다고 하니 2차는 제가 한턱 쏘겠습니다."

사업자의 말에 제이는 선뜻 응하지 않을 수 없었다. 저녁 식사를 마치고 캐시와 그녀의 어머니, 사업자 그리고 제이는 가요주점으로 갔다. 취기가 오르고 노래를 하면서 흥을 돋우었고 분위기는 무르익어 갔다.

캐시는 제이와 브루스를 함께 출 것을 요청했다. 제이는 마다하지 않았다. 그녀는 상당한 재력가에 제이의 프로젝트에 참여할 수 있는 최고의 고객이기에 오히려 비위를 맞추어야만 했다. 그런데 그보다 캐시가 더 적극적으로 나오니 제이의 마음은 흡족했다. 그녀를 가슴에 껴안은 제이는 오랜만에 가까이에서 여자의 향기를 맡아 보는 듯 그 향기에 술기운과 함께 취해 빠져들었다.

그 일이 있은 후 캐시의 어머니는 두 사람이 블루스를 출 때 심상치 않았던 모습을 떠올리면서 딸에게 한마디 던졌다.

"얘! 그 이 사장 참 멋지던데 한국에 가정이 있다고 하니 좀 그렇다 그치?"

"응, 엄마, 나도 그래. 내가 혼자 있으니 나 대신 사업을 해주면 참 좋겠더라."

"얘, 혹여 그런 생각하지 마라. 그 사람은 유부남이다."

"응. 알았어, 엄마."

차량 인수 서류를 받아 차량 등록소에 접수하고 차량을 인수했다. 그 후 며칠이 지나서 캐시에게서 전화가 왔다.

"여보세요."

"네, 안녕하세요. 캐시 씨."

"시간 나시면 제가 차 한 잔 대접해드리고 싶은데 괜찮으시겠어요?"

"네, 물론입니다. 캐시 씨가 원하시면 언제든지 가능하죠. 하하하."

"근데, 부탁이 있어요."

"네, 말씀하세요."

"제가 이 사장님 만나는 것을 비밀로 해주세요. 특히 사업자들에게
는 더욱더 말씀을 하지 않는 게 좋겠습니다. 제가 혼자 사는 여자라
모든 것이 조심스러워요. 괜찮으시겠죠?"

"네, 잘 알겠습니다. 저 또한 그런 생각입니다."

"그럼 내일 오후에 4시경에 레스토랑을 예약해 두겠습니다."

"네, 감사합니다."

제이는 이튿날 그녀의 전화를 받고 호텔로 향했다. 호텔 시설
은 비슷하지만 전통이 있는 꽤 유명한 호텔이었다. 하룻밤 숙박이
600~1,000불가량 하는 최고급 호텔 앞에서 제이는 캐시에게 전화를
했다.

"여보세요. 캐시 씨 어디 계시죠?"

"아, 네. 오셨군요. 여기 605호인데 올라오시겠어요?"

"네, 알겠습니다."

똑똑.

호텔 방 문이 열리고 과일이 가득 담긴 이동식 테이블과 고급 양주
를 든 웨이터가 정중히 인사를 한다. 그녀는 화려한 드레스를 입고 제
이를 기다리고 있었다. 예상치 못한 광경, 분위기에 잠깐 움츠리듯 놀
란 제이를 보고 캐시가 말했다.

"아, 죄송해요 제 마음대로 이렇게 준비를 하였습니다. 들어오시기가
부담스러우시면 내려가서 한잔할까요?"

"아, 아니 괜찮습니다."

웨이터가 나가고 캐시가 와인 병을 들고 말했다.

"자! 여기 한 잔 올리겠습니다."

"감사합니다."

둘은 고급 포도주로 약간의 취기가 오르고 캐시는 제이에게 다소곳이 다가앉는다.

"이 사장님! 이 사장님을 만난 첫날 전 인생을 살아오면서 그동안 느끼지 못했던 것을 보았습니다. 전 돈이 참 많은 여자입니다. 현재 스위스 은행에 상상할 수 없는 달러를 넣어 놓고 있습니다. 전, 젊을 때 미모와 노력으로 많은 돈을 모았습니다. 그래서 남들이 부러워하는 풍요로운 생활을 하고 있지요. 단지, 제가 바라는 이상형의 멋진 남자, 나를 보호해 줄 수 있는 믿음직한 사람을 만나지 못하였습니다. 모두가 제가 돈이 많다는 것을 알고 접근을 하여 왔습니다."

"……."

"그런데 그런 남자들이 우습게 보였습니다. 다치 구걸하는 듯한 내면의 마음이 보이더군요. 겉으로는 당당한 척 남자다움을 보이려 애를 썼지만, 하나같이 그들은 돈과 재물을 탐하며 접근하였습니다. 진실이 보이지 않았습니다."

"……."

"그런데 이 사장님을 보았습니다. 이 사장님의 말씀하시는 그 안에 제가 빠져 들어가고 있었습니다. 얼마 되지는 않았지만 주위 분들의 이야기, 이사장님과의 대화 속에는 진실이 보였습니다. 그러나 가정을 가지고 계신 분이기에 제가 욕심을 내기에는 가까이 할 수 없는 거리가 있음이 안타까웠습니다. 여기 미국은 자유분방한 나라입니다. 자기가 좋으면 언제나 표현할 수 있지요. 그리고 부담 없이 즐기기도 하지요. 제가 이렇게 호텔방에서 이 사장님을 초대할 때는 제 마음을 알고 계시리라 믿습니다."

잠시 시간이 흐르고 제이는 포도주를 입가에 적시며 말했다.

"저를 그렇게 보아주시니 너무나 감사합니다. 약 2년여 동안 미국에 혼자 기거하면서 외로움과 그리움에 몸부림 칠 때가 많습니다. 그러나 현재 나에게는 책임지고 해야 할 일들로 가득 차 있습니다. 사업을 위하여 모든 시간을 빼앗기다 보니 그러한 외로움도 잊히더군요. 아직까지 완성되지 않은 사업의 성과에 많은 신경이 쓰입니다. 앞으로 어떠한 결과를 얻을지 저도 모릅니다. 다만, 최선을 다하여 노력할 뿐이죠."

"……."

"지금이 저에게는 가장 중요한 시기입니다. 캐시께서 저를 도와주시면, 제가 큰 힘이 되겠습니다. 그러한 저의 능력과 결과를 보시고 후일 서로가 마음에서 우러나오는 후회 없는 선택을 하고 싶군요. 우리에게 믿음의 인연이 될 수 있는 시간은 앞으로 많이 남아있지 않겠습니까?"

그녀는 제이의 마음을 이해하려 애쓰는 모습이었다.

"이 사장님! 제가 오늘도 한 수 배우는 것 같습니다. 사장님께서 저를 마음에 두고 하시는 말씀인지는 모르겠지만 제가 싫지는 않으시죠?"

"그럼요. 저에게는 너무나 과분하고 고마울 뿐이지요. 저에게는 절대적 믿음의 사업파트너가 필요합니다."

"그럼 그렇게 믿고 이사장님의 사업에 적극적으로 매달려도 되겠는지요."

"감사합니다."

한두 달이 지나자 회사의 매출은 둔화되기 시작하였고 강 회장의 행동에 자금이 돌지 않음을 느꼈다. 회사에서 수당을 지급할 시간이 매주 늦어지고 있음에 제이는 부담을 느꼈다. 들어온 자금의 내역을 보면 여유자금이 많다고 판단한 제이는 강 회장에게 말했다.

"배당금 지급은 오전 중에 입금해주는 것이 사업자들로부터 신뢰를 받습니다. 수당이 지연되거나 중단되면 모든 것이 끝입니다. 그때는 회복할 수 없는 상황이 되니 미리미리 준비하여 두십시오. 최소한 일주일 마감 전까지는 확보되어 있어야 합니다. 사업자들은 결코 바보가 아닙니다. 돈 관리를 잘하셔야지요."

강 회장은 LA 인접 대규모 식당 3~5곳을 인수할 계획을 가지고 있었다. 그리고 골프장도 인수할 계획으로 여러 곳을 점검하고 답사를 했다. 때로는 제이를 대동하기도 했다. 그러나 고급식당을 인수하겠다고 계약금조로 발행한 수표 지급 날짜에 부도를 냄으로써 강 회장의 허세가 드디어 드러나기 시작했다. 그동안 몇 번의 약속을 어긴 강 회장에게 식당주인으로부터 항의를 받게 되고 이를 알게 된 사업자가 제이에게 보고했다. 드디어 수당도 중단되었다. 총매출액을 점검한 결과 약 1천만 달러(약 120억)가 발생되었다.

이런 상황 속에서 강 회장의 치부가 속속 드러나기 시작했다. 강 회장에게 빌려준 사채업자를 비롯하여 30여 년의 전통 있는 쇼군 일식집 인수 시 미지급 잔금, 부동산 계약 후 매월 납입하여야 할 상환금 등이 밀려 압류절차 중인 것도 투자자들이 알려주었다. 벌써 몇 개월 전부터 돌려막기를 수차례 한 것이었다. 그리고 사채를 끌어들인 것도 확인됐다.

제이는 흥분하기 시작했다. 아, 이럴 수가! 그렇게 호언장담하면서 호화스럽고 방탕한 생활을 일삼더니 결국은……. 제이는 아무런 대책이 없었다.

강 회장은 계속 외부에서 일을 본다며 제이와 같이 하기를 기피했다.

다음 날 강 회장과 제이는 새벽 6시에 글리피시 공원 앞에서 만났다. 벤트리를 타고 온 강 회장의 모습이 초췌해 보였다.

"회장님, 돈 관리를 어떻게 하셨기에 상황이 이렇게까지 됐습니까? 어려움이 있으시면 미리 알려주어야 그 대책을 강구하였을 것 아닙니까?"

잠잠히 있던 강 회장이 일어나 고개를 돌리며 말했다.

"쪽팔려서 말을 못 했습니다."

"아니, 그럼 지금은 더 쪽팔리지 않습니까?"

둘은 아무 말 없이 몇 분을 보냈다.

"그럼 앞으로 어떻게 해야 좋겠습니까? 무슨 대안이라도 있습니까?"

"어떻게 해 보아야지요."

"아니 그렇게 대안도 없이 어떻게 그 많은 돈을 마구 쓰셨나요?"

"돈이 계속 들어올 줄 알았지요."

그 소리에 제이는 어안이 벙벙했다. 아니 이런 사람과 사업을 같이 하였던가. 순간 피가 거꾸로 도는 듯했다. 제이는 더 이상 말을 할 수가 없었다. 둘은 멍하니 하늘만 쳐다보며 한숨만 내쉴 뿐이었다.

"이 사장, 내가 한마디만 해도 될까요?"

"네, 그러세요."

"개 같은 세상! 내가 왜 이렇게 되었는지 모르겠어."

"말씀 잘하셨습니다. 남의 돈 받아 호화방탕생활에 뭇 여자 거느리며 그것도 모자라 사기 치고 여러 여자 울리고 원성을 쌓았으니 잘될 일이 있나요? 이 좁은 LA가 다 알고 있습니다. 사업자들이 수없이 나에게 이야기를 전달해도 회장님을 믿고 사업을 진행하였습니다. 절대 그렇지 않을 거라고 그들에게 약속을 하였습니다. 그 결과가 이것인가요? 정말 실망이군요."

제이의 고함소리가 새벽공원을 울렸다. 새벽이라 지나가는 사람들이 없어 다행한 일이었지만.

"현재 가지고 있는 부동산, 돈이 될 만한 투자내역을 저에게 보여주십시오. 그리고 어떻게 해야 할지 의논해 나갑시다."

"알겠습니다. 내일까지 정리하여 전하겠습니다."

둘은 헤어지고 제이는 사무실로 향했다. 우선 수당지급이 중단 상황에서 사업자들을 안정시켜야 했으며 그 다음 대안을 생각해야 했다.

출근시간이 되자 사업자들이 모여들었다. 그리고 대표사업자 다섯 명을 소집했다. 한, 이, 곽, 조, 홍, 이들 다섯 명은 매출을 올리는 핵심적 역할을 하였으며 깐깐한 제이로부터 엄격한 행동 지침을 받으며 사업을 진행해 왔다. 때로는 제이로부터 심한 질타를 당할 때도 있었다. 사업자 대표들은 각자의 그룹에서 올린 투자금 내역을 점검하기 시작했다. 껄끄러운 상대, 무마 가능한 상대, 그들이 책임져야 할 부분도 검토해야만 했다.

다음 날, 강 회장이 제출한 투자 건수, 부동산 3곳, 식당 1곳, 쇼군식당은 벌써 압류가 될 지경이었으며 별다른 방법이 없었다.

이를 안 캐시는 제이에게 제안을 했다. 200만 불(약 24억)의 체크를 줄 테니 사업을 일으키라는 것이었다. 그리고 강 회장과 손을 떼라는 것이 조건이었다.

"지금의 회사를 분리시키고 피해자들을 끌어안고서 당신의 능력을 발휘해 보세요."

제이는 자신이 방문비자로 들어와 자신 앞으로 회사를 할 수 없다는 것을 캐시에게 말했다.

"무슨 말을 하시는 거예요? 누구나 회사설립이 가능해요."

"그래요?"

강 회장은 제이게 이러한 방법을 전혀 내색하지 않았다.

제이는 고민했다. 수년간 함께해 오면서 때로는 섭섭함도 배신감도 있었지만 그와의 관계는 하루아침에 던질 수가 없었다.

강 회장과의 만남이 이루어졌다.

제이가 강 회장에게 말했다.

"회장님, 대안이 있습니까?"

강 회장은 별다른 이야기를 하지 못했다.

"아직까지는 그래요."

제이는 그에게 제안을 했다.

"사실 캐시가 200만 불을 주겠다고 하였습니다. 문제는 이 모든 책임을 지고 회장님이 경영에서 물러나시고 나머지 투자된 부동산을 새로 설립되는 회사 앞으로 명의변경한 후 사업을 진행하는 것이 좋을 듯합니다. 회장님은 그냥 물러나 있으면 제가 알아서 모시겠습니다."

제이의 말을 듣고 한참 생각을 하던 강 회장이 입을 열었다.

"좋습니다. 그렇게 하지요. 이 사장, 미안해요 이렇게 짐을 지게 하여서……."

"아무튼 판단 잘하셨습니다. 제가 최선을 다하여 회사를 다시 일으키겠습니다."

다음 날 오전, 투자자들을 모았다. 제이는 더 피해갈 수가 없었다. 그는 사업자들의 피해에 대한 부담이 많았다. 한국에서 이민 와 피와 땀으로 푼푼이 모은 돈을 고스란히 강 회장에게 받쳐 호화방탕을 하도록 묵인한 죄의식은 사라지지 않았다.

처음 사업을 시작할 때부터 사업자들에게 공개한 것은 제이 본인은 방문비자로 미국에 들어와서 경영과 기획 업무적 관리자일 뿐, 모든 돈 관리는 강 회장이 할 수밖에 없음을 전달하고 투자를 하도록 권유하였지만 상황이 이렇게 되고 보니 그것이 중요하지 않았다.

제이는 캐시로부터 사업자금조로 200만 불의 체크(수표)를 건네받아 사업자들 앞에서 공개했다. 강 회장이 책임을 지고 물러남과 나머지 투자 분을 새로 설립하는 회사로 구속시키고 200만 불의 자금으로 사업을 진행하겠다고 했다. 투자자들은 좋은 반응을 보였다.

투자자들의 설득으로 제이는 자신 있게 사업을 진행하려는 계획을 세웠다. 그런데 강 회장이 변심을 했다.

이튿날 강 회장이 사업자들을 식당에 모아놓고 자기가 책임을 지고 운영하겠다고 했다. 곧 돈이 나오니 기다려 달라는 것이었다. 강 회장을 잘 아는 일부 사업자들은 그의 거짓말에 손지 않았다. 그러나 일주일 후면 큰돈이 나온다고 하였으니 속아도 일주일이라는 생각에 믿으려고 했다. 강 회장의 속내는 무엇인지 모르지만 제이로서는 도저히 이해할 수 없는 일이 벌어지고 만 것이다. 그렇다면 강 회장이 숨겨놓은 돈이 정말 있단 말인가. 제발 그렇게라도 되었으면 좋겠다는 생각이 꿀떡 같은 제이의 마음이었다.

그런데 가면 갈수록 이해되지 않는 일들이 벌어지기 시작했다. 대표 사업 5명 중 홍이 강 회장의 편을 들면서 제이를 비난하기 시작했다. 제이는 방문비자로 왔기 때문에 우리가 의지할 수 없으니 돈을 주겠다는 강 회장을 따라야 한다고 주장하자 일부 사업자들은 술렁이기 시작했다.

그리고 외부에서 강 회장은 영향력 있는 사업자들을 포섭하기 시작했다. 자기가 책임지겠으니 제이를 놓아주자는 아주 그럴듯한 이야기를 한 것이다. 사업자 앞에 200만 불의 캐시 돈을 투자하여 사업을 재개하겠다던 발표도 일주일 후에 돈을 주겠다는 강 회장의 말에는 속수무책으로 아무 소용이 없었다.

5명의 멤버 중 또 한 사람이 강 회장 쪽으로 돌아섰다. 그리고 제이가 캐시와의 부적절한 관계로 캐시의 자금을 받아 사업을 하면 캐시의 놀음에 놀아난다고 비난하기 시작했다. 사업자들은 반신반의하면서도 곧 돈을 주겠다는 강 회장의 말에 따를 수밖에 없었다.

　나머지 한, 곽, 이, 3명은 초지일관 제이를 믿고 따르며 옹호했다. 그런데 왜 강 회장은 없는 돈을 준다고 하였을까. 도저히 의문이 풀리지 않았다.

　강 회장은 초지일관 제이가 가장 고생을 많이 했다고 공공연히 사업자들 앞에서 이야기를 했다. 하지만 그의 수하가 된 홍, 또 다른 미국인 2세 렌시를 내세웠다. 이들은 마치 원수같이 제이를 비방하기 시작했다. 강 회장은 온화하게 제이를 감싸는 듯하였고, 그의 하수인 2명은 적극적으로 조직을 와해시켰다. 사무실에서는 계속하여 마찰이 일어났다.

<u>71</u>

200불로 사람을 죽이는 세상

서서히 제이를 제거하는 수순을 밟기 시작했다. 사무실 키를 바꾸고 제이를 들어오지 못하게 했다. 그리고 제이와 한이 함께 있는 상황을 모르고 렌시는 제이에게 전화를 해 빨리 미국을 떠나라고 종용했다. 그렇지 않으면 사람을 시켜 죽이겠다고 협박했다. 미국은 200불만 있으면 사람을 죽일 수 있다고 했다. 마약을 투입하여 권총을 건네주고 200불을 손에 쥐어주며 'Kill Him.' 하면 사정없이 방아쇠를 당긴다. 그리고 멕시코 국경을 넘게 해버리견 끝난다는 것이었다.

이 이야기를 들은 한은 흥분했다. 이러한 상황에서 제이가 떠나면 모든 것을 제이에게 떠넘기려는 수법을 쓸 것임을 불 보듯 뻔했다.

캐시는 미국의 법을 잘 알고 있었다. 법률적 고문변호사를 항상 대동하고 사업을 진행하여 온 터라 제이에게 많은 조언과 도움을 주었다. 그리고 엔디라는 변호사를 선임하여 법적 대응을 하도록 도왔다. 여기에 대표사업자 한 사장이 통역을 맡았다.

방법을 찾아야 한다. 여기서 온갖 누명을 쓰고 떠나면 안 된다고 제이는 다짐했다.

제이가 기거하고 있는 아파트는 강 회장의 후배 명의로 되어 있었다. 마지막 집을 비우라는 통보서가 날아왔다. 매달 건네받았던 임대료, 생활비도 끊어졌다.

제이가 기거하고 있는 아파트로 들어가는 데에는 상당한 위험이 따랐다. 항상 아파트 주위를 몇 바퀴 맴돌고 난 후 지켜보는 사람이 없음을 확인한 후 들어가야만 했다. 그들의 말대로 200불의 희생자가 되기에는 너무나 억울하기 때문이었다. 수상한 사람이 아파트 주위에서 차를 세워 놓고 있을 때면 제이는 아파트로 들어가지 않았다. 경계의 눈초리를 늦출 수 없었다. 아파트에 누워 있어도 잠을 잘 수가 없었다. 2층으로 뛰어오르기에는 쉬운 아파트의 구조이었다.

이를 알아차린 캐시는 월 5,000불짜리 아파트를 임대하여 제이에게 제공했다. 제이는 그녀가 너무나 고마우면서도 마음을 주지 못했다. 그를 보좌하는 한이 제이에게 조언을 했다.

"사장님, 캐시는 돈도 많고 키도 크고 예쁜데 왜 마음의 문을 못 여시는지 모르겠습니다. 사는 것이 별거 아닌데……."

74세로서 미국 이민생활 47년이 된 그는 안타까운 마음으로 제이를 바라보며 설득하지만 제이의 마음은 어쩔 수 없었다. 그러한 하소연도 유일하게 한 사장에게만 할 뿐이었다. 어디를 가나 한 사장과의 대동은 불가피했다. 그러니 제이의 일거수일투족은 바로 한 사장만이 알 수 있었다.

경비가 떨어졌다. 더 이상 돈이 나올 곳이 없었다. 그렇다고 한국에 이러한 상황을 가족들에게 알려서 돈을 보내라고 할 수는 없었다. 제이는 가지고 있던 시계와 반지 등을 한 사장을 통해 팔아오게 했다. 한 사장은 그것을 팔지 않고 전당포에 맡겨 3,000불을 가지고 왔다. 1,500불을 한 사장에 건네주며 용돈으로 쓰라고 하고 나머지는 경비로 사용했다.

강 회장의 후배로부터 한 통의 전화가 왔다. 집을 비우라는 것이었다. 그는 한국에서 조직폭력배로 있다가 사고를 치고 강 회장의 도움을 받아 LA에서 도피생활을 하던 중에 미국시민권자와 결혼하여 시민권을 받은 자였다. 이 친구는 강 회장, 제이와 함께 골프를 자주 쳤다. 그러니 서로가 아는 사이이다 보니 강력하게 요구하지는 못하고 강 회장의 지시를 받아 연락을 한 것 같았다.

제이를 위협하는 상대자들은 늘어만 갔다. 그들은 하나같이 책임이 없으니 미국을 떠나라는 것이었다. 강 회장과 그들의 속셈은 제이를 보내고 모든 것을 제이에게 뒤집어씌우려는 계산이었다.

더 이상 물러날 곳이 없었다. 그러자 비자만료 기간이 다가왔다. 한국에 갔다 오기에는 역부족이었다. 캐시는 멕시코 국경을 넘어 갔다 오면 비자를 받을 수 있다고 했다.

제이는 강 회장의 마음을 떠보기 위해 전화를 했다. 비자 만료가 되어 한국에 다녀오겠다고 했다.

"한국에 가시거든 그동안 고생 많았는데 푹 쉬고 있다가 내가 해결한 후 연락하면 오세요."

"어디 그렇게 할 수 있나요? 편히 쉴 수가 없습니다. 제가 들어 올 때까지 충분한 해결책을 마련해 두십시오. 자! 그럼 다녀오겠습니다."

제이는 강 회장과 작별인사를 나누고 비행기로 떠난다고 연막을 치고 그곳을 벗어났다. 마침 샌디에이고에서 엔디가 맡은 마약사건의 재판이 열리는 전날이었다. 한, 캐니, 앤디, 그리고 앤디 아내 일행은 그날 밤에 샌디에이고로 향했다. 거기서 하룻밤을 묵고 아침 일찍 멕시코 국경을 넘었다.

말로만 듣던 멕시코의 환경은 열악하기 그지없었다. 국경선 하나를 두고 미국과 멕시코의 주거환경은 엄청나게 달랐다. 한쪽은 호화로운 집들과 잘 포장된 도로, 한쪽은 허름한 곳.

한, 앤디, 제이 세 사람은 멕시코에서 2시간가량 시간을 보내다가 다시 입국절차를 밟았다. 함께 간 변호사 앤디는 출입국 담당관과 대화를 나누었다. 앤디는 자신이 변호사이고 제이는 자기를 선임한 사람이라고 했다.

출입국 담당자가 제이를 보며 말했다.

"Hey! you Rich guy!"

변호사를 대동한 제이를 자산이 많은 사람으로 생각한 모양이었다. 돈이 없으면 변호사를 동행할 수가 없는 것이기 때문이다. 6개월의 비자를 받아 다시 미국에 들어갔다.

오후에 샌디에이고 미국법정에서 규모가 큰 마약사건 담당 판사에게 동정을 호소하는 앤디의 변론은 제이의 일행을 적절하게 이용했다. 그는 범인이 초범이고 앤디는 제이의 일행을 가리키며 그의 친구들이 이렇게 참여해 주었으니 흉악범이 아님을 변론했다. 삼엄한 경비와 감시 속에 들어간 미국법정은 색다른 경험이었다.

변론을 마치고 나오는 앤디의 표정은 밝았다. 검사와 협의를 한 끝에 가석방이 가능하였던 것이다.

앤디는 대형 형사 사건 전담 변호사로서 명성이 꽤나 높았으며 그의 아내는 서른 초반의 여성이었다. 앤디의 나이는 50대 초반으로 막내가 다섯 살이었다. 전처와의 자식 두 명과 같이 살고 있었다.

앤디의 전처는 꽤나 미인인 모델 출신이었으며 캐시와 친한 친구 사이였으나 형사사건 변론 중 상대방의 암투로 사살되고 말았다. 그 후로 10여 년 동안 여성을 만나지 않았다가 젊은 멕시코 여성을 만나서 행복하게 살고 있었다.

이틀 후 다시 미국 내에서 제이는 강 회장에게 전화를 걸었다.

"이제 도착하였습니다."

강 회장은 설마 제이가 다시 돌아오리라고는 생각도 못했다. 온갖 수모, 협박, 생활의 압박을 자초하리라고는 전혀 예상하지 않았던 것이었다. 강 회장은 마지막으로 제이가 가지고 있는 전화를 끊었다. 제이는 이를 미리 예견하고 한 사장 명의로 휴대폰을 개통해 두고 있었다.

제이는 마지막 수단을 쓸 각오를 했다. 전화를 끊어버린 데 대한 배신감과 사업자들로부터 누명을 벗기 위하여 최선의 방법을 선택하기로 하고 한 사장과 의논을 먼저 했다. 아파트에 들어가서 일주일간 단식을 하고 난 후 한 사장의 후배가 상무로 있는 J 일보에 호소문을 보내고 다른 언론매체를 통하여 만천하에 공개하겠다는 생각이었다. 더이상 물러설 수 없는 최후의 승부수였다. 아파트 문을 열고, 냉장고에 있는 과일, 음료수, 음식을 모두 쓰레기통에 집어넣었다.

한 사장은 걱정 어린 눈초리로 그를 바라보았다.

"한 사장님, 걱정하지 마세요. 이 정도는 아무것도 아니에요. 제가 하자는 대로만 하세요? 지금부터 강 회장에게 전화를 해서 단식을 한다고만 전해주세요. 나머지는 나중에 다시 연락드리겠습니다."

제이는 단식을 하면서 각 언론사에 보낼 문안을 작성했다. 강 회장의 모든 전적과 사업자들의 돈을 물 쓰듯 한 그의 호화방탕 생활로 인한 도산, 복잡한 여자관계 그리고 이용당한 여성들의 피해 등등을 기록했다.

약 1,000만 불이라는 자금을 끌어들이고 피해자를 양산시켰음에도 불구하고 책임 있는 대책은 없고, 거짓과 하수인을 동원하여 오히려 제이에게 덮어씌우려는 중상모략, 공갈협박, 생명의 위협까지 가하는 철면피 같은 강 회장을 철저히 조사하여 엄중 처벌하여 줄 것과 관계당국은 약 1,000만 불이라는 자금을 유치하였는바 그 세액에 관하여서도 철저한 조사를 요구한다는 문안을 작성했다.

배는 고파 허기가 지지만 제이는 둗로 허기를 채우며 아무도 없는 텅 빈 아파트에서 외롭고 쓸쓸한 고통스러운 시간을 보내고 있었다. 처자식을 고국에 두고서 오가지도 못하는 LA의 구석진 한 아파트 안

에서 고독한 시간과 처절한 단식이라는 고통의 시간이 있을 것이라고
는 꿈엔들 생각하였겠는가. 이 기가 막힌 현실에 유일한 방문객은 케
네시 한이었다. 그는 매일 확인 차 들러주었다. 그리고 강 회장의 동향
을 파악하여 제이에게 보고했다.

3일째 제이는 허기진 배를 물로 채우고 남들이 부러워하는 근육 맨,
평생을 건강한 체력으로 관리해 온 방법 중 가슴운동, 팔굽혀펴기도
절반으로 줄이며 체력 소진의 모진 고통을 이겨내고 있었다.

케네시는 모리스 강에게 전화를 했다

"회장님! 지금 아파트에서 이 사장이 단식을 하고 있습니다. 사람이
죽어가고 있습니다. 막아야 하지 않습니까?"

"……."

강 회장은 내심 걱정이 되었다.

"좀 만나시죠."

케네시 한은 강 회장을 만나 제이의 의중을 전달했다.

"한국에서 불러 사업을 같이 했던 사람을 전화까지 끊었다는 것은
너무 지나치지 않습니까?"

"아, 그것은 다시 만들어 드릴게요."

캐시로부터 전화가 왔다.

"괜찮으세요?"

"괜찮아요."

"몸은요?"

"견딜 만합니다."

"어떻게 도와드려야 할지 안타깝군요."

"염려해 줘서 고마워요. 다 잘될 것입니다."

72

화려했던 사업의 동반자, 비참한 두 사람의 만남

6일째 되는 날, 케네시 한은 강 회장 집을 방문했다. 강 회장은 없었다. 강 회장 부인에게 다음 날 언론사, 각 기관에 팩스를 보낼 문안을 전달했다.

그날 저녁, 한 사장에게 전화가 왔다. 강 회장이 아침에 만나자는 것이었다.

"한 사장님, 지금 이 사장의 상태가 어떻습니까?"

"일주일째 아무것도 먹지 않고 있습니다. 그러니 사람의 몰골이 형편없습니다. 다 죽어가고 있습니다. 오늘 회장님께 보여드린 내용은 각 언론사에 팩스로 보내질 것입니다. 그땐 걷잡을 수 없는 상황이 벌어질 것입니다."

한참을 망설이던 강 회장이 말했다.

"같이 가시죠."

똑똑!

"이 사장!"

서로의 눈이 마주치고 두 사람은 만감이 교차한다.

한 사람은 최고의 경영주 회장으로 군림하며 호화방탕생활을 일삼다 처절하게 떨어진 참담한 상황이었고 또 한 사람은 회사의 성공을 위해 끊임없이 노력하다 뒤통수를 맞고 오도가도 못 하는 처량한 신세로 전락한 상황이었다.

"이 사장, 미안하오. 내가 왜 이렇게까지 왔는지……. 내가 어떻게 해 드리면 되겠소?"

"투자자들에게 유입한 돈을 되돌려 주겠다는 확인각서를 쓰세요. 그리고 현재 사업자 중에 나를 음해한 사람들 다섯 명의 사과 각서를 받아주세요. 또 일이 모두 해결될 때까지 내가 기거하고 있는 아파트 비용, 생활비를 마련해 주시고, 사업 중단과 투자금 지급 중단, 탈세 등 앞으로 일어난 모든 법적책임을 다 지겠다는 확인서를 작성해 주세요. 기간은 3일 이내로 하여 케네시 한 사장님에게 전달해 주세요."

"알겠습니다. 자! 우선 이것으로 건강 회복부터 하세요."

강 회장은 1,000불을 건네주고 갔다. 제이는 500불을 한 사장에게 경비를 쓰도록 주었다. 한참 후 강 회장은 전화를 개통하여 한에게 전달되어 가져왔다. 한 사장은 마지막 제이의 방법이 강 회장을 제압하자 안도했다.

제이는 건강 회복을 위한 관리를 하기 시작했다. 케시의 도움으로 죽을 먹기 시작했다. 이를 케네시 한이 중간에서 심부름을 해 주었다.

3일이 지나자 음해 비방했던 사람들의 사과문 사인과 강 회장의 책임각서가 케네시 한에게 왔다. 이로써 제이의 미국 사업 3년이 마감되었다.

그리고 난 후 리오라는 친구에게 연락이 왔다. 글렌으로부터 상황을 들은 것이다. 리오는 나이 든 사람에게 형이라고 부르지 않았다. 하지만 제이에게는 형이라고 할 만큼 제이에 대한 믿음이 있었던 같았다. 리오, 그는 훤칠한 키에 과거 태권도 유단자에 싸움꾼으로 서울에서 제법 놀았던 친구였다.

"형! 지금 어렵다면서요?"

"응, 그래."

"형! 나 좀 봐요."

스타박스 커피숍 앞에서 오랜만에 만난 두 사람은 커피를 마셨다.

"형, 어떻게 된 거예요? 강 회장은 지난번 레스토랑에서 한 번 보았는데 얼굴이 많이 어두워 보이던데."

제이는 리오에게 그동안 일어난 상황을 대충 이야기했다.

"그럼 형, 뭐할 거야?"

"한국으로 가야지."

"시간은 어때서?

"우선 여기(LA)를 정리하고 회사 설립을 해 놓고 한국에 갔다 와야겠어. 자동차를 팔아야겠는데……. 벤츠S500이 나와 K 공동명의로 되어 있어."

"그럼 내가 살게요. 얼마면 되겠어요?"

"알아서 해."

"그럼, 인수하고 1만 불 더 드리겠습니다."

"그래 고마워."

자동차 인수, 인계를 하고 난 후 리오는 그 차로 음주 운행을 하다 앞 범퍼를 부딪치는 바람에 6,000불 이상 견적으로 수리를 해야 했다. 그것으로 1만 달러는 받지 못했다.

리오에게 전화가 왔다.

"형, 뭐하세요?"

"그냥 시간만 보내고 있지 뭐."

리오와 제이는 커피를 마신다.

"형! 뉴욕까지 내 화장품 영업하러 가는데 시간 있으면 나랑 같이 갑시다. 머리도 식힐 겸. 노느니 뭐해? 같이 가."

제이는 미국의 경험을 가지는 것, 그리고 대륙횡단이 마음에 끌렸다.

"좋아, 해보자. 언제 갈까?"

"응, 이번 주말에 출발합시다."

73

미국 대륙횡단 LA에서 뉴욕으로

허름한 포드 봉고차량 안에 제이와 리오는 뒤 적재함에 화장품 박스를 싣고 뉴욕 대륙횡단을 위해 출발했다. 둘은 캘리포니아 LA를 벗어나 사막의 경계선을 넘었다. 애리조나 주를 들어서는 광활한 사막 길은 선인장과 풀 더미 같은 나무들이 곳곳에 있었다. 텍사스 주의 고산지역에는 눈이 하얗게 내렸다. 고산이라고 하지만 눈 덮인 평평한 산맥은 마치 들판 위를 달리는 듯했다.

하루를 달린 후 첫 행선지인 댈러스 시 한인가게에 들렀다. 코가 크고 눈이 새파란 사람들 속에서 같은 동족을 만나니 너무나 반가웠다. 거기에다 여자였으니 더할 나위 없는 탄가움이었다.

"안녕하세요. 어서 오세요."

여주인은 반갑게 맞아 주었다. 가게라고는 꽃 되지 않는 그 사이에 단층의 건물 안에 한국의 제품들이 진열되어 있는 것이 신기했다. 한국 식당에 들러 된장찌개로 배를 채우니 한결 힘이 났다.

비가 오는 도로 위는 끝없이 또다시 펼쳐진다. 산 넘고 다리를 건너 달리고 달린다. 리오가 운전을 하면 제이는 뒤에서 잠을 청했다. 흘러나오는 트로트 음악이 미국 대륙 캔자스 주의 한적한 도로 위로 질주

하는 허름한 봉고차로부터 퍼져나간다. 흥얼흥얼 따라 부르다 약간 졸
다가 달리고 또 달린다.

"형! 나 피곤해. 바꿔 갑시다."

"오케이."

차는 산속 깊은 도로를 향해 질주해 갔다.

베트남인들이 모여 사는 곳, 그들은 난민으로서 미국에 정착하여 연
방정부로부터 정착금을 받으며 살아가고 있었다. 그들은 그들끼리 상
권을 형성하여 장사를 하면서 또 다른 수입원 을 가진다. 연방정부의
지원금과 장사수익금으로 세계 최고의 선진국에서 자유롭게 행복하게
살아가는 복 받은 이들이다. 한때는 생명의 위협까지 느끼면서 정착하
기까지 숱한 고생을 하였지만 이제 그들은 그들의 과거를 점점 잊어가
고 있다.

박스를 챙겨 들고 제이는 리오가 가자는 베트남인 가게에 들어갔다.

"Hi!"

"How are you!"

가게에 들어서는 순간 한국 화장품들과 한국모델의 포스트가 제이
의 눈을 번쩍이게 했다.

"아니 이곳에 한국제품과 포스트가……."

제이는 진열된 한국 화장품들을 꼼꼼하게 챙겨 보았다. 보통 한국에
서 판매되는 재고 제품인 듯했다. 그것도 2류 제품들이었다. 동남 아
시아인들의 Korean Dream 열망의 영향은 여기 미국에 사는 베트남
인들에도 미쳐 'Made in Korea' 제품이 인기가 있음을 알 수 있었다.

리오와 같이 한국 세일즈맨들이 한 번씩 와서 제품설명을 하고 가
제품이 좋으면 자기 동포들이 있는 각지에 서로 연결된다. 거리가 워낙
멀기 때문에 리오와 같은 방법으로 새로운 상품이 나오거나 재고 물

량을 처리하기 위해 직접 찾아 흥정을 하기도 한다. 그렇게 거래가 형성되면 택배로 운송된다.

광활한 아메리카 대륙, 가도 가도 끝이 없는, 해가 뜨고 해가 지도록 끝나지 않는 들판, 산맥 능선을 지나고, 강을 지나고, 사막을, 숲을 지나서 몇날 며칠을 달리고 달렸다.

차이나타운도 다를 바 없었다. 중국어가 나붙은 간판의 글귀들, 붉은 바탕과 글씨는 중국이라는 거대한 나라의 상징이 되듯 그들의 몰 또한 미국의 땅 안에 자리 잡고 있었다.

한참을 달리다 들른 곳은 아가씨들이 비키니 차림으로 서빙을 하는 독특한 레스토랑이었다. 바텐더 앞 높은 의자에 걸터앉아 음식을 시켰다. 동양인이 보이지 않는 이곳은 장거리 트럭 운전자들이 자주 찾는 곳이었다. 리오의 더듬거리는 짧은 영어 실력으로 주문을 했다. 메뉴의 종류와 음식을 잘 모르는 제이는 리오가 시켜주는 대로 먹어야만 했다. 힐끗힐끗 비키니 차림의 미인들을 바라보는 제이는 신기하기만 했다.

하루 종일 운전대를 잡고 둘이 지쳐 쉬고 싶을 때에는 작은 모텔에 들어가 잠을 청했다. 두 사람은 침대 위에서 신발을 벗자마자 잠에 떨어졌다.

대륙횡단의 긴 여정은 눈, 비, 바람, 안개, 따가운 햇살 등 사 계절의 기온과 기후를 경험하게 했다. 달리고 달리며 제이는 곳곳마다 사람 살아가는 현장을 체험했다. 때로는 화장품 세일을 하면서, 때로는 허기진 배를 햄버거로 대신 했으며 장시간의 긴 여정에 지쳐 졸음운전으로 사고의 위험도 겪었다. 눈으로 인해 곤두박질한 차량, 미끄러져 내동댕이쳐져 있는 사고 차량을 보면서 달려야만 했고, 쏟아지는 폭설로 운전을 하지 못하고 하루를 보내면서 날이 밝기를 기다린 때도 있었다.

뉴욕에 도착한 제이와 리오는 도심지 입구 한적한 호텔에 들어갔다. 이곳은 리오가 가끔 들리는 곳이었다. 밤 11시경에 도착해 제이는 조그만 휴게실에 비치된 커피포트에 컵을 갖다 대고 한 잔의 원두커피를 받았다. 커피 한 잔으로 잠시 휴식을 취했다. 그동안 리오는 프런트에 가서 숙박 신청을 했다. LA에서 출발해 약 7일간의 길고 긴 여정은 세계 최대의 중심도시 뉴욕의 야경을 묻어두고 잠에 빠졌다.

아침 식사는 토스트 2조각, 삶은 계란, 낱개로 포장된 딸기, 포도잼과 과일 한두 조각, 커피 한 잔으로 마무리하고 출발했다. 뉴욕 시내로 들어가는 도로는 엄청난 정체가 일어났다. 교통문화의 선진국이라고 자칭하는 이곳도 어느 도시와 마찬가지로 교통난이 대단했다. 차가 움직이지 않는 도로 주차장, 바로 그 모습이었다.

드디어 한인이 모여 사는 '플러싱' 내의 한인 마켓과 그 옆 중국타운의 고정 거래처에 들러 제품 교환과 제품공급을 했다. 그리고 한국 음식점을 찾아 들어갔다. 식당 안의 음식 냄새를 맡으니 벌써 고국에 온 느낌이다. 식당 주방 안에서 풍겨 나오는 구수한 된장냄새, 김치와 여러 가지 반찬에서 우러나오는 향긋한 고향의 향기는 평생 살아오면서 먹어왔던 그 음식이기에 더 간절한 듯했다. 대부분 빵과 고기만으로 지내온 7일 동안 쌓인 기름기를 말끔히 씻어 내리는 황홀한 순간이었다.

자! 이제는 절반의 출발이다.

74

과속, 200불 스티커를 받고 남긴 한 마디 "Thank You"

그동안 약 3년간 진행해 왔던 미국의 사업, 많고 많은 사연 그리고 우여곡절. 그 모두를 잊은 채 달려온 뉴욕의 거대한 도시 대륙횡단의 반환점에서 다시 LA로 출발했다. 오후 5시경에 출발하여 뉴저지를 지나고 쉼 없이 달렸다.

새벽 1시가 넘은 시각, 도로는 막힘없이 확 트여 있었다. 한적한 밤의 고속도로에 길게 늘어진 불빛 속으로 가속 페달을 밟았다. 사이렌 소리가 울리고 신호등이 깜빡이는 경찰차가 백미러에 들어왔다. 아차, 과속이구나, 때는 늦었다. 순간 브레이크 페달에 발을 올리며 계기판을 보니 속도는 100마일이었다. 최고속도가 8)마일이니 약 20마일 이상을 오버한 셈이다. 차를 서서히 멈추었다.

경찰이 내려와서 경례를 한다.

제이는 창문을 내리고 딱히 표현할 수 없는 영어 실력이라 그냥 웃으며 간단하게 말했다.

"하이! I'm sorry."

리오가 물었다.

"형! 얼마나 달렸어?"

"조금."

경찰은 드라이브라이센스(운전면허증)를 요구했다. 그는 드라이브라이센스를 보고 나서 무표정한 얼굴로 위반딱지를 발부했다. 아무 소리 못하는 제이는 마냥 미소만 띠고 그를 바라보았다. 200불(약 24만 원 이상)의 과태료. 서로의 의사소통도 없이(영어가 짧아 할 수도 없었지만)……

200불의 딱지를 손에 들고서 내뱉은 제이의 말 한마디

"Thank You!"

야간 운전은 사람을 더욱 피곤하게 한다. 새벽 동이 틀 무렵, 도로 인근 도로에 위치한 모텔에 들어갔다. 샤워를 하고 간단한 음식으로 아침을 때우고 잠깐 수면을 취했다. 따가운 날씨, 방 안의 높은 온도에 눈을 뜨고 다시 짐을 챙겼다. 되돌아가는 운전은 쌓인 피곤에 더욱 몸을 무겁게 했다. 간간이 길고긴 높고 높은 고지의 돌산, 사막 길은 메마른 갈증을 더욱 돋아나게 했다.

가도 가도 끝이 없는 시골길, 가슴을 확 트이게 하듯 제이의 차량이 시원스럽게 달린다. 한적한 시골, 넓고 넓은 농장, 소떼들이 모여 풀을 뜯는 모습, 미국이라는 나라에서 보는 이국적 풍경이다. 하늘 끝과 땅 끝이 맞닿는 곳, 지평선 그 끝을 향해 달리는 쭉 펼쳐진 고속도로, 미국 대륙횡단의 그 경험으로 새로운 시작의 신호탄을 예고하면서 드디어 15일간 미국 약 17개주를 횡단하고 LA에 도착한다.

75

이루지 못한 사랑, 작별의 커피 한잔

제이는 캐시와 마주 앉았다.

"나, 있잖아요. 한국으로 가야겠습니다. 그동안 고마웠어요."

제이는 200만 불 수표를 꺼내어 그녀에게 건네주었다.

"아직까지 당신 돈으로 사업할 용기가 나지 않군요. 당신의 사랑, 배려해준 은혜, 잊지 않겠소. 부디 남은 인생 행복하게 잘 살아주길 바라겠소. 난 한국에 사랑하는 내 가족이 있습니다. 거기 가서 새로운 사업계획으로 시작하렵니다."

캐시는 섭섭함을 감추지 못했다.

"이 수표는 제가 이 사장님에게 부담 없이 준 것이니 언제든지 필요하면 사업자금으로 활용하시도록 보관하고 있겠습니다."

"고마워요."

"이 사장님, 한국에 가서서 사업 잘 이루세요. 그리고 힘이 드시거나 사업을 함께할 기회 있으면 언제든지 연락주시고 찾아주세요."

"고마워요."

"항상 건강하고 행복하세요."

캐시와 작별을 고하고 마지막까지 제이를 믿고 적극적으로 함께해

주었던, 케네시 한 사장님, 이양자 여사님, 곽영미 여사님 세 사람과 함께 이별의 시간을 가졌다.

"우리는 죽을 때까지 아름다운 인연으로 남았으면 좋겠습니다. 케네시 한 사장님, 이양자 여사님, 곽영미 여사님, 그동안 저를 끝까지 믿고 함께하여 주심에 정말 감사합니다."

"이 사장님께서도 한국에 가서서 행복하게 사셔요."

"부디 건강하시고 행복하십시오."

3년여 기간 동안의 미국사업을 마치고 인천공항 입국장을 나오는 제이를 그의 아내가 반갑게 맞이했다.

76

한국역사박물관 기금 모금, 한국을 빛낸 인물상 시상식

"사장님, 누가 찾아왔는데요?"

"들어오시라고 해요."

"안녕하세요."

"반갑습니다."

한두 번 본 기억이 있는 까무잡잡한 얼굴에 작은 키의 한 사람, 그는 전직 KA 라디오 광고국장 신, 또 한 사람은 HG 일보 전 상무이사를 지낸 황, 이들은 제이에게 한국역사박물관 건립 관련 사업을 하자고 제안했다. 그들은 제이의 과거 노동, 언론, 정치의 경험으로 LA에서 사업에 전념하고 있음에 행사 추진에 적격이라 판단하고 찾아온 것이다.

내용은 미국 내에 일본의 역사박물관이 있지만 우리나라의 역사박물관이 없으니 이를 세우기 위한 기획으로 도금운동 및 역사를 빛낸 인물상 시상식 행사를 주관해 달라는 것이었다. 제이는 나라를 위한 좋은 일이라면서 선뜻 동의했다. 문제는 어떻게 진행할 것이며, 얼마의 자금이 필요한지, 그에 상당하는 회사의 이미지 상승과 신뢰도 구축 등등을 검토하고 보고해 줄 것을 요청했다.

그들은 3일 후에 다시 왔다. 그들이 제시한 자료와 약정서에 사인을 했다. 그들은 총모금액을 약 10만 불로 예상했다. 모금이 되면 우선 자료를 확보하겠다는 것이었다. 그리고 진행상황을 수시로 제이에게 보고하기로 했다. 행사 후 모든 재정 보고 또한 제이의 관리 하에 정산 완료할 것을 약정했다.

행사의 타이틀은 '한국역사박물관 건립 모금과 한국을 빛낸 인물상 시상식'이었다. 한국을 빛낸 인물은 한국인 원로 목사, 독립유공자, 미국연방정부 동양관장 등 3명이었다. 행사는 한국영사관, 상공회의소, 각 언론사 등의 내외귀빈을 포함해 약 300여 명이 참석하는 성대한 잔치였다.

1부와 2부로 나누어 진행된 행사는 K와 유명 여성 코미디언 L의 사회로 성대히 진행되었다. 1부는 제이를 비롯한 LA 인근 시의원, 각 단체장을 비롯한 내빈의 축하 인사 말씀과 한국을 빛낸 인물 3인에게 포상 및 상패가 주어지는 제이의 주도적 진행이었다. 2부는 오페라, 소프라노 가수, 민속춤, 육체미 시범, 가요 등으로 이루어졌다. 특이한 것은 불교계 여 스님과 기독교계를 대표하는 목사님이 가곡을 함께 부르는 화기애애한 공연으로 동포의 화합의 계기를 마련하기도 했다.

한국역사박물관 기금 모금, 한국을 빛낸 인물상 시상식은 제이로서는 미국사업 추진 중에 해외동포의 사기 진작과 한국인의 긍지와 협력의 장을 마련하는 데 노력했다.

동포들 간의 갈등을 해소하는 화기애애한 분위기 조성, 이민생활로 인한 고국에 대한 그리움, 애국심을 한층 더 높여 나가기를 바라는 간절한 마음으로 이 행사를 지원했다.

제이는 이날 행사에서 'STATE OF CALIFORNIA' 'State Board of Equalization' Michelle steel, Member부터 감사장을 받았다.

보약이 필요 없는 60대가 40대되는 비결!

누구나 60세가 되어도 40대의 건강과 체력을 유지할 수 있다.

1. 편안한 마음 가지기.
   (긍정 - 건강을 준다.)
2. 고민이 있으면 빨리 잊기.
   (내안의 부정은 독이 된다. - 고민만 한다고 되는 일은 없다.)
3. 스트레스 혼자만의 해소법을 익히기.
   (자기만족 : 수면, 운동, 취미생활, 댄스 등)
4. 하루 중에 5분 이상 운동하기.
   (몸 단련 : 팔굽혀펴기, 일어서고 앉기, 스트레칭 등)
5. 바른 자세를 유지하기.
   (걷기, 앉기, 서기 등)
6. 음식을 탐하지 말고 골고루 적게 먹기.
7. 과음, 과식을 삼가 하기.
   (힘들 때 : 근육질의 균형 잡힌 몸매. S라인의 날씬한 몸매 기억)
   (질병은 본인뿐만 아니라 온 가족에게 치명적인 부담을 준다.)
8. 자기 몸을 끔찍이 사랑하기.

젊은 피부, 아름다운 피부 유지법

1. 얼굴 세안 시 비누(세안제)로 두, 세 번 이상 깨끗이 씻기.
2. 세안 중(또는 아침저녁)에 얼굴전체를 약 5분 이상 마사지하기.
3. 얼굴에 수분을 유지하기. (기초화장품, 스프레이)
4. 자기 피부를 끔찍이 사랑하기.

실제로 저자는 위와 같이 생활하여 온 결과, 지금도 남들이 부러워하는 균형 잡힌 몸매로 탄탄한 근육과 젊음의 체력을 가지고 있다.